푸풍우

Tempête, Deux novellas
Copyright ⓒ Editions Gallimard, 2014
Korean translation copyright ⓒ Seoul Selection, 2017
Korean edition is published by arrangement with
Editions Gallimard through Sibylle Books Literary Agency.

이 책의 한국어판 저작권은 시빌에이전시를 통해 프랑스 Gallimard사와
독점 계약한 서울셀렉션에 있습니다. 저작권법에 의해 한국 내에서 보호를 받는
저작물이므로 무단 전재와 복제를 금합니다.

폭풍우

Tempête, Deux novellas
Jean-Marie Gustave Le Clézio

J. M. G. 르 클레지오 소설

송기정 옮김

서울셀렉션

제주 우도의 해녀들에게

차례

폭풍우 9

신원 불명의 여인 177

옮긴이의 말 | 『폭풍우』—제주의 해녀들에게 바치는 오마주 303

장-마리 귀스타브 르 클레지오 연보 312

폭풍우

섬에 어둠이 내린다.

어둠은 빈 곳을 채우며 구석구석 파고들고, 들판 사이로 스며든다. 어둠의 물결은 모든 것을 서서히 집어삼킨다. 그 시간이 되면 섬에는 인기척이 사라진다. 아침마다 여덟 시면 관광객을 태운 여객선이 섬에 도착하고, 텅 비어 있던 섬은 사람들로 북적인다. 해변에 가득 찬 관광객들은 도로나 오솔길을 따라 더러운 물처럼 줄지어 흐른다. 그러나 저녁이 되면 그들은 다시 바닷길을 비우고 뒤로 물러나며 점점 멀어진다. 그리고 사라져 버린다. 여객선은 다시 그들을 실어간다. 그러고 나면 밤이 온다.

삼십 년 전, 나는 이 섬에 처음 왔다. 세월은 모든 것을 바꾸어 놓았다. 내가 알던 장소들, 언덕과 해변 그리고 섬 동쪽에 있는 무너져 내린 분화구 같은 것을 겨우 알아볼 수 있었다.

 나는 왜 이곳에 다시 찾아왔을까? 글을 쓰고 싶은 작가로서 이곳 말고 달리 갈 곳이 없었을까? 세상의 소음으로부터 멀리 떨어진, 더 조용하고 더 소박한 안식처, 벽을 마주한 책상 앞에 앉아 컴퓨터로 문장들을 써 내려갈 만한 다른 장소가 없었을까? 그러나 나는 이 섬을 다시 보고 싶었다. 이 세상 끝, 역사도 기억도 없는 이곳, 거센 바닷물결이 내리치고 관광객들에게 시달리는 이 바위섬을.

 삼십 년이면 소가 수명을 다하는 세월이다. 그때 나는 바람과 바다를, 수레 줄을 잡아 끌어당기던 반쯤은 야생적인 말들을, 밤이면 길 한가운데 서 있던 소들과 안개 경계 고동 소리에 슬피 울던 소 울음소리를, 줄에 매인 강아지들의 낑낑대는 소리를 찾아 왔었다.

 삼십 년 전, 이 섬에는 호텔이 없었다. 방파제 곁에 일주일치 요금을 내고 빌릴 수 있는 방이 있었을 뿐이다. 해변에는 나무로 지은 허름한 식당들이 있었다. 우리는 높은 언덕에 있는 작은 나무집 하나를 빌렸다. 습하고 추워서 쾌적하진 않았지만 우리에겐 안성맞춤이었다. 메리 송은 나보다 열두 살이 많았다. 메리의 머리칼은 푸른빛이 도는 아름다운 검은색이었고, 눈동자는 가을 낙엽색이었다. 메리는 방콕의 한 호텔에서 돈 많은 관광객들을 위해 블루스를 부르고 있었다. 그런데 왜 나와 함께 이 황량한 섬에 오고 싶었을까? 여기 오는 건 내 생각이 아니었다. 그녀가 먼저 오자고 했다. 그랬던 것 같다. 누군가에게서 폭풍우가 몰아치는 날에는 가까이 갈 수 없는 거친 바위 이야기를 들었는지도 모른다. "내게는 정적이 필요해. 조용한 곳으로 가고 싶어."라고 그녀가 말했던 것 같다. 아니 어쩌면 내 생각이었는지도 모른다. 나한테 정적이 필요했는지도. 글을 쓰기 위해서, 몇 년간 허송세월했으니 다시 글 쓰는 걸 시작하기 위해서 말이다. 정적이 감도는 먼 곳. 바람이 있고 바다가 있는 고요한 곳. 추운 밤, 별들이 쏟아지는 곳.

그 모든 것이 이제는 추억에 불과하다. 기억은 조금도 중요하지 않다. 지속되지도 않는다. 중요한 것은 오직 현재뿐이다. 많은 일을 겪은 후에야 그것을 깨달았다. 바람은 나의 친구다. 바람은 바위 위로 줄기차게 불어댄다. 동쪽 지평선으로부터 불어온 바람은 부서진 화산 암벽에 부딪힌 후 언덕으로 내려와 용암 덩어리로 쌓은 담장들 사이를 지나 산호와 깨진 조개껍데기로 이루어진 모래사장 위를 질주한다. 밤이 되면 바람은 내 호텔 방의 창문과 문틈 사이로 씽씽 소리를 내면서 들어와 빈방을 뚫고 지나간다.―호텔 이름은

'해피 데이'이다. 파도에 떠밀려 다니느라 다른 글자는 없어지고 해피 데이라는 글자만 남은 나무상자 한 쪽이 호텔 간판이랍시고 걸려 있다. 어쩌다 그 상자는 여기까지 밀려온 걸까?―호텔 방에 있는 녹슨 철 침대 역시 난파선의 잔해 같다. 나의 유배, 나의 고독에는 다른 이유가 없다. 오직 회색빛 하늘과 바다, 전복 따는 여인들이 지르는 가슴을 에는 듯한 외침, 함성, 휘파람 소리뿐…. *아우아, 이야, 아히, 아히!* … 하며 그들이 내지르는 소리는 낯설고 원시적인 일종의 언어, 인간이 존재하기 전부터 오랫동안 이 세상에 존재했던 바다동물의 언어이리라…. 메리가 나를 이 섬에 데려왔을 때, 이곳에는 해녀들이 있었다. 그때는 모든 것이 지금과 달랐다. 조개 따는 해녀들은 스무 살 남짓 되어 보였다. 해녀들은 잠수복도 없이 부력을 견디기 위해 허리춤에 돌멩이를 가득 달고, 일본군 시체에서 벗겨낸 물안경을 쓰고 잠수했다. 해녀들에겐 장갑도 신발도 없었다. 이제 그네들도 나이를 먹었다. 검정 고무로 만든 잠수복을 입고 아크릴로 짠 장갑을 끼고 발랄한 색깔의 플라스틱 신발을 신었다. 허리춤에는 스테인리스 칼을 차고 있다. 해녀들은 하루 작업을 마치면 수확한 해산물을 유모차에 싣고 밀면서 해안을 따라간다. 가끔 전기 스쿠터나 오토바이를 탄 여인들도 보인다. 해녀들은 옷을 갈아입거나 자맥질을 하다 언 몸을 녹이기 위해 둥그렇게 돌을 쌓아 만든 불턱[1]에서 잠수복을 벗고 물을 뿌려가며 몸을 씻는다. 그리고는 신경통 때문인지 다리를 절뚝거리며 집으로 돌아간다. 바람이 그들의 세월을 다 쓸어가 버렸다. 나의 세월도. 하늘은 잿빛이다. 잿빛은 회한의 색이라지. 파도가 사납게 일면서 암초에 부딪히고, 뾰족한 용암에 부딪힌다. 바람이 소용돌이치더니 좁은 만 입구의 커다란 구덩이에서 찰랑거린다. 매일같이 해산물을 따는 그 해녀들이 없다면 바다는 가까이할 수 없는 적과 같은 존재이리라. 나는 매일 아침 해녀들의 외침을, 그들이 물 위로 머리를 내밀며 *아후히히, 이야…* 하고 지르는 거친 숨소리를 듣는다. 그리고 과거를 회상한다. 사라져 버린 메리를 생각한다. 블루스를 부르던 그녀의 목소리, 그녀의 젊은 시절, 나의 젊은 시절을 생각한다. 전쟁이 모든 것을 휩쓸어 버렸고, 모든 것을 부수어 버렸다.

그때 나는 전쟁이 아름다워 보였다. 그 아름다운 전쟁에 관해 쓰고 싶었다. 전쟁을 직접 체험하여 글로 남기고 싶었

---

[1] 불턱은 돌담을 둥그렇게 쌓아 바람을 막고 노출을 차단한 곳이다. 해녀들이 잠수복을 갈아입는 노천 탈의장인 동시에 불을 지펴 추위를 녹이는 곳이기도 하다. 또한 동네 소식을 나누기도 하고, 물질 기술을 전수하거나, 회의를 하는 등 해녀들의 사랑방 역할도 한다.

다. 전쟁은 나에게 환상적인 몸매의 소녀, 검고 긴 머리에 맑은 눈, 매혹적인 목소리를 지닌 소녀였다. 그런데 소녀는 거칠고 심술궂은 복수의 여신처럼 동정심이라고는 찾아볼 수 없는 비인간적인 노파로 변해 버렸다. 저 깊숙한 곳으로부터 올라와 내게 다가오는 이미지이다. 기름과 피로 얼룩진 몸뚱이는 부서지고 머리는 잘린 채 더러운 바닥과 기름과 피가 가득한 웅덩이에 널브러져 있다. 입속에서 고약한 쓴맛이 느껴진다. 기분 나쁜 땀이 흐른다. 창문도 없고, 전등갓도 없이 알전구만 켜진 누추한 방에서, 네 남자가 한 여자를 붙잡고 있다. 두 남자는 여자의 다리를 잡고, 한 남자는 가죽끈으로 여자의 손목을 묶는다. 네 번째 남자는 여인을 성폭행하는 데 몰두한다. 성폭행은 끝날 것 같지 않다. 마치 꿈속에서처럼 소리도 나지 않는다. 강간범의 거친 숨소리와 공포로 짓눌린 여자의 빠르고 날카로운 호흡뿐이다. 여자의 입술에 상처가 난 것으로 보아, 아마도 처음에는 소리를 질렀나 보다. 입술은 찢어졌고 흘러나온 피로 턱은 얼룩졌다. 성폭행범의 숨결은 점점 더 거칠어지고, 격렬해지며, 숨이 막힐 듯 헐떡거린다. 그는 마구 돌아가는 기계처럼 육중하고도 불규칙한 소리를, 점점 더 빨라지면서 결코 멈출 수 없을 것 같은 소리를 낸다.

메리의 사건은 한참 후에 일어났다. 술을 너무 많이 마시던 메리, 바다가 삼켜버린 메리. "난 할 수 있을 거야." 제주와 섬 사이의 해협을 지날 때 메리가 말했다. 석양이 질 때 그녀는 바다로 들어갔다. 조수는 파도를 잠재웠고, 자줏빛 물결은 천천히 다가왔다. 메리가 바다로 들어가는 것을 본 사람들은 그녀가 웃고 있었으며 무척이나 평온해 보였다고 했다. 그녀는 푸른 민소매 잠수복을 입고, 검은 바위 사이로 미끄러져 들어가 수영하기 시작했고, 파도나 석양의 강렬한 빛으로 인해 자신의 모습이 구경꾼들의 시야에서 사라질 때까지 계속 수영했다.

나는 아무것도 알지 못했고, 아무것도 보지 못했고, 아무것도 예상하지 못했다. 마치 메리가 잠시 여행을 떠난 것처럼, 우리가 머물던 오두막집 방 안에는 그녀의 옷이 개켜진 채로 가지런히 놓여 있었다. 빈 막걸리병, 열린 담뱃갑. 눈에 익은 물건들이 들어 있는 가방, 머리빗과 브러시, 털 뽑는 족집게, 거울, 파우더와 립스틱, 손수건, 열쇠, 미국 달러 몇 장과 일본 돈, 이 모든 것은 두어 시간 정도면 그녀가 돌아올 것 같은 느낌을 주었다. 이 섬에서 단 한 명밖에 없는 경찰이―스포츠형 머리에 청소년처럼 보이는 젊은 남자였다.―유품 목록을 만들었다. 그는 내가 메리의 친척이나 친구라도 되는 양 모든 유품을 내게 넘겼다. 또 다른 물건들을 찾게 되면 그것도 모두 처리하라고, 태워버리던가 바닷물 속에 던져 버리라고도 했다. 그러나 앞에서 말했던 하찮은 물건들 외에는 아무것도 없었다. 집주인이 메리의 옷 한 벌을 골랐고, 예쁜 파란 신발과 밀짚모자, 스타킹, 그리고 선글라스와 핸드백을 챙겼다. 나는 마당에서 종이를 태웠다. 열쇠와 개인용품은 배를 타고 제주로 가는 갑판에서 바다에 던졌다. 금빛 광채가 수면 가까이에서 반짝거렸다. 아마도 도미나 숭어 같은 게걸스러운 물고기가 그것들을 삼켰을 것이다.

시체는 발견되지 않았다. 부드러운 갈색 피부와 무희나 수영선수 같은 근육질 다리, 긴 검은 머리칼의 메리. "그런데 왜죠?" 경찰은 내게 물었다. 그의 질문은 그것뿐이었다. 언젠가는 내가 그 질문에 대답할 수 있을 것처럼. 내가 수수께끼의 열쇠라도 쥐고 있는 것처럼.

폭풍우가 몰아치기 시작할 때면, 동쪽 수평선으로부터 줄기차게 바람이 불 때면, 메리는 돌아왔다. 내게 환각 증세가 있는 것도, 내가 미쳐가는 것도 아니다.—하긴 감옥에 있을 때 의사는 나에 관한 보고서를 쓰면서 서류 위에 Ψ(프시), 즉 정신병이라는 문자를 써놓긴 했다.—오히려 그 반대이다. 내 모든 감각은 예민하고 명료하며, 바다와 바람이 날라다 주는 것을 모두 받아들일 수 있을 만큼 완전히 열려 있다. 무어라 꼭 집어 이야기할 수는 없지만, 그것은 죽음에 대한 감각이 아니라 생명에 대한 감각이다. 그것은 내 몸을 휘감으면서, 메리와 내가 즐기던 사랑놀이의 기억, 어두운 방에서 나누던 애무, 발끝에서 시작하여 온몸을 감싸던 애무, 숨결, 입술 느낌, 나를 부르르 떨게 하던 진한 입맞춤, 서서히 다가오는 사랑의 파도, 뒤엉켜 하나가 된 몸, 오래전부터 내게 금지되었던, 남은 내 생은 감옥과 다름없었기에 스스로 금지했던, 그 모든 기억을 일깨운다.

  폭풍우 속에서 나는 메리의 목소리를 듣고, 그녀의 마음을 느끼고, 그녀의 숨결을 느낀다. 바람은 유리창 틈새를 비집으며 끽끽 울어대고, 녹슨 쇳소리를 내면서 방 안으로 침입한다. 휙 지나가는 바람 때문에 방문이 덜컹거린다. 그러면 섬에서는 모든 것이 멈춘다. 여객선은 물길을 가르지 못하고, 스쿠터와 자동차도 운행을 멈춘다. 천둥소리도 내지 않는 번개가 지나가고 나면, 낮인데도 밤처럼 어두컴컴하다. 메리는 바람이 불지 않는 잔잔하고 고요한 어느 날 저녁, 거울처럼 매끄러운 바다로 떠나갔다. 폭풍우가 몰아치는 날이면, 바닷속 깊은 곳으로부터 몸 조각조각이 하나씩 하나씩 떠밀리면서 그녀는 돌아온다. 나도 처음에는 믿고 싶지 않았다. 너무도 놀랍고 무서워 그 이미지들을 지워버리려고 두 손으로 머리를 감싸 쥐기도 했다. 누군가 물에 빠졌던 날을 기억한다. 여인이 아니라 일곱 살짜리 남자아이였다. 메리와 나는 밤새도록 마을 사람들과 함께 그 아이를 찾아다녔다. 횃불을 손에 들고 해안을 따라 걸으면서 아이를 불렀다. 우리는 그 아이 이름을 몰랐다. 메리는 "아가야! 아가야!" 하며 소리쳐 불렀다. 메리는 당황하고 있었다. 두 뺨 위로 눈물이 흘러내렸다. 그때도 이렇게 바람이 불었고, 바로 이런 파도가 일었고, 심해로부터 저주스러운 내음이 느껴졌다. 새벽이 되자 아이 시체를 찾았다는 소식이 전해졌다. 우리는 바위 사이의 모래밭에서 들려오는 어떤 흐느낌 소리를 따라 다가갔다. 처음엔 바람 소리인 줄 알았다. 그러나 그것은 어미의 흐느낌이었다. 어미는 아이를 무릎 위에 올린 채, 검은 모래 위에 앉아 있었다. 아이는 알몸이었다. 바다가 아이 옷을 벗겨 버렸다. 더러운 티셔츠만 가슴 주위에 돌돌 말린 채 목걸이처럼 남아 있었다. 아이 얼굴은 무척 창백했다. 나는 물고기와 게들이 이미 아이 몸에 손대어 코 끝부분과 생식기를 먹어치웠음을 바로 알아볼 수 있었다. 메리는 가까이 가지 않으려 했다. 공포와 추위로 벌벌 떨었다. 나는 메리를 꼭 안아주었다. 방으로 돌아온 우리는 침대 위에서 꼭 끌어안고 아무도 하지 않은 채, 가만히 있었다. 서로의 숨결을 느낄 정도로 가까이 마주한 채 그저 숨을 쉴 뿐이었다.

그 광경이 나를 떠나지 않는다. 군인들이 그 짓을 하는 동안 여자의 몸은 열십자로 뉘어져 있었고, 상처 입은 입에서 흘러나온 피는 말라 비틀어져 검은 딱지가 되었다. 여자는 문 옆으로 물러나 있는 나를 물끄러미 바라보았다. 여자의 눈은 나를 통해 죽음을 보고 있었다. 나는 메리에게 그 이야기를 한 적이 없다. 하지만 메리가 다시는 돌아오지 않으려고 바다에 들어간 것은 바로 그 끔찍한 장면 때문이다. 바다는 죽음을 깨끗이 정화한다. 바다는 물어뜯고, 파괴하고, 아무것도 돌려주지 않는다. 돌려준다면 이미 뜯어 먹힌 몸을 돌려줄 뿐이다. 처음에는 나도 죽으려고 이 섬에 왔다고 생각했다. 메리의 흔적을 찾으려고, 그러다 어느 날 저녁 바다로 들어가 사라져 버리려고.

폭풍우가 몰아칠 때면, 메리는 내 방으로 온다. 깨어 있는 상태에서 나는 꿈을 꾼다. 깊은 바다 냄새와 뒤섞인 메리의 몸 내음에 잠이 깬다. 자극적이고 강렬한, 시큼하고 격렬하며 음침하고 사나운 향기. 나는 메리의 머리칼에서 풍기는 해초 냄새를 맡는다. 메리의 부드러운 피부는 파도에 마모된 듯 매끄럽고 소금이 묻어 반짝인다. 메리의 몸은 어슴푸레한 석양빛 속에서 떠돌다가 내 침대로 미끄러져 들어온다. 그러면 팽팽해진 나의 성기는 메리의 몸으로 들어가 차가운 흥분 속에서 전율을 느낄 때까지 꽉 조여진다. 메리의 몸은 내 몸 위로 미끄러지고 그녀의 입술은 나의 음경을 애무한다. 오르가슴에 이를 때까지 나는 완전히 그녀 안에 있고, 메리의 몸은 온전히 내 안에 있다. 30년 전에 이 세상을 떠나버린, 다시는 절대 만날 수 없는 메리. 그러나 메리는 깊은 바다로부터 내게로 와서 약간 쉰 목소리로 귓속말을 한다. 처음 오리엔탈 호텔 바에서 만났을 때 내게 불러주었던, 지금은 잊어버린 별의 노래를 들려주기 위해 메리는 내게로 온다. 그 바는 딱히 군인들이 왕래하는 술집이라고는 할 수 없었다. 메리 역시 그곳의 전속 가수였던 것도 아니다. 메리를 보았을 때 나는 그녀가 어떤 여자인지 알 수 없었다. 미국 군인의 딸로 태어났으며, 아칸소의 농촌 가정에서 거두어 키운, 그러니까 성폭행 때문에 태어났고 버려진 여자, 그러나 영원한 원수에게 앙갚음 하고 복수를 완성하고자 돌아온, 아니면 필연적으로 원래 자리로 돌아가게 만드는 인간의 유전적 특성 때문에 전쟁터로 돌아온 여자. 하지만 나는 군인이 아니었다. 메리도 그걸 알고 있었다. 어쩌면 바로 그 이유 때문에 나를 선택했는지도 모른다. 머리를 짧게 깎고 작업복을 걸친 채 군인들을 따라다니는 남자, 사진기를 손에 들고 전쟁터에서 일어나는 모든 일을 담으려는 남자를 말이다. 메리와 처음으로 이야기를 나눴던 때가 기억난다. 메리가 노래를 마친 후, 늦은 밤이었는지 새벽이었는지 모르겠다. 메난 차오 프라야 강[2] 위에 솟아 있는 테라스에서였다. 메리는 몸을 숙인 채 바닥에 있는 무엇인가를 바라보고 있었다. 날개를 파닥이며 죽어가는 검은 밤나방이었다. 나는 깊이 파인 그녀의 붉은 드레스에 감싸인 매우 아름답고 매력적인 가슴을 보았다. 노브라였다. 메리는 나에 대해서 아무것도 몰랐고, 나 역시 메리에 대해 아는 것이 아무것도 없었다. 그때 나는 이미 범죄로 인한 상처를 가지고 있었다. 그러나 그건 그냥 지나간 일이 될 거라고 생각했다. 나는 그 과거

---

2 태국의 내륙을 통과하는 강. 길이가 372km로 고원지대에서 방콕에 이른다.

를 잊고 있었다. 후에[3]에서 자신을 성폭행하는 군인 네 명을 고발하라는 하소연의 신음을. 뒤틀린 팔을 뒤에서 붙들고 있던 남자는 입 닥치라며 여자의 입술에 주먹을 날렸고, 다른 군인은 아무렇지도 않은 듯 바지를 벗지도 않은 채 여자의 몸속으로 들어갔다. 나는 아무 말도 못하고, 아무것도 하지 못한 채, 그 광경을 바라보았다. 심지어 아주 잠깐이긴 했지만 약간 발기되기까지 했다. 그러나 바라보면서 침묵하는 것, 그것은 행동하는 것과 다르지 않다.

그곳이 아닌 다른 곳에 있을 수만 있었다면, 그 광경의 목격자가 아닐 수만 있었다면, 그 무엇이든 내가 가진 모든 것을 다 버릴 수 있었을 것이다. 법정에서 나는 자신을 변호하지 않았다. 그 여자는 그곳에, 첫 번째 줄에 있었다. 나는 여자를 흘끔 쳐다보았지만, 알아볼 수 없었다. 어린아이로 보일 만큼 무척 어렸다. 여자는 꼼짝하지 않고 의자에 앉아 있었다. 형광등 불빛이 여자의 얼굴을 비추었다. 입은 작고 다부졌으며, 틀어 올린 검은 머리칼 때문에 피부는 팽팽해 보였다. 누군가가 영어로 여자의 증언을 읽었다. 여자는

---

3 베트남 남부의 도시. 응우옌 왕조의 수도였으며, 왕궁, 성, 사원 등이 많다. 1968년 베트남전쟁 당시 격전지이기도 했다.

여전히 꼼짝하지 않았다. 군인 네 명은 여자로부터 몇 미터 떨어진 다른 의자에 앉아 있었다. 그들도 움직이지 않았다. 그들은 아무도 보지 않았다. 앞쪽만, 판사가 앉아 있는 자리와 벽만 바라볼 뿐이었다. 그녀와 달리, 그들은 무척 늙어 보였다. 뒤룩뒤룩 살이 쪘고, 죄수처럼 얼굴에는 핏기가 없었다.

나는 그 이야기를 메리에게 한 번도 한 적이 없다. 우리가 오리엔탈 호텔에서 처음 만났을 때, 메리는 내게 군대를 떠난 후 무엇을 했냐고 물었다. 나는 "뭐 별로… 여행을 좀 했고, 그게 다야."라고 대답했다. 메리는 더는 아무것도 묻지 않았다. 아마도 나는 진실을 차마 말할 수 없었을 것이다. 내겐 그런 용기가 없었다. "어떤 범죄의 증인이었는데, 그 범죄를 막기 위해 아무런 행동도 하지 않아 징역형을 선고받았어."라는 진실을 말이다.

나는 메리와 함께 살고 싶었다. 함께 여행하고, 메리의 노래를 듣고, 메리의 몸과 삶을 나누고 싶었다. 만일 내가 그 소망을 이야기했더라면 메리는 나를 쫓아버렸을 것이다. 이 섬에 오기 전, 나는 메리와 함께 일 년을 보냈다. 어느 날, 메리는 바닷속으로 들어갔다. 나는 도무지 이해할 수 없었다. 우리는 세상으로부터 멀리 떨어져 살았다. 아무도 우리를 알지 못했고, 메리에게 그 이야기를 해줄 사람은 아무도 없었다. 어쩌면 메리는 그냥 미쳤던 것일지도, 그러니 그녀의 행동에 아무런 설명이 필요 없는지도 모른다. 메리는 파도에 실려 갔다. 메리는 훌륭한 수영선수였다. 열여섯 살, 미국에서 살 때, 멜버른에서 개최되는 올림픽 국가대표로 선출되었을 정도였다. 성은 파렐이었다. 메리 송 파렐. 송이라는 이름은 양부모에게 입양될 당시의 이름이다. 아마도 엄마 이름이 송이었을 것이다. 아니면 노래하는 사람이어서 붙은 이름이었는지도 모른다. 어쩌면 이런 이야기들은 내가 나중에 꾸며낸 것인지도 모른다.

나는 다른 사람들에 관해서는 그런 이야기를 꾸며내지 않는다. 다른 사람들에게 별 관심이 없다. 나는 술집에서 그동안 살아온 삶에 대해 떠들어대는 그런 부류의 남자가 아니다. 메리가 살았던 아칸소의 파렐 씨 가족에 관해서도 그들이 농부였다는 것 말고는 아는 바 없다. 그 집에서 메리는 동물 돌보는 법과 오토바이 고치는 법, 트랙터를 모는 법을 배웠다. 열여덟 살이 되던 어느 날, 메리는 노래를 부르고 싶어 집을 나와 먼 곳으로 떠났다. 그것이 적성에 맞았다. 메리는 다른 삶을 택했고, 다시는 농장으로 돌아가지 않았다. 메리가 바다로 사라졌을 때, 나는 메리의 가족을 찾으려 애썼다. 주소를 알아내려고 아칸소 주에 편지를 보냈지만, 아무 답도 받지 못했다.

내가 메리를 만났을 때, 메리는 이미 마흔이었다. 하지만 훨씬 젊어 보였다. 나는 그때 스물여덟 살이었고, 막 출옥하던 참이었다.

폭풍우의 분노는 내 것이 된다. 내게는 폭풍우가 질러 대는 위협적인 소리가, 대장간의 풀무 소리가 필요하다. 내가 이 섬에 다시 온 것은 바로 그 폭풍우 때문이다. 폭풍우가 몰아치면 모든 것은 움츠린다. 사람들은 집 안으로 숨어 버린다. 덧문을 닫고 대문을 잠근 채 조개껍데기처럼 단단한 집 속에서 몸을 움츠린다. 모래를 하얗게 뒤집어쓴 관광객들은 모두 사라졌다. 그들의 멋진 옷차림, 몸짓이나 애교 가득한 표정, 모든 것이 함께 사라졌다. 짧은 반바지를 입고 자전거를 타는 아가씨들도, 사륜 오토바이를 타는 총각들도, 그들이 쓴 폴라로이드 색안경도, 배낭도, 사진기도, 모두 도시로, 그들의 콘도미니엄으로 돌아갔다. 절대로 폭풍우가 몰아칠 염려가 없는 그들의 나라로.

섬사람들은 꼼짝 않고 집 안에 숨어 있다. 유리창에 김이 서린 오두막집 방바닥에 앉아 화투도 치고, 맥주도 마신다. 전기 불빛이 깜빡인다. 조금 지나면 그나마도 꺼지고 말 것이다. 가게 냉장고에서는 오줌처럼 누런 물이 새어 나올 것이고, 소금에 절인 생선들은 썩어갈 것이며, 초콜릿 아이스바는 봉지 안에서 물렁물렁해질 것이다. 내가 이 섬에 다시 온 것은 바로 이 폭풍우 때문이다. 폭풍우가 몰아치면 다시 전쟁터에 있는 것 같은 느낌이다. 패잔병 무리를 따라 걸으며, 확성기로 질러대는 무슨 말인지도 모르는 명령을 듣고 있다. 시간을 거슬러 내 삶을 다시 구성해 본다. 후에의 그 집 문 앞으로 다시 돌아가, 그들을 바라볼 것이다. 시간을 멈추고, 당황스럽지만 그 짐승 같은 놈들에게서 그 여자를 구해내리라. 그러나 내가 기억하는 그 어떤 것도 지워지지 않을 것이다. 섬은 속죄할 수 없음을 확인시켜준다. 아무것도 할 수 없음을 증명한다. 섬은 마지막 부교, 마지막 기항지이다. 그다음 도착할 곳은 없다. 내가 이곳에 온 이유는 바로 그것이다. 과거를 되찾기 위해서도, 강아지처럼 냄새를 맡으며 발자취를 찾기 위해서도 아니다. 아무것도 기억할 수 없음을 확인하기 위해서이다. 폭풍우가 모든 것을 영원히 지워 버리게 하기 위해서이다. 진실한 것은 바다밖에 없기 때문이다.

*

　내 이름은 준이다. 우리 엄마는 해녀다. 내게는 아버지가 없다. 엄마 이름은 줄리아다. 이 이름은 세례명인데, 다른 이름도 있다. 하지만 엄마는 다른 이름으로 부르는 것을 싫어한다. 내가 태어났을 때, 아빠는 이미 엄마를 버린 후였다. 엄마는 내 이름을 뭐라 지을까 고민했다. 엄마는 할아버지 이름인 준을 떠올렸다. 준은 중국식 이름으로, 할아버지가 중국에서 왔기 때문이란다. 엄마는 내 이름을 준이라고 지었다. 영어로는 6월이라는 뜻인데, 엄마가 나를 가진 때가 6월이었기 때문이기도 했다. 나는 키가 크고 피부는 갈색이다. 엄마 가족들은 나를 저주했다. 내가 아비 없는 자식이기 때문이다. 그래서 엄마는 나를 데리고 이 섬으로 왔다. 처음 여기에 왔을 때, 나는 네 살이었다. 그전 일은 생각나지 않는다. 이 섬으로의 여행도 기억나지 않는다. 다만 엄마와 함께 배를 탔고, 비가 왔으며, 아주 무거운 배낭을 메고 있었다는 것밖에. 네 살짜리 어린아이의 배낭은 훔쳐가지 않으리라는 생각에 엄마는 내 배낭 속에 보석과 값나가는 것들을 다 감추었던 것이다. 그 후 엄마는 가져온 보석을 거의 다 팔았다. 하지만 금으로 된, 어쩌면 도금한 것인지도 모르는 귀걸이 한 짝과 목걸이 하나는 아직도 남아 있다. 바다 위로 비가 내리고 있었던 것이 기억난다. 나는 울고 있었던 것 같다. 어쩌면 빗물이 내 얼굴을 적시고, 입술에 머리카락이 달라붙게 했는지도 모른다. 그 후로 오랫동안 비가 올 때면 하늘이 눈물을 흘리는 것으로 생각했다. 이제 나는 절대 울지 않는다.

  엄마는 진짜 해녀라고는 할 수 없다. 그러니까 내 말은, 이곳 해녀들은 아주 어려서부터 그 일을 해왔다는 뜻이다. 해녀 할머니들은 뚱뚱한 검은 고래를 닮았다. 특히 바다에서 막 나와 늙어서 가늘어진 다리로 뒤뚱거리며 걸을 때면 더 그렇게 보인다. 하지만 우리 엄마는 아직 젊고 예쁘고 날씬하다. 머리칼은 아름답게 반짝이고 얼굴에는 주름이 거의 없다. 하지만 조개잡이 일을 하느라 손이 빨개졌고 손톱은 다 깨졌다. 엄마는 이곳 사람이 아니다. 서울 출신이다. 나를 가졌을 당시 엄마는 대학생이었다. 아이를 원치 않았던 아빠가 엄마를 버리고 지구 저편으로 멀리 떠나 버렸을 때, 엄마는 나를 낳기 위해 숨기로 결심했다. 그리고 집안의 부끄러움이 되지 않으려 멀리 떨어진 시골로 갔다. 살기 위해 엄마는 닥치는 대로 일했다. 오리 농장에서 살기도 했고, 식당에서 일하기도 했다. 설거지도 했고 화장실 청소도 했다.

엄마는 아기인 나를 데리고 이 도시 저 도시를 떠돌다 남쪽 끝까지 갔다가 이 섬 이야기를 들었다. 엄마는 배를 탔고 이 섬에 도착했다. 처음에는 식당에서 일했다. 그러다가 물안경과 잠수복 일체를 샀다. 그리고는 전복 따는 일을 시작했다.

 해녀들은 다들 나이가 많다. 나는 해녀들을 '할머니'라고 부른다. 처음 여기 왔을 때 엄마는 젊었다. 할머니들은 처음에는 엄마에게 이렇게 말했다. "여기서 뭐 하려고? 뭍으로 돌아가." 하지만 엄마는 잘 견뎠고 마침내 할머니들은 엄마를 받아주었다. 할머니들은 엄마에게 잠수하는 법, 숨을 참는 법, 전복이 있던 곳을 다시 찾아가는 법 등을 가르쳐 주었다. 무엇보다도 좋았던 것은 할머니들이 남편이나 나에 관해 아무것도 묻지 않은 채 엄마를 받아들였다는 것이었다. 해녀 할머니들은 모두 내 가족이다. 엄마 말고는 한 번도 있어 본 적이 없는 가족. 혼자서 돌아다닐 수 있는 나이가 되었을 때, 나는 할머니들을 보러 갔다. 나는 할머니들이 물에서 나오면 드실 수 있도록, 따뜻한 국이나 과일 등을 가져다 드렸다. 우리 집은 언덕 위에 있다. 옛날에 해녀였던 할머니 집에 세 들어 살고 있다. 얼굴이 까맣고 등이 굽은 그 할머니를 나는 '이모할머니'라고 부른다. 물속에 너무 오래 머물러 있다가 사고를 당한 이모할머니는 이제는 물에 들어가지 않는다. 사고 난 날 이후 할머니의 움직임은 매우 느려졌다. 할머니는 온종일 고구마밭에서 지낸다. 땅을 갈고, 잡초를 뽑는다. 나는 학교에서 돌아오면 할머니를 도우러 간다. 할머니 집에는 땅딸보라고 부르는 개가 있다. 덩치는 무척 큰데 다리가 짧아서 붙인 이름이라고 한다. 땅딸보는 매우 영리한 개이다. 작년부터 한 남자가 우리 집에 들어와 살기 시작했다. 그는 자기가 영국 사람인 양, 브라운이라 부르라고 한다. 나는 그 사람이 싫다. 엄마와 같이 있을 땐 다정하고 감미로운 말들을 늘어놓지만, 나와 둘만 있으면 불쾌하게 구는 사람이다. 말을 함부로 내뱉고, 명령하며, 건달처럼 말한다. 어느 날, 나는 너무 화가 나서 건달 같은 그의 말투를 흉내 내서 말했다. "이봐요. 나한테 그렇게 말하지 말아요. 난 당신 딸이 아니란 말이에요." 그는 나를 때리기라도 할 듯 쳐다보았지만, 그날 이후로는 나를 경계한다. 나는 그가 나를 쳐다보는 게 싫다. 마치 옷 속의 내 몸을 훔쳐보는 것 같다. 그 남자는 엄마와 같이 있을 땐 엄마의 애인 행세를 한다. 그래서 나는 그가 더 싫다.

학교에는 친구가 없다. 처음에는 그럭저럭 다녔다. 하지만 올해부터는 모든 것이 달라졌다. 내게 시비 거는 걸 재미있어하는 여자애들 그룹이 생긴 것이다. 나는 그 애들과 여러 번 싸웠다. 하지만 키가 가장 큰 내가 거의 다 이겼다. 여럿이 한꺼번에 나한테 달려들기도 했다. 나 혼자 집으로 가고 있을 때 그 애들은 흙덩이나 작은 돌을 던지기도 하고, 큰 소리로 욕도 했다. 내가 아비 없는 자식이라고, 우리 아빠가 거지라고, 감옥에 있다고, 그래서 나를 보러 오지 못한다고 놀려 댔다. 한번은 내가 말했다. "우리 아빠는 감옥에 있는 게 아니야. 전쟁터에서 돌아가셨거든." 그러자 아이들이 나를 비웃으며 말했다. "그럼 증명해 봐." 하지만 나는 증명할 수가 없었다. 나는 엄마에게 물었다. "아빠가 살아 계신 거야, 돌아가신 거야?" 엄마는 고개를 숙인 채 아무 대답도 하지 않았다. 마치 아무 말도 못 들은 것처럼 말이다. 가만히 생각해 보니, 아이들 말이 맞는 것도 같다. 엄마는 내가 어렸을 때부터 장래를 대비한다며 영어를 가르쳤는데, 어쩌면 내가 아빠 나라의 말을 할 수 있게 하려는 것인지도 모른다.

학교에서 제일 나쁜 애는 조라는 남자아이다. 키가 크고 말랐는데, 나보다 한 학년 위였다. 조는 아주 못된 아이다. 나를 검둥이라고 놀려댄다. 우리 아빠는 흑인 미군이고, 엄마는 창녀라고 했다. 내가 혼자 길을 가거나 어른들이 곁에 없으면 늘 괴롭혔다. 나한테 다가와서는 내 앞을 막아서면서 낮은 목소리로 말한다. "네 엄마는 창녀이고, 네 아빠는 깜둥이야." 그 애는 내가 아무한테도 일러바치지 않을 것임을 잘 안다. 그런 말 자체가 나한테는 너무나 수치스러웠으니까. 조의 눈은 똥개처럼 교활하고, 코는 구부러졌다. 눈은 노란색이었는데, 한가운데 검은 점들이 있었다. 내가 혼자 걸어갈 때면, 조는 뒤에서 다가와 내 머리채를 잡았다. 내 머리카락은 곱슬곱슬한 데다 숱이 많아 잡기가 쉽다. 조는 내 머리칼 사이에 손가락을 집어넣어 머리를 꽉 붙잡고, 내 머리가 땅으로 숙어질 때까지 흔들어댄다. 내 눈에 가득 눈물이 고이지만, 나는 조가 원하는 걸 해주고 싶지가 않다. 조는 내가 소리 지르기를 바란다. "네 엄마를 불러, 부르라니까!" 하지만 나는 아무 말도 하지 않는다. 내가 발길질을 해대면, 그제야 조는 내 머리채를 놔 준다.

바다. 나는 이 세상에서 바다를 제일 좋아한다. 아주 어릴 때부터 바다와 함께 보낸 시간이 가장 많았다. 우리가 처음 이 섬에 도착했을 때, 엄마는 조개 파는 식당에서 일했다. 엄마는 아침 일찍 식당에 갔다. 나를 유모차에 태워서 아무에게도 방해되지 않게 구석진 곳에 두었다. 엄마는 우선 시멘트 바닥을 솔로 문지르고, 통과 냄비를 닦고, 마당을 쓸고 쓰레기를 태웠다. 그 일을 다 하면 다음엔 부엌일을 했다. 양파를 까고 조개를 씻은 후, 탕에 넣을 채소를 다듬고, 사시미용 생선을 손질했다. 나는 유모차에서 엄마를 바라보면서 조용히 있었다. 아마도 아주 온순한 아이였던가 보다. 나는 밖으로 놀러 나가는 것을 별로 좋아하지 않았다. 식당 주인 아줌마는 가끔 이렇게 말했다. "무슨 애가 저래? 뭐든 다 무서워하는 것 같아." 하지만 나는 아무것도 무섭지 않았다. 엄마한테 아무 일도 일어나지 않도록 엄마를 보호하고 있었던 것이다. 어느 날, 엄마는 식당 허드렛일을 그만두기로 했다. 엄마는 식당에 해산물을 가져오는 할머니들에게 그런 이야기를 했고, 할머니들은 엄마 부탁을 들어주었다. 그렇게 해서 엄마도 해녀가 되었다.

그때부터 나는 매일매일 해변으로 갔다. 엄마와 함께 걸었고, 엄마 가방과 신발과 물안경을 들어주었다. 엄마는 바람을 피해 바위 뒤에서 잠수복으로 갈아입었다. 나는 엄마가 잠수복을 입으려고 옷 벗은 걸 보았다. 엄마는 나처럼 키가 크지도 뚱뚱하지도 않다. 오히려 작고 말랐다고 해야 할 것이다. 엄마의 피부는 맑다. 햇볕 때문에 얼굴이 검게 그을렸을 뿐이다. 살 위로 드러난 갈비뼈와 굉장히 검은 젖꼭지를 본 기억이 난다. 내가 오랫동안, 그러니까 다섯 살인가 여섯 살이 될 때까지 엄마 젖을 빨아서 까매졌다고 한다. 엄마의 배와 등 부분 피부는 무척 하얗다. 하지만 내 피부는 햇볕에 타지 않아도 거의 검은색에 가깝다. 그래서 학교 친구들이 나를 검둥이라고 놀려대는 것이다. 어느 날 나는 엄마에게 물었다. "아빠는 미군이었고, 우리를 버린 게 맞아?" 엄마는 따귀라도 때릴 듯이 나를 바라보며 말했다. "다시는 그런 말 하지 마. 너는 나한테 그런 나쁜 말을 할 자격이 없어." 엄마는 또 이런 말도 했다. "사람들이 너한테 한 나쁜 말들을 다시 입에 담는 건, 네 얼굴에 침 뱉는 거랑 같아." 그 후 다시는 그 이야기를 하지 않았다. 하지만 여전히 아빠에 관한 진실을 알고 싶다.

어렸을 때, 나는 학교에 가지 않았다. 엄마는 나한테 닥칠 일을 두려워했다. 게다가 나한테 아빠가 없다는 사실을 엄마가 창피해했다는 생각도 든다. 나는 엄마가 일하는 동안 엄마 옷을 입고서 바위 사이에 있었다. 그것이 좋았다. 모직으로 만든 둥지 같았다. 나는 검은 바위에 딱 달라붙어, 바다를 바라보곤 했다. 풍뎅이처럼 생긴 이상한 동물들도 있었는데, 나를 보려고 좁은 틈새로 조심스럽게 기어 나오는 작은 게들이었다. 게들은 햇빛 아래 꼼짝 않고 있다가, 내가 아주 살짝만 움직여도 보금자리로 서둘러 돌아갔다.

새들과 갈매기, 가마우지도 있었다. 한 발을 들고 서 있는 청회색 새들도 있었다. 엄마는 고무 잠수복을 입고 모자를 쓰고 장갑을 끼고 신발을 신었다. 물속으로 들어가서는 물안경을 꼈다. 나는 엄마가 검은 끈으로 묶은 하얀 테왁[4]을 밀면서 바다 멀리 수영해 가는 모습을 바라보았다. 해녀들의 테왁은 각각 다른 색이었다. 파도를 타고 멀리 나아간 후 엄마는 바닷속으로 잠수했다. 나는 엄마의 푸른색 신발이 공중에 떠 있는 것을 보았다. 잠시 후 엄마의 다리는 바닷속으로 미끄러졌다. 그러고 나서 엄마는 완전히 사라져버렸다. 나는 시간 세는 법을 배웠다. 엄마가 말했다. "백까지 세어도 내가 나오지 않으면 사람들에게 도와달라고 해야 해." 하지만 백까지 셀 때까지 엄마가 물 위로 떠 오르지 않은 적은 한 번도 없다. 30초나 40초가 되기도 전에 엄마는 물 밖으로 나온다. 나와서는 숨비소리를 내쉰다. 해녀들은 모두 숨비소리를 낸다. 다시 숨을 모으기 위해서이다. 나는 멀리서도, 엄마가 보이지 않더라도, 엄마의 숨비소리를 알 수 있다. 다른 숨비소리나 소음에 섞여 있어도 금방 알았다. 그 소리는 날카롭지만 마지막에는 *리라! 후후-라우라!* 하면서

---

4 해녀들이 작업할 때 바다에 가지고 나가서 타는 물건. 해녀들은 물질 할 때에는 테왁을 물 위에 띄워놓고, 물 밖으로 나와서는 테왁을 잡고 휴식을 취한다.

낮게 끝나는 새들의 지저귐 같다. 엄마에게 왜 그런 소리를 골랐냐고 물은 적이 있다. 엄마는 웃으면서, 몰랐다고, 처음 물속에서 나왔을 때 저절로 입에서 나왔던 소리라고 했다. 엄마는 장난처럼, 내가 처음 태어났을 때 나도 그런 소리를 냈다고 말했다. 엄마는 날마다 다른 장소에서 물질을 했다. 바람과 파도에 따라서, 해녀들의 결정에 따라서 장소가 바뀌었다. 해녀들은 매일 아침 어디에서 잠수할 건지 정한다. 조개가 있을 만한 곳이 어디인지를 알기 때문이다. 사람들은 조개가 물속 깊은 곳에 딱 달라붙어 움직이지 않는다고 생각한다. 하지만 조개들은 실제로 많이 움직인다. 매일 밤, 먹을 것을 찾아, 혹은 불가사리의 공격을 피해 거처를 옮긴다. 불가사리는 조개의 적이다. 엄마는 종종 불가사리들을 가방에 담아 와서는 햇볕에 말라 죽게 한다. 나는 마른 불가사리 중 제일 예쁜 것을 골라 부두 옆에 있는 기념품점에 판다. 붉은 산호초 가지들을 팔 때도 있다.

학교에 다니기 시작하면서 나는 엄마와 함께 바닷가에 가지 못하게 되어 무척 슬펐다. 나는 처음에는 엄마한테 학교에 가지 않겠다고 했다. 엄마처럼 해녀가 되고 싶었다. 하지만 엄마는 내가 공부해서 조개잡이 해녀가 아닌 다른 직업을 가져야 한다고 했다. 해녀는 너무 힘든 직업이라고 했다. 그래도 여름방학 때는 나를 바다로 데려갔다. 나는 티셔츠 여러 개를 겹쳐 입고, 구멍 난 낡은 청바지에 꼭 끼는 플라스틱 신발을 신고, 물안경을 쓰고, 바닷속 깊은 곳을 보기 위해 엄마와 함께 먼 바다까지 헤엄쳐 갔다. 처음에는 무서워서 엄마 손을 꼭 잡고 있었다. 한 무리의 물고기, 해초, 불가사리를 보았다. 검은 바늘들이 춤추는 것처럼 움직이는 성게도 있었다. 물속에서 나는 이상한 소리를 듣는다. 거품이 나는 소리도 듣고, 모래 속에서 사각거리는 소리도 듣는다. 멀리서 여객선이 해협을 가로지르며 지나가는 요란한 소리도 들린다. 엄마는 해초 밑 전복이 숨어 있는 곳을 알려 주었고, 전복을 어떻게 칼로 떼어내는지도 가르쳐 주었다. 나도 엄마처럼 망사리를 가지고 있어 내가 잡은 것을 그 속에 담는다. 나는 잠수복을 입지 않았기 때문에 한기를 빨리 느낀다. 엄마는 내 손 색깔이 하얘지면 곧바로 물에서 나와 날 해안가로 데려간다. 나는 거기서 커다란 타월로 몸을 감싼 채 엄마가 다시 먼 바다로 돌아가는 것을 바라본다.

학교에 있을 때는 엄마가 어디 있는지 모른다. 그래서 학교가 끝나자마자 나는 바닷가로 달려간다. 해안가를 걸으면서 해녀 할머니들 사이에서 엄마를 찾는다. 할머니들의 숨비

소리에 귀를 기울이다가, *후후-라우라!* 하고 외치는 소리가 들리면 엄마가 거기에 있다는 것을 안다. 엄마를 찾지 못할 때도 있다. 그러면 가슴을 조이며 바다를 바라보고 파도를 관찰한다. 가마우지들이 날개를 벌리고 암초 위에 앉아 몸을 말리고 있다. 마치 부루퉁한 어부들 모습 같다. 집에 돌아오면 엄마가 집에 있다. 파도가 너무 세거나 너무 피곤해서 바다에 나가지 않았던 것이다. 그런 엄마를 보면 마음이 놓여 저절로 웃음이 나온다. 물론 엄마에게는 아무 말도 하지 않는다. 엄마가 그렇게 힘들게 생활하는 건 모두 나를 위해서다. 나를 먹여 살리고 학교에도 보내야 하기 때문이다.

엄마는 종종 엄마가 만났던 고래 이야기를 한다. 조개를 따기 시작했을 때 처음 고래를 만났는데, 그 후에도 그 고래는 가끔 해안으로 엄마를 찾아온다고 했다. 엄마는 신나서 아이처럼 웃으며 이야기를 해준다. 엄마가 웃을 때면 하얗고 예쁜 이가 드러난다. 웃는 모습은 엄마를 훨씬 젊어 보이게 한다. 내 이는 너무 크고 곧 무너질 듯한 도미노처럼 옆으로 기울어 있다. 엄마는 참 예쁘다. 검은 머리카락은 잠수하기 편하게 짧게 잘라서 바닷물에 젖으면 삐죽삐죽 곤두서곤 한다. 나는 엄마 머리를 감겨주는 것이 좋다. 내 머리는 길고 곱슬곱슬하다. 조의 말대로 우리 아빠가 아프리카 사람이거나 할아버지가 중국 사람이기 때문일 것이다. 중국엔 곱슬곱슬한 머리카락을 가진 사람이 많은가 보다. 어디에선가 그런 것을 읽은 것 같다. 엄마는 내 머리카락이 무척 마음에 든다고 한다. 그래서 내가 머리를 짧게 자르는 걸 싫어한다. 엄마는 규칙적으로 내 머리를 감겨 주고, 머리칼이 윤기가 흐르게 코코넛 우유로 마사지도 해준다.

나는 종종 혼자서 바닷가로 간다. 학교가 끝나면 숙제하러 집에 가는 대신 해안까지 걸어간다. 나는 넓은 해변으로 간다. 겨울에는 해변이 한적하다. 나는 겨울을 좋아한다. 모든 것이 쉬고 있는 것 같다. 바다도, 바위도, 새들마저도. 엄마도 겨울에는 아침 일찍 바다에 가지 않는다. 물속 깊은 곳에서 어슬렁대는 어둠 때문이다. 수면 위에서 해가 뜨는 시간과 물속 깊은 곳에서 해가 뜨는 시간은 서로 다르다. 나는 엄마를 만나러 바위로 간다. 바다는 회색빛이다. 잔잔한 바람이 불면서 파도는 잠잠해진다. 마치 달리는 말의 피부처럼 파도가 찰랑거린다. 그렇게 흐린 날이면 해녀 대부분은 물질하지 않는다. 그러나 엄마는 망설이지 않는다. 두 배나 많이 수확할 수 있기 때문이다. 그런 날이면 6~7만 원을 벌 수 있다. 엄마는 나한테 식당까지 해산물 배달하는 일을 도와달라고 한다. 특히 전복이 많이 잡힌 날 부탁한다. 전복이 무겁기 때문이다. 엄마는 멀리 나가지는 않는다. 항구 근처나 방파제가 거센 파도를 막아주는 곳, 아니면 해변 끝에 있는 바위들 속으로 잠수할 뿐이다. 나는 추위를 피해 불턱 안으로 들어가 엄마가 잠수하는 것을 바라본다. 물속으로 들어가기 전, 엄마의 다리는 꼿꼿하게 공중에 떠 있고, 예쁜 파란 신발은 반짝거린다. 물은 엄마를 삼켜버린다. 그러고 나면 나는 아주 어렸을 때부터 그랬듯이 천천히 숫자를 센다. 열, 열하나, 열둘, 열셋, 열넷을 세고 나면 엄마는 물 위로 떠 올라 머리를 젖히고는 *후후-라우라…* 하고 외치고, 나는 그 소리에 응답한다. 언젠가 텔레비전에서 고래에 관한 방송을 보고 나서 엄마에게 말했다. "엄마하고 해녀 할머니들은 고래처럼 소리 지르네!" 엄마는 웃으면서 다시 고래 이야기를 했다. 해가 질 때면 종종 찾아오는 그 고래 이야기를. 고래는 엄마한테만 찾아오는 게 아니다. 엄마의 친한 친구인 칸도 할머니도 나한테 고래와 만난 이야기를 해주었다. 칸도 할머니는 일본 군인의 사생아라고 한다. 할머니는 고래와 대화도 할 수 있다고 했다. 아침 일찍, 혹은 밤이 오기 직전에 가끔 고래가 다가오면, 할머니는 입을 다문 채 물속에서 작은 소리를 내면서 말을 건넨다고 했다.

할머니가 손뼉을 치면 고래가 아주 가까이 다가오기도 한단다. 너무 가까워 매끄럽고 부드러운 고래의 몸을 쓰다듬어 줄 수 있을 정도라고 이야기해 주었다. 나도 바다가 잠잠해진 저녁이면 바다로 나가 고래 만나기를 기대하면서 물안경을 쓰고 헤엄친다. 아직 고래는 나타나지 않았다. 고래를 만난 사람은 엄마나 칸도 할머니밖에 없다. 특히 칸도 할머니가 고래와 친하다. 고래는 할머니를 무서워하지 않는다. 늙었기 때문이다. 나는 할머니한테 고래 눈이 무슨 색이냐고 물었다. 할머니는 잠시 생각하더니 이렇게 말했다. "글쎄다, 무슨 그런 걸 다 물어본다냐?" 그러더니 모르겠다고, 아마도 푸른색이거나 회색일 거라고 한다. 엄마는 한 번도 그렇게 가까이에서 고래를 본 적이 없다고 한다. 그저 고래의 그림자가 엄마 곁을 스치고 지나갈 뿐이라고. 하지만 엄마는 고래가 하는 말을 들었고, 엄마 옆에서 헤엄치면서 내지르는 즐거운 외침을 들었다고 한다. 놀랍지 않은가? 그게 바로 나도 해녀가 되고 싶은 이유이다.

바다에는 신비로운 비밀이 가득하다. 그래도 난 바다가 무섭지 않다. 이따금 바다는 누군가를 삼켜버린다. 해녀일 수도 있고, 낙지잡이 어부일 수도 있고, 아니면 파도에 의해 평평한 바위로 떠밀려간 부주의한 관광객일 수도 있다. 대부분의 경우, 바다는 시체를 돌려주지 않는다. 저녁이 되면 해녀 할머니들은 불턱에 모여 옷을 벗고 물을 뿌려가며 몸을 씻는다. 나는 옆에 앉아 할머니들의 이야기를 듣는다. 제주도 말로 이야기하기 때문에 다 알아들을 수는 없다. 할머니들이 하는 말은 꼭 노래 같다. 할머니들은 땅 위에 올라와서도 물속에서 외치던 소리를 잊을 수가 없나 보다. 할머니들의 말은 우리가 하는 말과 완전히 다른 바다의 언어이다. 그 속에는 바닷속 소리가 뒤섞여 있다. 거품 이는 소리, 모래 사각거리는 소리, 암초에 부딪혀 부서지는 파도의 둔탁한 소리가. 할머니들은 나를 예뻐하는 것 같다. 나를 준이라고 부른다. 준은 내 이름이니까. 내가 이곳 출신이 아니며, 도시에서 태어났다는 사실을 안다. 하지만 내게 더 이상은 아무것도 묻지 않는다. 아빠나 엄마에 대해서도. 그들은 사려 깊고 입이 무겁다. 물론 내가 없는 데에서는 어쩌고저쩌고하겠지만 그래도 상관없다. 사람들은 다 그러니까. 해녀 할머니들은 나이가 많다. 자식들은 멀리 있고 회사에 다니면서 여행도 한다. 어쩌면 나를 보면 딸들이 생각나서 좋아하는지도 모른다. 이제는 다 커서 일 년에 한두 번, 그저 명절이나 생일 때 겨우 보는 딸들 말이다. 할머니들은 나를

"우리 딸"이라고 부르거나 "아가"라고 부르기도 한다. 내가 할머니들보다 키가 더 큰데도 말이다.

엄마는 내가 해녀 할머니들과 함께 지내는 것을 별로 좋아하지 않는다. 할머니들과 함께 헤엄치러 가는 것도 금지했다. 내가 할머니들처럼 되는 것, 해녀가 되는 것이 두려웠던 것이다. 엄마는 나보고 학교에서 열심히 공부해서 대학까지 가야 한다고, 그래서 나 때문에 엄마가 하지 못했던 일들을 해야 한다고 말한다. 의사가 되거나, 변호사가 되거나, 고등학교 교사가 되라고, 그러니까 제대로 된 직업을 가져야 한다고. 아니면 적어도 사무실에서 일하는 직원이 되어야 한다고 했다. 하지만 나는 매일 똑같은 곳에서 걸핏하면 화를 내는 고약한 상관의 명령을 받으면서, 매일 저녁 그저 잠자러 아파트로 돌아가는 그런 직업은 딱 질색이다. 내가 좋아하는 것은 바다가 내게 가르쳐 주는 것들이다. 석양이 질 때, 해녀 할머니들이 물속에서 나와 몸을 녹이려고 장작불을 피운 불턱에 모여앉아, 무지갯빛으로 반짝이는 전복과 뾰족하고 검은 조개와 불가사리, 문어 같은 바다의 보물들을 검정 바위 위에 늘어놓으면서 가르쳐 주는 것들이다. 나는 바닷속에 하나의 세계가 존재한다고 믿는다. 땅에서 보는 것과는 완전히 다른 아주 아름다운 세계가. 단단하지도 메마르지도 않은 세계, 피부도 눈도 다치게 하지 않는 세계, 모든 것이 천천히 부드럽게 미끄러지는 세계. 바다에는 전설이 있다. 호랑이한테 잡혀갔지만 용왕 덕분에 살아난 할머니 이야기, 뱃사람들을 삼켜버리는 괴물 이야기 등 아이들이 좋아할 이야기들이다. 하지만 내가 듣고 싶은 이야기는 그런 것이 아니다. 나는 어떤 문을 열면 새로운 세상이 열리는 그런 이야기가 듣고 싶다. 온통 파란색인 세계, 밝고도 어두운, 매끄러우면서도 단단한 세계, 찬란하게 빛나는 새로운 세계가 내 앞에 펼쳐지는 그런 이야기 말이다. 차가운 물속에서 투명한 물고기들이 떼를 지어 다니는 세계, 사람들의 이야기와는 달리 모든 소리가 다 각각인 세계, 교활하거나 위험한 것은 아무것도 없는 세계, 단지 우리를 에워싸고 우리의 마음을 사로잡는 웅성거림만이 있는 세계. 그 웅성거림이 당신을 에워쌀 때면, 바다에서 나오고 싶은 생각이 사라져 버리는 그런 세계 말이다.

물속에서 나온 해녀 할머니들이 내게 보여주는 것은 그런 세계이다. 배와 가슴이 볼록 튀어나온 할머니들은 팔을 약간 벌린 채, 번들거리는 검정 잠수복을 입고 바위 위로 뒤뚱뒤뚱 걸어 나온다. 할머니들은 이제 옛날처럼 몸이 가볍지 않다. 젊지도 않다. 바람은 그들을 밀어내고, 햇빛을 보면 눈물이 난다. 할머니들은 몸의 물기를 닦은 후, 두 손가락 사이로 코를 풀고 물웅덩이에다 침을 뱉는다. 할머니들은 채취한 소라와 전복과 성게를 평평한 바위 위에 널어놓는다. 할머니들의 손톱은 다 까졌고 까맣다. 목은 거북이처럼 주름져 있다. 할머니들은 아무 말도 하지 않고 고무로 된 잠수복을 벗는다. 나는 할머니들의 팔을 잡아당겨 옷 벗는 것을 돕는다. 그동안은 웃지 않는다. 할머니들 몸에서는 바다 냄새가 난다. 머리는 물에 젖어 곱슬곱슬하다. 한 번은 내가 이런 말을 한 적도 있다. "근데 말이야, 나는 바닷속에서 태어났나 봐. 날 때부터 곱슬머리잖아." 잠수복을 벗은 할머니들은 유모차에 물건을 싣는다. 젊은 엄마였을 시절, 딸들을 태우고 돌아다니던 바로 그 유모차일 것이다. 할머니들은 한 줄로 늘어서서 해안을 따라 걸어간다. 관광객들의 차가 지나가건 말건, 호기심 많은 사람들이 가던 길을 멈추고 서서 사진을 찍어대건 말건, 아무 신경도 쓰지 않는다. 할머니들은 집으로 돌아간다. 육지에 올라오면 발걸음은 무거워지고 동작은 어설퍼진다. 마치 끈끈이가 붙은 갈매기들처럼 말이다. 하지만 내 눈에는 할머니들이 아름답게 보인다. 나는 특히 칸도 할머니를 좋아한다. 집에 돌아오면 엄마는 화난 눈으로 나를 본다. 언젠가 브라운은 나를 훈계하려 들었다. 하지만 나는 그를 째려보았다. 그렇게 무시해 버리고 난 후부터 브라운은 나를 경계한다. 내게 훈계 따윈 하지 않는 편이 좋을 것이다.

키요 씨에 대해 이야기하는 것을 잊었다. 나는 그렇게 부르지만, 그의 진짜 이름은 필립이다. 키요 씨는 외국인이다. 그를 처음 만난 것은 항만에서였다. 그는 항만 방파제에서 낚시하고 있었다. 거의 모든 낚시 도구를 갖추고 있었는데, 전문가용 장비였다. 유리섬유로 만든 낚싯대에 꽤 괜찮은 릴까지. 빨간 플라스틱 통에는 온갖 종류의 낚싯바늘과 낚싯줄, 찌, 추 등이 들어 있었고, 여러 개의 칼날과 접는 가위와 손톱깎이까지 달린 스테인리스 다목적 칼도 있었다. 쇠통도 있었는데, 낚싯밥으로 쓰일 구더기들과 작은 새우들이 가득 들어 있었다. 그날 나는 여객선이 떠나는 것을 보려고 방파제로 갔는데, 키요 씨는 그곳에 혼자 있었다. 나는 외국인들을 좋아하기에 그에게 말을 걸려고 다가갔다. 자주 그러는 건 아니었지만 그날 저녁에는 이 낯선 아저씨에게 말을 걸고 싶었다. 그의 옷차림은 아주 우스웠다. 도시 사람들이 입는 옷을 그대로 입은 채 낚시 장비를 들고 있어 어딘가 모르게 어색하고 어설펐다. 좀 이상했다. 말하자면 그런 사람은 한 번도 본 적이 없다.

"장비가 장난이 아니네요. 낚시 전문가신가 봐요!" 그는 내가 자기를 놀리는 게 아닌가 하는 눈으로 나를 바라보았다. 게다가 내가 자기 나라 말을 하는 것에도 놀라지 않는 것 같았다.

"아 네, 그래요. 하지만 장비하고 실력은 아무 상관 없지요." 그렇게 대답하더니, 살짝 웃으면서 고백했다. "낚시에 대해선 아무것도 몰라요. 낚시라는 걸 처음 해보는걸요." 나는 기분이 좋았다. 왜냐하면 어른이 그런 말을 아무렇지도 않게 하는 것을 처음 보았기 때문이다.

키요 씨의 얼굴은 우울해 보이고, 피부는 약간 거무스름하다. 1986년이라 쓰여 있는 야구 모자를 쓰고 있어 잘 보이진 않지만, 머리는 좀 길고 곱슬곱슬하다. 체격도 좋다. 어깨는 넓고 손은 크다. 양복저고리를 입고 검은 에나멜 구두를 신은 그의 복장은 당연히 낚시에 적합하지 않다. 관광객처럼 보이지도 않는다.

"낚시하는 법을 배우러 여기 오신 건가요? 그런 거예요?" 키요 씨는 웃지도 않고 나를 바라본다. 질문을 퍼부어대는 열세 살짜리 여자아이가 이상하게 보일 것이다. 그가 낚싯줄을 던지자, 추가 물 표면에 닿기도 전에 방파제 십여 미터 앞에서 휙휙 소리가 난다. "그럼 나한테 낚시하는 법을 가르쳐 줄래요?" 그는 분명 내가 아니꼬울 테지만 난 기죽지 않는다. 그래서 이렇게 대답한다. "뭐, 그럴 수도 있지요. 낚시하는 법을 잘 알거든요. 아주 어렸을 때부터 했으니까요." 그러고 나서 똑똑한 아이처럼 보이려고 이렇게 덧붙인다. "아시다시피, 여기선 달리 할 일이 없거든요." 그는 아무 답도 하지 않은 채, 릴로 낚싯줄을 감는다. "장소가 중요해요. 여기서는 아무것도 못 잡아요. 수심이 깊지 않아 낚싯바늘이 모두 해초에 걸려 버릴 거예요." 바로 그때, 마치 일부러 그러기라도 한 양, 낚싯줄이 바닥에 걸려 버린다. "그것 봐요. 바닥에 박혀 버렸군요." 그는 투덜대면서 있는 힘을 다해 낚싯대를 잡아당긴다. 낚싯대는 거의 부러질 지경이다. "잠깐만요, 제가 해 볼게요." 나는 방파제 위에 주저앉아 낚싯대를 양쪽으로 부드럽게 흔들면서 마치 동물을 길들이듯 천천히 조금씩 잡아당긴다. 잠시 후, 낚싯줄이 바닥에서 떨어진다. 그는 다시 낚싯줄을 감는다. 낚싯바늘에 해초 한 뭉텅이가 딸려 나온다. 그제야 그가 웃는다. 기분이 좋아 보인다. "정말이네, 거짓말한 게 아니네요." 그는 상냥해졌다. "낚시에 대해 잘 아네요. 나한테 낚시하는 법을 가르쳐도 되겠어요. 시간이 있다면." 나는 답한다. "학교 가지 않을 때는 언제나 시간이 있어요." 그때 그는 내게 필립 키요라고 자기 이름을 가르쳐 주었다. 나는 그 이름이 좋다. 듣자마자 그런 이름을 가진 사람하고는 친구가 될 수 있을 거라는 생각이 들었다. 낚시에 대해 설명하느라 꽤 오랫동안 그곳에 있었다. 나는 방파제 반대편에 있는 구석진 자리를 가리켰다. 그곳은 파도가 낚싯줄 위까지 밀려들 염려가 없는 곳이다. 날이 어두워지자 나는 집으로 돌아왔다. 그곳을 떠나기 전에 아저씨에게 말했다. "내일은 일요일이에요. 원하신다면 낚시할 장소를 알려드릴게요. 좋은 장소, 무슨 말인지 아시죠?" 아저씨는 아까처럼 미소를 지으면서 나를 바라보았다. "오케이, 그럼 내일 아침에?" "내일 오후에요. 아침에는 엄마하고 교회에 가야 하거든요." 아저씨는 낚싯대와 낚싯밥을 챙겼다. "내가 어디 사는지 모르잖아요?" 나는 잘 알고 있다고 했다. "아저씨가 어디 사시는지는 사람들이 다 알아요. 여기서는 누구나 모든 사람을 알고 있어요. 아주 작은 섬인걸요." 아저씨가 내 말을 알아들었는지 확실치 않아 나는 덧붙였다. "그냥 밖으로 나오시기만 하면 돼요. 제가 아저씨를 찾아갈게요." 그렇게 하여 우리는, 필립 키요 씨와 나는 친구가 되었다.

*

 여름이 끝날 무렵이면 다시 힘이 생긴다. 나는 여름이 싫다. 여름은 망각의 계절이다. 아니 적어도 잊어버리는 척하는 계절이다. 매일같이 사람들이 물밀 듯이 밀려와 섬 구석구석을 메운다. 밀려오는 사람 물결은 출렁거리며 한적한 곳까지 스며들어 여러 갈래로 퍼지면서 더욱 위력이 세지는 거슴츠레한 바닷물과도 같다. 아침 여섯 시, 해는 이미 중천에 떴지만 아직 한적한 유일한 시간, 모든 것이 정지된 유일한 시간이다. 전복을 캐는 해녀들만이 먼 바다에서 둥둥 떠다닌다. 새도 몇 마리 있다. 그 시간이 지나면, 사람들의 습격이 시작된다. 새카만 벌레들처럼 그들은 여기저기서 튀어나온다. 그들은 망을 보는 더듬이를 세우고, 앞날개를 펴고, 사방으로 뛰어다닌다. 수영도 하고, 자동차 드라이브도 하고, 하늘을 날기도 한다. 한번은, 가죽끈으로 배에 묶인 채 해변까지 끌려가는 어떤 남자를 본 적이 있다. 바람을 맞은 연한 피부는 퉁퉁 부었고, 바람에 밀려 네 발로 기어 다녔다. 마치 알록달록하고 이상하게 생긴 게 같았다. 나는 그를 멈추어 세웠다. 그는 나에게 고개를 돌렸다. 그리고는 몸에 붙은 먼지를 털더니, "*스파시바!*"⁵라고 외쳤다. 도대체 어떤 고약한 바람이 그를 여기까지 데려왔을까?

시끄러운 소리와 열기 때문에 나는 부둣가에 있는 호텔의 작은 내 방에서 도망치지 않을 수 없다. 호텔 주인은 내게 텐트 하나를 빌려주었다. 그 텐트는 아마도 전쟁이 끝난 후 받았던 잉여 군수물자 중 하나일 것이다. 나는 텐트를 가지고 섬 반대쪽으로 가서 자리 잡는다. 그곳에는 백사장이 없다. 여기저기 상처투성이인 검은 돌들뿐이다. 그곳에는 바다벌레가 가득하다. 하지만 나는 인간들보다는 차라리 바다벌레들이 더 좋다. 메리는 종종 내가 아주 괴팍한 독신자로 늙어 죽을 거라고 했다. 나를 '우리 아기'라 부르며 놀리기도 했다. 그녀는 나의 삶에 대해 아무것도 몰랐다. 그녀 역시 자기 이야기는 거의 하지 않았다. 어느 날 밤, 메리는 바닷가를 거닐면서 목청껏 노래를 불렀다. 나는 무심코 다른 곳이었다면 미친년 취급당하기 십상일 거라고 말했다. 그녀는 노래를 멈추더니, 가족 친구인 의사의 권고에 따라 정신병원에 갇혔던 적이 있다고 씁쓸하게 말했다. 그녀는 그곳을 하얀 집이라 불렀다. 모든 것이 다 하얗기 때문이다.

---

5 러시아 말로 "감사합니다."라는 의미.

벽도, 천장도, 간호사와 의사의 가운도, 심지어는 환자들의 안색까지도. 나는 미안한 마음이 들어 내 이야기도 해야 할 것 같았다. 그래서 아무렇지도 않은 듯이 이렇게 말했다. "나도 갇혔던 적이 있어요." 그랬더니 메리가 물었다. "당신도 하얀 집에 갇혔었나요?" 내가 대답했다. "아니요, 감옥에요." 다른 사람들 같으면 "왜 감옥에 갔나요? 무슨 죄를 저질렀는데요?"라고 물었을 것이다. 그러나 그녀는 아무것도 묻지 않았다. 그녀가 더 이상 아무 말도 하지 않아, 나도 계속하지 않았다. 난 고백 같은 걸 하는 데에는 소질이 없다.

낚시하러 갈 때면 섬을 가로질러 간다. 섬 안쪽에는 관광객들이 뜸한 편이다. 그들은 해변이나 전망 좋기로 유명한 곳에만 흥미 있을 뿐, 고구마나 양파를 심은 밭에는 전혀 관심이 없다. 여름에는 오솔길이 열기로 가득하다. 땅에서는 시큼하면서도 묵직한 냄새가 난다. 울타리 뒤에서는 소들이 무덤덤하게 더위를 피하고 있다. 따가운 햇볕에 눈이 아프다. 메리와 함께 살 때를 기억한다. 우리는 낮에 자고 밤에 활동했다. 시멘트 블록을 쌓은 후 널빤지를 대고 물결 모양의 양철지붕을 얹은 우리가 살던 오두막집은 아직도 그대로 있다. 사람들 말에 의하면 그 집은 어떤 일본인 건축가에게 팔렸다고 한다. 그는 이 섬을 개발하려는 거대한 계획을 가지고 있단다. 헬리콥터가 착륙할 수 있는 활주로도 있고, 바닷물을 끌어들여 이용하는 스파가 있는 4성급 호텔을 짓는다는 것이다. 그가 우상으로 떠받드는 건축가가 안도 다다오라 하니, 그 사실은 모든 것을 말해준다. 잘해 보라지! 메리와 나는 흡혈귀들처럼 황혼이 지고 태양이 안개 속에서 위력을 잃은 채 흐릿해질 때야 밖으로 나왔다. 그리고는 컴컴한 바닷속에서 헤엄을 쳤다. 해초가 배 부분에 닿으면 우리는 몸을 부르르 떨었다. 한 번은, 반달이 비추던 어느 날 해변의 물속에서 바다소들처럼 뒹굴면서 사랑을 나누기도 했다. 아주 오래전 과거의 일이다. 다 잊었다고 생각했는데, 이곳에 다시 오니 매 순간이 되살아난다.

오랜 세월이 흐른 후 이 섬에 다시 왔을 때, 나는 그저 이삼 일 정도 머물다 갈 생각이었다. 여객 터미널 근처의 부두에 있는 작은 호텔에 방을 하나 잡았다. 호텔 1층에는 관광객들에게 스쿠터나 자전거를 빌려주는 대여점이 있었다. 더 이상 아무것도 남아 있지 않다는 것을, 과거는 다 지워졌음을, 이제는 아무 느낌도 없음을 확인할 수 있는 시간, 피식 웃거나 그저 어깨를 한 번 으쓱할 수 있는 상태가 되기까지의 시간, 그 시간 동안만 머물 생각이었다. 첫날 나는 아무것도 하지 않았다. 그저 배들이 왔다 갔다 하는 것을 바라보고, 선착장에 도착한 배에서 내리는 사람들과 자동차들과 자전거들을 지켜보았을 뿐이다. 방문객 대부분은 젊은 이들이었다. 연인들이거나 단체관광을 온 아이들이었다. 나는 구역질이 날 때까지, 머리가 찢어질 듯 아플 때까지, 그들을 바라보았다. 저들은 무얼 하러 여기에 왔을까? 무슨 권리로? 도대체 무엇을 바랄까? 울긋불긋한 색깔의 잠바를 입고, 운동화를 신고, 야구 모자를 쓰고, 선글라스를 낀 느긋한 약탈자들. 그들은 이곳에 맴도는 위험을 알고 있을까? 밤의 정령을, 바닷속 깊은 틈새에서 호시탐탐 기회를 노리면서 숨어 있는 무서운 힘을? 익사한 사람을 본 적이 있을까? 나는 진심으로 그들을 증오했다. 나는 오가는 사람들, 수백 명, 수천 명을 하나하나 세었다. 모두 똑같은 사람들이었다.

  밤이면 나는 바다를 따라 이리저리 걸어 다녔다. 관광객들은 모두 사라졌다. 몇몇은 아직 섬에 남아, 가시덤불 뒤에 숨어 나를 염탐하는 것만 같았다. 날이 추웠다. 밀물과 더불어 바람이 거세졌다. 달은 없었고, 하늘은 뿌옇게 흐렸다. 바다는 어두컴컴한 덩어리처럼 보였다. 나는 몸의 균형을 잡고자 양팔을 약간 벌린 채 비틀거리면서 걸었다. 내가 지나가는 소리에 묶여 있는 개들이 짖어댔다. 불 꺼진 마구간에선 소 한 마리가 음매 하는 소리를 냈다. 그러자 갑자기 모든 기억이 되살아났다. 나는 여기 있었다. 이 길에, 혼자, 아무 생각도 없이. 삼십 년 전에는 메리와 함께. 나는 옆에서 걷다가 갑자기 그녀의 목, 머리카락 바로 아랫부분에 키스했다. 그녀는 몸을 뒤로 젖혔다. 놀란 것 같았다. 나는 그녀를 다시 붙잡았다. 우리는 서로를 끌어안은 채 백사장이 있는 곳까지 걸었다. 그리고 단단한 모래 위에 앉아 바닷소리를 들었다. 우리가 처음 사랑을 나눈 것은 바로 그때 그곳에서였다.

 우리는 밤이 거의 샐 때까지 이야기를 나누다가 오두막집으로 돌아갔다. 나는 그날 밤을 생생하게 기억한다. 그리고 지금 이 순간 메리가 다시 온다. 마치 아무것도 우리를 갈라놓지 않았던 것처럼. 그것은 고통인 동시에 기쁨이었다. 날카롭고 예리하고 강렬했다. 구토와 현기증을 느꼈다. 바로 그 순간, 나는 머물기 위해 이곳에 왔음을, 부화했다가 그날 죽어버리는 곤충처럼 매일매일 밀려왔다가 사라져버리는 인간들과는 아무 관계가 없음을 깨달았다. 나는 그 사건을 논리적으로 다시 따져보아야 했다. 메리의 실종은 아직

완결되지 않았다. 나는 그 사건을 이해하려고 노력해야 했다. 쓰라림의 끝까지, 불행이 주는 고통스러운 향락의 끝까지 가보아야 했다.

나는 호텔 숙박 기간을 연장하고 그곳에 자리를 잡았다. 호텔 주인을 속이기 위해 낚싯대와 낚싯바늘, 미끼 담는 통을 샀다. 텐트도 빌렸다. 바람이 잔잔한 밤이면, 시멘트로 지은 화장실에서 멀지 않은 텅 빈 바닷가 모래언덕에 자리를 잡았다. 그리고는 바닷소리를 들었다.

섬사람들은 내게 아무 말도 하지 않았다. 나를 받아들이지 않았지만, 나에 대해 이러쿵저러쿵 비난하지도 않았다. 그것은 관광객들이 많이 들락거리는 장소가 가진 이점이기도 하다. 이곳에서 외국인이라는 말은 이제 별 의미가 없다.

아무도 나에게 관심을 가지지 않는다. 아무도 나를 기억하지 않는다. 아무도 메리라는 이름을 기억하지 않는다. 그것은 아주 오랜 과거의 일이다. 하지만 그 때문이 아니다. 여기에서는 바람이 모든 것을 지워버리고 마모시킨다. 이곳에서는 매년 수십 명이 물에 빠져 죽는다. 납덩이를 허리에 찬 채 바닷속으로부터 떠 오르는 해녀들, 잠수하다 질식한 해녀들도 있다. 압력 감소, 호흡 정지, 심장마비 등 원인은 다양하다. 아주 작은 밭 주위로, 구멍이 숭숭 뚫린 화산

암을 쌓아 만든 담벼락을 통해 신음을 내면서, 바람이 분다. 나는 고통스러운, 그러나 아무 소용없는 탐색 속으로 빠져든다. 그들이 어떻게 이해할 수 있겠는가? 그들에게는 매일매일의 삶, 그날그날의 삶이 걱정인 것을. 게다가 한 번 떠난 사람은 다시 돌아오지 않는다. 나의 사랑은 나를 고통스럽게 하지만 동시에 기쁘게 하기도 한다. 그것은 의학적 용어로 감미로운 고통이라 부른다. 군인들을 따라다니며 취재할 때 그들이 말해준 것이 바로 그 감정이었다. 그것은 고문과는 다르다고 했다. 반복적으로 끈질기게 계속되는 찌르는 듯한 고통, 그러다 보면 그것 없이는 결코 살 수 없는 도박 같은 것이라고 했다. 그것은 즐겨야만 하는 고통이다. 왜냐하면, 그 고통이 끝나면 모든 것은 공허해지고, 그 후에는 죽는 일밖에 남지 않기 때문이다.

*

나는 매일 필립 키요 씨를 만난다. 처음에는 내가 아저씨를 찾으러 갔다. 수업을 마친 후나 공휴일에, 나는 아저씨를 만날 때까지 들판을 가로지르고 해안을 따라 걸었다. 지금은 아저씨가 나를 찾아온다. 나는 바위에서 기다린다. 아저씨는 낚싯대를 가지고 온다. 낚싯대를 던져 보지만 곧 지친다. 아무것도 안 잡히기 때문이다. 가시가 잔뜩 달린 투명한 작은 물고기 몇 마리가 잡힐 뿐이다. 하지만 내가 낚싯대를 던지면 커다란 물고기가 잡힌다. 금눈돔도 잡히고 가자미도 잡힌다. 아저씨는 낚시에 별로 소질이 없다. 미끼로 쓸 작은 새우를 낚싯바늘에 꿰는 것도 잘 못한다. 새우 머리를 먼저 바늘에 꿴 후 어떻게 꼬리 부분을 다시 꿰는지 보여줘도 소용없다. 아무리 해도 성공하지 못한다. 아저씨의 큰 손은 어설프기만 하다. 하지만 깔끔한 손이다. 나는 그게 좋다. 부러진 손톱도 없다. 손톱깎이와 손톱 다듬는 줄로 잘 정리했다. 나는 그게 너무 좋다. 엄마의 남자친구 브라운처럼 손톱이 더러운 남자는 딱 질색이다. 아저씨 손은 주름이 약간 있고, 피부색은 조금 검은 편이지만, 손바닥은 분홍빛이다. 아저씨의 손동작은 서투르지만 손바닥이 매끄럽고 건조해서 좋다. 나는 무엇보다도 손이 축축한 남자가 싫기 때문이다. 뜨겁고 축축한 손은 몸이 부르르 떨릴 만큼 싫다. 내 손은 언제나 건조하다. 건조하고 차갑다. 발도 항상 차갑다. 여자들은 대부분 다 그런 것 같다.

우리는 밤이 올 때까지 낚시도 하고 이야기도 나누면서 그곳에 있다. 대부분의 경우, 낚시하는 것도 잊어버린다. 바람이 불고 바다가 심술을 부리는 날엔 아무리 낚싯대를 던져봐야 소용없다. 물고기들은 깊은 바닷속 동굴에 숨어 움직이지 않는다. 아저씨는 꼼짝 않고 바위 위에 앉아 바다를 바라본다. 그가 바다를 바라볼 때면 정말 슬퍼 보인다. 마치 바다의 푸른색이 아저씨 눈 속으로 들어간 것만 같다.

"무슨 생각을 하세요?" 나는 아저씨에게 묻는다. 열세 살짜리 여자아이가 나이든 남자의 생각에 관심을 가질 수 있을까? 하지만 아저씨는 놀라지도 않는다. "내 삶에 대해서요." 아저씨가 대답한다. "아저씨는 살면서 무슨 일을 하셨어요?" 아저씨는 얼른 대답하지 않는다. 나는 약간 노인처럼 말하는 경향이 있다. 해녀 할머니들과 대화하는 것이 습관이 되었기 때문이다. 분명 사람들은 할머니들과 이야기하는 내가 이상해 보일 것이다. 하지만, 나이가 들면 젊은이들이 이런저런 질문을 해주는 걸 좋아한다. 내가 늙었을 때도 누군가 그래 주면 좋을 것 같다. "건축을 공부했는데, 기자가 되었지요. 군 복무 때 시작했어요. 전선에서 일어나는 일들을 기사로 써 보냈어요. 나는 글 쓰는 걸 좋아해요. 아직 책은 못 냈지만. 책 쓸 시간을 갖기 위해 여기 온 거예요." 아저씨에게는 독특한 악센트가 있다. 단어를 골라 말한다. 나는 아저씨의 말투가 좋다. 굉장히 영국식 영어이다. 나는 아저씨 말투를 기억해 두었다가 혼자 있을 때 단어들을 반복해 따라 해본다. 아저씨의 영어는 엄마가 내게 가르쳐 준 말과는 다른 언어처럼 들린다. 아저씨는 내 발음이 좋다고 한다. 우리 아빠가 미국 사람이기 때문인지도 모른다. 물론 나는 그 말을 하지 않았다. 그것은 아무와도 상관없는 일이니까. 나는 학교 친구들이 못 알아듣게 다른 언어로 말하는 걸 좋아한다. 그래서 아저씨한테 부탁했다. "아저씨네 말로 내가 모르는 단어들을 가르쳐 주세요." 아마도 내 부탁이 아저씨를 기쁘게 한 것 같다. 그 말을 듣고 웃었다. 분명 기분이 좋았던 것이다. 어른들은 무엇인가 가르치는 것을 좋아한다. 내게 무엇인가 가르침으로써 아저씨는 낚시에 대해 아무것도 모른다는 사실을 부끄러워할 필요가 없게 된다. 아저씨는 각도, 실, 고리, 도미, 불가사리 같은 새로운 단어를 가르쳐 주었다. 내가 몰랐던 항해와 관련된 단어들도 알려주었다. 우현, 선미, 농어, 뱃머리, 꼬리 쪽 뱃머리, 계류

용 밧줄. 내가 기억하고 싶은 것은 그 단어들 자체가 아니라 말하는 방식이다. 노래하듯이 발음하는 방식 말이다. 나는 아저씨한테 단어들을 반복해서 발음해 달라고 부탁한다. 그리고는 운율을 터득하기 위해 아저씨 입을 주의 깊게 바라본다. 내가 아저씨를 좋아하는 이유는 다른 사람과 달리 나한테 개인적인 질문을 절대 하지 않기 때문이다. 아저씨는 한 번도 '몇 살?' 혹은 '몇 학년?' 하고 묻지 않았다. 어쩌면 내가 아이가 아니라고, 어른은 아니라도 거의 어른에 가까운 나이라고 생각하나 보다. 그래서 나와 대화하기로 했나 보다. 가끔 내가 열여섯 살이라고, 어떨 때는 열여덟 살이라고 말한 적도 있다. 실제로 나는 키가 무척 커서, 여기 사는 대부분의 여자보다 크다. 가슴도 볼록하고, 이미 오래전부터 생리도 한다. 올 초에 시작했으니까. 학교 수업 중에 생리가 시작되었다. 나는 너무 창피해서 의자에서 일어날 수가 없었다. 한 번은 침대가 젖어 오줌 싼 줄로만 알았다. 하지만 피였다. 밤이었지만 밖에 나가서 찬 물로 생리대를 빨아야 했다. 피가 빠지게 하려면 찬 물로 빨아야 한다고 엄마가 늘 말했기 때문이다.

"선생님은요?" 나는 아저씨를 '선생님'이라고 부른다. 마치 군대에서 "옛 설! 노 설!" 하는 것처럼 말이다. 마치 그에게 질문할 권리가 있는 것처럼 묻는다. 하지만 아저씨가 나한테는 아무것도 묻지 않았다는 사실은 잊고 있었다. "결혼은 하셨어요? 아이는요?" 아저씨는 머리를 저으며 말한다. "아니, 아니, 결혼도 안 했고, 아이도 없어요." "그건 슬프네요. 선생님이 늙으면 누가 돌봐 주겠어요?" 아저씨는 그저 어깨를 한 번 으쓱할 뿐이다. 그런 것은 안중에도 없나 보다.

그런 이야기를 하고 나면 아저씨도 나도 한참 동안은 할 말이 없다. 아저씨는 그런 사적인 질문을 별로 좋아하지 않는 것 같다. 얼굴이 금방 굳어진다. 아저씨는 쓸데없는 사소한 말로 금방 대화를 트는, 우리가 매일 만나는 그런 종류의 사람이 아니다. 아저씨에겐 비밀이 많아 보인다. 얼굴에는 그림자가 드리워져 있다. 내가 말을 걸면, 갑자기 불안한 기색이 눈앞으로, 이마 위로 스쳐 지나간다.

나는 아저씨와 함께 하는 재미있는 놀이 하나를 찾아냈다. 내가 먼저 시작했는지, 아니면 아저씨가 그랬는지 기억나지 않는다. 아저씨 얼굴에 어두운 그림자가 드리워질 때면 우리는 그 놀이를 했다. 처음엔 해변에 있는 물건 아무거나 하나씩 집었다. 나무 조각이나 해초 이파리 같은 것들이었다. 체스 말이나 도미노 패를 옮기는 것처럼 아저씨와 나는 돌아가면서 가져온 물건들을 바닥에 놓았다. 모래나 움푹한 바위 속에서 찾아낸 대수롭지 않은 것들, 잔가지나 새의 깃털, 속 빈 조개껍데기 같은 것들이었다. 우리는 평평하게 다진 깨끗한 모래 위에 하나하나 늘어놓았다. "당신 차례." 아저씨가 말한다. 나는 끈 조각을 놓는다. "내 차례." 아저씨가 말한다. 그는 얽혀 있는 마른 해초 잎을 놓는다. "아저씨 차례." 나는 반투명한 유리 조각을 놓는다. "내 차례." 아저씨는 납작한 돌멩이를 놓는다. "당신 차례." 나는 더 작고 빨간 줄무늬가 있는 돌멩이를 놓는다. 아저씨는 난감해한다. 주변을 둘러보지만, 아무리 봐도 그 돌멩이보다 더 나은 것은 없다. "당신이 이겼어요." 아저씨는 말한다. 우스워 보이겠지만, 우리는 정말로 진지하게 놀이를 한다. 그 빨간 줄무늬 돌멩이는 정말 압권이었다. 무엇보다도 우리가 그 놀이를 할 때 아저씨가 걱정근심을 다 잊어버린다. 어두운 그림자가 눈에서 사라지면서, 눈은 다시 밝아지고 미소를 띤다. 아저씨 눈에서 바다를 비추는 햇빛이 반짝인다.

   그것은 우리만의 놀이이다. 그냥 '돌아가며 놓기'라고 불렀다. 그 놀이를 시작하면, 우리는 아무 생각도 하지 않는다. 더 이상 시간은 존재하지 않는다. 우리는 언제까지고 그 놀이를 계속할 수 있다. 나는 그 놀이가 웃겨 죽을 것 같지만, 아저씨는 얼마나 진지한지 모른다. 이상하거나 우스꽝스러운 물건을 내밀 때도 아저씨 표정은 심각하다. 하지만 눈은 반대이다. 나는 그 놀이 할 때의 아저씨 눈 색이 좋다.

내가 키요 씨 눈이 무슨 색인지 말한 적 있던가? 초록색이다. 하지만 그 색은 늘 변한다. 샐러드 이파리의 초록색일 때도 있고, 물색 같은 초록색일 때도 있다. 비가 와서 대기 중의 기포와 빗물이 뒤섞일 때면 부서지는 파도가 만드는 휑한 구덩이처럼 침침한 색이 되기도 했다. 아저씨의 어두운 얼굴에서 눈은 반짝이는 두 개의 점이다. 그 눈을 한참 동안 바라보고 있노라면 현기증을 느낀다. 그러면 나는 아저씨에게서 눈을 떼고 모래 쪽으로 몸을 굽힌다. 그리고 놀이를 계속하기 위해 무엇인가를 열심히 찾는다. 심장은 더욱 빨리 뛴다. 만일 계속 그의 눈을 바라본다면 쓰러지고 말 것 같다. 아니면 기절해 버리던가. 물론 아저씨한테는 그런 이야기를 못 할 것이다. 게다가 아저씨는 사람들을 절대 오래 바라보지 않는다. 하긴 아저씨가 다른 사람들과 함께 있는 것을 본 적이 없으니, 그건 나한테만 해당되는 이야기일 것이다. 우리가 헤어질 때는 언제나, 심지어는 어둑어둑해질 때조차, 아저씨는 선글라스를 쓴다.

우리는 거의 매일 만났다. 키요 씨는 이제 내 인생에서 중요한 자리를 차지하게 되었다. 나는 일기장에 그렇게 썼다. 다른 누구에게도 그 말을 할 수 없었기 때문이다. 학교가 끝나면, 고구마밭을 가로질러 바닷가로 달려간다. 일요일에도 교회에 다녀온 후에는 그리로 간다. 멀리서도 나는 아저씨를 알아볼 수 있다. 바람에 휘날리는 양복저고리도. 처음에는 넥타이까지 매고 낚시질을 했다. 하지만 바람이 심하게 불면 넥타이가 휘날리면서 얼굴을 때리자 결국 풀어 버렸다. 나는 꽃무늬 바지나 노란 방풍복을 입고 돌아다녀야 한다고 생각하는 관광객들과 달리 아저씨가 멋지게 차려입은 것이 좋다. 비가 오면 아저씨는 우산을 들고 온다. 조그맣고 우스꽝스러운 접이 우산이 아니라 영국 신사들이 들고 다니는 것 같은 까맣고 긴 우산이다. 하지만 바람 때문에 우산이 뒤집어지자, 아저씨는 결국 포기하고 우산 없이 지내게 되었다. 모자 위로 빗물이 줄줄 흐르며 양복저고리를 적신다. 날씨가 정말 나쁠 때면 아저씨는 텐트 속으로 몸을 피한다. 아저씨는 해수욕장에서 조금 멀리 떨어진 모래 언덕에 텐트를 쳤다. 쇠말뚝으로 고정한 초록색 나일론 텐트였다. 호텔 주인이 빌려주었다고 한다. 우리는 텐트 속으로 들어가 비를 피한다. 처마 같은 것도 있다. 우리는 텐트 속에 나란히 앉는다. 하지만 아저씨 발은 텐트 밖으로 삐져나간다. 나는 그 모습이 너무 좋다. 우리가 아주 먼 곳, 미지의 나라, 미국이나 러시아 같은 곳에 있는 듯한 느낌이다. 다시는 돌아올 수 없는 나라. 우윳빛 바다 위를 달려오는 파도를 바라본다. 수평선에선 바다 안개가 더욱 짙어진다. 우리는 이 세상 끝을 향해 출발하는 배를 탄 것만 같다.

우리는 이야기하고, 이야기하고, 또 이야기한다. 사실 주로 이야기하는 쪽은 나이다. 키요 아저씨는 무엇을 물어도 대답해주었다. 아저씨는 모르는 것이 없다. 작가이기 때문이다. 하지만 잘난 척하지 않는다. 단지 물어보는 것에 대해서만 대답해줄 뿐이다. 아저씨는 온갖 종류의 사람을 만났고, 온갖 종류의 나라를 다녀봤고, 온갖 종류의 직업도 가졌다. 아마 그래서 슬픈가 보다. 모든 것을 다 안다는 것은 슬프지 않나? 처음에는 잘 대답해주지 않았다. 그저 내가 수다 떠는 것을 듣고만 있었다. 왠지 다른 생각을 하고 있는 것 같았다. 나는 여행과 기자라는 직업에 대해서 물었지만, 아저씨는 듣고 있는 것 같지 않았다. 나는 아저씨를 툭 쳤다. "저기요, 선생님! 선생님!" 아저씨는 소스라치게 놀랐다. "왜요?" "왜 내 말을 안 듣는 거예요? 내가 너무 어려서, 내가 하는 이야기는 다 시시하다고 생각하는 거예요?" 난 그런 아이다. 어른들이 무섭지 않다. 선생님들도 안 무섭다. 나는 주먹으로 그들을 때릴 수도 있고, 꼬집을 수도 있다. 하지만 아저씨는 그저 깨울 수 있을 정도로 살짝 건드릴 뿐이다. "주무세요? 눈을 뜨고도 잘 수 있어요? 조심하세요. 바람은 선생님을 쓰러뜨릴 수도 있고, 바다에 빠뜨릴 수도 있어요." 그렇게 말하면 아저씨 얼굴의 주름이 펴진다. 그러고 나서 내 말을 열심히 듣는다. 내가 가끔 농담하면 웃기도 한다. 나는 아저씨의 억양과 말투가 좋다. 뭐라고 답해야 할지 모를 때 "에, 아"라는 말로 시작하는 것도 마음에 든다. 그런데 아저씨는 바다제비, 풀머갈매기, 집게제비갈매기, 제비갈매기 같은 새 이름이나, 나비, 풍뎅이, 바닷물이 빠져나간 후 바위틈에서 우글거리는 고약한 바다 바퀴벌레 같은 곤충 이름을 너무 잘 안다. 옛날에 선생님이었을지도 모른다. 어쩌면 스캔들 때문에 학교에서 쫓겨났는지도 모른다. 소아성애도착자인지도 모른다. 자기 나라에서 가르칠 때 여학생들을 만져 학교에서 쫓겨나 이곳으로 피신 온 것일 수도 있다. 아주 웃기는 생각이다. 나는 아저씨에게 그런 이야기를 해보려고 했지만, 아저씨는 무슨 말인지 이해하지 못했다. 어쩌면 듣고 싶지 않았는지도 모른다. 아니, 그럴 리 없다. 소녀들의 엉덩이를 만지기 위해 체조 강습을 이용하는 늙은 변태일 리 없다. 게다가 아저씨는 선생님처럼 생기지도 않았다. 키가 그다지 크지 않고, 약간 구부정하다. 하지만 아저씨의 어깨는 근사하다. 모자를 쓰지 않을 때는 흰 머리가 약간 섞인 곱슬머리를 볼 수 있다. 그 모습은 아주 멋지다. 어쩌면 아저씨는 경찰인지도 모른다. 어떤 사건을 조사하기 위해 섬으로 온 것이다. 낚시하는 척하지만, 사실은 오가는 사람들을 관찰하고 있다. 하지만 검은 양복저고리를 입고 흰 와이셔츠를 입은 경찰을 상상하니 너무 우습다.

나는 아저씨에게 기발한 질문을 던진다. 그러니까 내 나이 또래치고는 그렇다는 말이다. 나는 물었다. "어디서 죽고 싶어요?" 아저씨는 아무 대답도 하지 않고 나를 물끄러미 바라본다. 분명 한 번도 그런 생각을 해본 적이 없을 것이다.

"나는요," 나는 말한다. "바다에서 죽고 싶어요. 하지만 물에 빠져 죽는 것은 싫어요. 그냥 바다에서 사라지고 싶어요. 절대로 돌아오지 않은 채로 말이죠. 파도가 나를 먼 곳으로 데려갔으면 좋겠어요."

아저씨는 얼굴을 찌푸렸다. 나는 아저씨가 웃으려는 줄 알았다. 그런데 자세히 보니, 화가 나서 얼굴을 찌푸린 것이었다. "왜 그런 말을 하죠? 누가 바다에서 사라지는 이야기를 했나요?" 내 말 때문에 아저씨가 화를 낸 것은 그때가 처음이었다. 아저씨는 차분한 목소리로 이렇게 덧붙였다. "지금 자신이 무슨 말을 하고 있는지 몰라요. 바보 같은 말만 하는군요." 그 말에 나는 너무 창피해졌다. 용서받으려면 아저씨 팔을 잡고, 머리를 어깨에 기대야 한다고 생각했다. 하지만 기분이 상한 나는 그렇게 하지 않았다. "아니, 그게 왜 바보 같은 말이에요? 나는 바보가 아니에요. 아무리 어려도 죽음을 생각할 수 있어요." 정말 그랬다. 나는 바닷가에서 파도에 뛰어드는 생각을 여러 번 했다. 그다음 바다가 나를 삼켜 버리는 생각을 말이다. 딱히 특별한 이유가 있어서가 아니다. 그저 학교가 지겨웠고, 엄마 귀에다 대고 달콤하고 음흉한 말을 속삭이는 엄마의 남자친구가 너무 꼴 보기 싫었기 때문이다.

"우리 이제 그런 이야기는 하지 말아요, 준." 아저씨는 처음으로 내 이름을 불렀다. 내 마음이 누그러졌다. 이름을 불렀다는 것은 내가 지루해서 바닷물 위에 떠 있는 낚싯대의 찌나 바라보는 그저 멍청한 여자아이가 아니라, 아저씨에게 특별한 사람임을 의미하기 때문이다. 자리를 뜨기 전에 나는 아저씨의 뺨에 가볍게 뽀뽀했다. 눈 깜짝할 사이였다. 하지만 그 잠깐 사이에 나는 아저씨의 거친 피부와 약간 신맛 냄새를 느낄 수 있었다.—나이 든 사람들한테서는 항상 그런 시큼한 냄새가 난다.―아저씨가 내 아빠인 것처럼, 아니면 할아버지나 뭐 그런 사람인 것처럼. 그리고 나는 돌아보지 않고 막 뛰어서 집으로 왔다.

 어떻게 그런 일이 일어났는지 모르겠다. 내게는 언제나 그런 식으로 일이 벌어진다. 별로 신경 쓰지 않으면서 말하고, 남의 말을 듣고, 방심한 채로 있다 보면, 옆에 누군가가 있는 것을 알게 된다. 그 전에는 아무도 없었는데 말이다. 벤치에서, 식당에서, 해변에서, 그리고 시멘트 방파제에서. 낚시에 대해서는 아무것도 모르지만, 아무에게도 방해받지 않고 몇 시간이고 바다를 바라볼 수 있기에 방파제로 낚시하러 갔다. 낚시한 이유는 단지 그뿐이었다. 그런데 어느 날, 그 아이가 나에게 말을 걸어왔다. 그리고는 내 삶을 온통 점령해 버렸다. 꼬마 아이가! 그 아이는 자기가 열여섯 살이라고 주장하지만, 아직 초등학생이니 분명히 거짓말이다. 열여섯 살이면 이 섬에서는 일을 한다. 결혼을 할 수도 있다. 늙은이와 함께 길이나 방파제 위를 어슬렁거리지 않는다. 아니다. 이래서는 안 된다. 나 같은 과거를 가진 남자가 꼬마 여자아이와 함께 있는 것을 누가 본다면! 섬을 지키는 하나밖에 없는 경찰이 분명 나를 감시하고 있다. 내가 가는 곳이면 어디에나 그가 있다. 경찰은 두 가지 색으로 칠한 자동차를 타고 천천히 지나가곤 한다. 내게 협박 조의 시선을 던진다. 나를 체포할 기회만 엿보고 있다. 그는 내가 관광하러 이곳에 온 것이 아님을 알아챘다. 나는 혼자 사는 수상한 사람인 것이다. 경찰은 여러 번 우리 앞을 지나갔다. 그는 아무 말도 하지 않는다. 우리를 못 본 척한다. 그게 더 나쁘다.

그 아이 이름은 준이다. 사실 난 그 이름이 좋다. 메리도 그 아이를 알았더라면 분명 좋아했을 것이다. 아이의 곱슬곱슬하고 촘촘하고 탐스러운 검은 머리칼은 황갈색 빛을 띠고 있다. 아이는 언제나 고무줄로 머리를 묶은 후 틀어 올린다. 하지만 바닷가에서는 머리를 풀어헤친다. 그러면 마치 햇빛에 반짝이는 가발처럼 보인다. 바람은 아이의 머리를 헝클어뜨린다. 메리의 머리도 숱이 많았는데, 굉장히 까맣고 윤기가 났다. 올림머리를 할 때면 일본 게이샤처럼 보였다.

정신을 차려야 한다. 낚시질이나 하고, 머리에 피도 안 마른 여자아이와 노닥거리기 위해 이 섬에 온 것은 아니지 않은가! 나는 지도에 가야 할 곳을 표시해놓고, 사진을 찍으면서 다녀온 곳을 표시하는 그런 빌어먹을 관광객이 아니다. 첫 키스를 했던 벤치, **완료**, 땅끝 등대, **완료**. 고독한 산책길, 약속의 정원, 난파선, **완료**, **완료**, **완료**. 그리고 나서 머리가 텅 비고 돈을 다 쓰고 나면 그곳을 떠나는 관광객 말이다. 나에게 섬은 희망이 보이지 않는 막다른 골목이다. 지나갈 수 없는 곳, 그 너머에는 더 이상 아무것도 없는 곳. 망망대해, 그것은 망각이다.

아무 흔적도 아무 이유도 남기지 않고 사라져 버린 메리, 그녀의 삶, 그녀의 몸, 그녀의 사랑. 그리고 바닥에 쓰러진 채 군인들이 자신을 덮치는 동안 신음조차 내지 못했던 후에의 그 여자. 피 흐르는 그녀의 입, 두 개의 검은 점에 불과한 그녀의 눈. 그런데 나는 문 앞에 서서, 움직이지도 않고, 아무 말도 하지 못한 채, 바라보고만 있다. 살인자의 눈으로. 그때의 그 이미지들 때문에 나는 여기에 있다. 무엇이 그 이미지들을 꽉 붙들고 있는지 알아내기 위해서. 그 이미지들을 영원히 가두어놓는 블랙박스를 찾기 위해서. 그 이미지들을 지워버리기 위해서가 아니라 보기 위해서, 끈질기게 나를 따라다니는 그 이미지들이 절대로 사라지지 않게 하기 위해서이다. 나는 과거의 흔적을 따라가기 위해 자신의 발자취를 거슬러 올라가는 개와 같다. 왜 그런 일이 일어났는지 이유가, 그 끔찍한 사건의 열쇠가 있을 것이다. 섬에 도착했을 때, 나는 전율을 느꼈다. 정말로 내 피부에서, 등에서, 팔에서, 어깨에서 털이 곤두서는 느낌이었다. 무엇인가가, 누군가가 나를 기다리고 있었다. 무엇인가가, 누군가가, 검은 바위 속에, 단층 속에, 틈 사이에 숨어 있었다. 역겨운 곤충들, 썰물 때가 되면 방파제나 암초 위에서 수천 마리씩 떼 지어 달려가는 바다바퀴벌레 같은 것들이 말이다. 메리와 함께 있을 당시에는 그런 곤충들이 존재하지 않았다. 아니면 우리가 그런 데 별로 신경 쓰지 않았던 것일까? 하지만 메리는 곤충을 끔찍하게 싫어한다. 곤충은 그녀가 혐오하는 유일한 생명체이다. 밤나방을 보면 그녀는 공포에 사로잡히고, 지네를 보면 구토한다. 하지만 우리는 행복했다. 그러니까 곤충들은 우리가 행복할 수 있도록 나타나지 않았던 것이다. 인생에서 변화는 단 한 번으로 충분하다. 그러면 갑자기 우리가 몰랐던 것들이 끔찍하리만치 선명하게 보인다. 내가 이곳에 온 것에는 다른 이유가 없다. 기억하기 위해서, 죄 많은 나의 삶이 다시 내게 나타나게 하기 위해서이다. 세부적인 것 하나하나에서 나의 삶을 볼 수 있기 위해서, 그리하여 내가 사라질 수 있기 위해서이다.

준이 나를 기다리고 있다. 그 아이는 내게 이것저것 물어보고 싶은 것이 많다. 가끔 나는 그 애한테 잔인해지고 싶다. 아이를 아프게 할 냉혹한 말이 하고 싶다. "다 설명해줄게, 나는 네 나이쯤 되는 여자아이를 성폭행한 공범으로 잡혀 감옥에 있었어. 그놈들은 그 아이를 바닥에 쓰러뜨린 후, 한 명씩 돌아가면서 겁탈했지. 나는 아무것도 하지 못한 채 그 광경을 바라보기만 했어. 전쟁 중이었고, 모든 것이 허락되던 때였지. 감옥에 갇혀 있었어. 이걸 봐. 왼쪽 팔에 죄수 번호가 문신으로 새겨져 있잖아. 그래서 긴 팔 셔츠와 양복 저고리만 입는 거야." 그 아이에게 그런 이야기를 할 것이다. 아이의 다정한 애교와 재잘거림이 너무 싫다. 아이가 나를 무서워하도록, 내가 다시 범죄를 저지를 수 있음을, 바위 위에 쓰러뜨린 후 내 맘대로 그 짓을 할 수 있음을, 소리 지르지 못하게 손으로 아이 입을 막고, 손가락으로 아이의 더부룩한 머리칼을 부여잡고 땅바닥에 누인 채, 아이 입에서 흘러나오는 공포의 신음 소리를 갈망할 수 있음을 알려주기 위해, 나는 말할 것이다. 해안에 있는 아이를 보니, 내 안에 있는 밤의 분노가 다시 끓어오른다. 차가운 바람과 만나고 안개와 뒤섞인 채, 바다로부터 몰려와 웅얼거리면서 밤새도록 지겹게 다가오는 이성을 잃은 파도, 하늘을 뒤덮고 달도 별도 삼켜버리는 그 탁한 물결이 말이다. 준은 긴 치마를 입고, 어깨 위로 머리를 풀어헤친 채, 바위에 앉아 있다. 내가 가까이 가자 나를 향해 고개를 돌린다. 햇빛을 받아 그녀의 피부는 빛나고 눈은 반짝거린다. 나는 마음속에 밤의 흉악

한 기운을 담고, 꿈과 악몽의 잔해들을 어깨에 짊어진 채, 다가간다. 마치 잿더미에서 나온 것처럼 얼굴도 머리칼도 잿빛이다.

"저런, 잠을 잘 못 주무셨군요?" 나는 아이의 그런 즐거운 말투가 싫다. "노인들은 왜 잠을 잘 자지 못할까?" 아이는 이렇게 질문하더니 스스로 답을 찾았다. "낮에 자기 때문이에요. 노인들은 낮잠을 너무 좋아한다니까요." 아이의 말이 맞다. 오늘은 나의 범죄에 대해 이야기하지 않겠다.

*

꿈속에서 키요 씨는 우리 아빠가 되었다. 아저씨의 피부색이나 곱슬머리 때문에 그런 꿈을 꾼 게 아니다. 내게 아빠가 있었다면 그랬을 것처럼 아저씨가 내 걱정을 하고 있다고 생각하기 때문에 그런 꿈을 꾼 것이다. 얼마 전부터 조가 더욱 공격적이 되었다. 학교가 끝나고 나올 때면, 길모퉁이에서 기다리고 있다가 나를 괴롭히는 것을 재미로 삼고 있다. 상스러운 말이나 욕지거리뿐이라면 그러거나 말거나 그냥 참으면서 계속 내 길을 갈 수 있다. 그런데 이제는 나를 붙잡아서 목을 죄는 척한다. 게다가 손가락으로 머리채를 부여잡고는 내가 무릎을 꿇고 머리를 숙일 수밖에 없게 만든다. 눈물이 나지만 나는 꾹 참는다. 내가 우는 모습을 보는 즐거움을 그에게 주고 싶지 않다. 내가 언제 아저씨한테 그런 말을 했는지 생각나지 않는다. 아저씨는 내 이야기를 듣고 아무 말이 없었다. 그래서 아저씨가 야비한 아이들 이야기에는 아무 관심도 없는 줄 알았다. 그러던 어느 날이었다. 세 시쯤 학교에서 나왔는데, 조가 나를 기다리고 있었다. 조는 여느 때처럼 내 머리채를 잡았다. 바로 그때 아저씨가 나타났다. 아저씨는 재빨리 조 앞으로 다가와서는, 조의 머리채를 잡아당겼다. 이번에는 조가 내 앞에 무릎을 꿇을 수밖에 없었다. 아저씨는 한참 동안 조를 붙잡고 있었다. 조는 발버둥 치면서 도망가려 했지만, 아저씨는 조를 꽉 붙들고 있었다. 이미 말했듯이, 아저씨는 그리 큰 키가 아니지만 팔과 손힘이 아주 세다. 나는 조금 떨어져서 그 광경을 바라보았다. 누군가가 나를 보호해 주고 있다는 사실에 우쭐해졌다. 아저씨의 표정은 아주 낯설었다. 내가 한 번도 본 적이 없는 분노와 격렬함이 뒤섞여 있었다. 어두운 얼굴에서 두 눈이 번뜩였다. 두 개의 빛나는 초록빛 광선, 차갑기보다는 날카롭고 불타는 듯 이글거리는 두 개의 광선이 아저씨 얼굴에서 빛나고 있었다. 나는 아저씨가 하는 말을 들었다. "다시는 절대 이런 짓 하지 마라. 알았니? 절대로 다시는 이런 짓 하지 말라고!" 아저씨가 영어로 말했으니 조는 알아들을 수 없었을 것이다. 하지만 그 목소리는 조를 심하게 꾸짖고 있었다. 마치 천둥이 치는 것 같은 목소리였다. 조는 그 소리를 들으면서 벌벌 떨고 있었다. 하지만 나는 무섭지 않았다. 아저씨는 너무 강했고 너무 멋졌다. 내가 처해 있는 불행으로부터 나를 구하려고 먼 하늘나라에서, 아니 다른 세상에서 우리 섬으로 찾아온 것만 같았다. 아주 어렸을 때부터 나는 그를 기다려 온 것처럼 느껴졌고, 아저씨가 내 기도를 들어준 것만 같았다. 아저씨는 천사도 자비로운 정령도 아닌 전사였다. 갑옷은 안 입었지만 용감한 병사요, 말을 타지는 않았지만 멋진 기사였다. 내가 쳐다보자 아저씨는 갑자기 조를 놔주었고, 조는 줄행랑을 쳤다. 아저씨는 조가 달아나는 것을 쳐다보지 않았다. 잠깐 그렇게 서 있었다. 화가 안 풀린 듯 얼굴은 검게 그늘져 있었고, 초록색 눈은 거울 조각 같았다. 나는 아저씨에게서 눈을 뗄 수가 없었다. 잠시 후 아저씨는 성큼성큼 걸어가 버렸다. 나는 아저씨를 쫓아가서는 안 된다고 생각했다.

그런 일이 있었지만, 나는 아무에게도, 특히 엄마에게 그 이야기를 하지 않았다. 하지만 그날 이후 나에게 친구가 생겼다는 것을 알았다. 아니, 친구 이상이었다. 나는 아저씨가 내 아버지이고, 언젠가 나를 멀리, 아버지의 나라인 미국으로 데려가려고 나를 찾아 이 섬으로 왔다고 상상하기에 이르렀다.

얼마 후 다시 아저씨를 만났을 때, 나는 말했다. "언제 한번 우리 엄마 만나러 집에 오실래요? 우리 엄마는 영어를 잘하거든요." 그러고 나서는 그냥 인사말로 하는 것이 아님을 믿게 하려고 이런 말을 덧붙이기도 했다. "그러고 싶으시면요. 꼭 그래야 한다는 말은 아니고요." 아저씨는 그러겠다는 말도 싫다는 말도 하지 않았다. 그냥 아무 대답이 없었다. 나는 그렇게 말한 것이 약간 창피했다. 그래서 서둘러 낚시라던가 엄마가 식당에 파는 조개 같은 다른 이야기들로 넘어갔다. 마치 아저씨가 엄마의 손님이 되어 전복을 사 주기를 바라기라도 했던 것처럼 말이다.

어쨌든 그 날의 사건 이후, 조는 더 이상 나를 괴롭히지 않았다. 여전히 내가 지나갈 때면 욕을 해대면서 나를 원숭이라고 놀려댔지만, 그래도 경계하는 빛이 역력했다. 교활한 조의 눈은 여기저기 사방을 둘러보면서 아저씨가 근처의 철탑 뒤나 문 뒤에 숨어 있는 것은 아닌지를 살폈다. 아니면 학교 바로 앞 사거리의 약국에 있을지도 모르는 일이었다.

약국에 관해 이야기하는 것을 잊었다. 그것 또한 키요 씨의 삶에 끼어든 새로운 사건이다. 바람이 심하게 불고 파도가 사납게 몰아치던 어느 날, 아저씨와 나는 바위 위를 기어오르고 있었다. 그런데 내가 뾰족한 바위에 걸려 넘어지면서 무릎에 상처가 났다. 피가 많이 났고 무릎이 아팠다. 아저씨는 낚시할 때 쓰던 작은 칼로 와이셔츠를 잘라 붕대를 만들어 상처에 감아 주었다. 붕대에 피가 배어들자 아저씨가 말했다. "약국에 가서 소독도 하고 붕대도 제대로 감는 것이 좋겠군요." 망설일 여지가 없었다. 내가 바위들 사이를 뛰어넘을 수 없었기에, 아저씨는 큰길까지 나를 안고 내려왔다. 나는 무릎이 아팠음에도 아저씨 팔에 안겨 있는 것이 좋았다. 아저씨는 굉장히 힘이 세다. 내 몸이 아저씨 가슴에 닿는 걸 느꼈다. 큰길부터는 함께 걸어 마을까지 갔다. 나는 아저씨의 팔에 꼭 기대려고 일부러 더 절뚝거리며 걸었다. 나는 한 번도 그 약국에 가본 적이 없다. 약국 아줌마가 이 섬에 온 지는 얼마 되지 않았다. 아줌마는 예뻤다. 피부는 하얀 편이고 눈가는 거무스레했다. 약국은 아주 작았는데, 문에 하얀 천을 내려서 길에서는 안이 잘 보이지 않았다. 안으로 들어가려면 그 천을 젖혀야만 했다. 아저씨는 약국 아줌마가 내 무릎 상처를 소독하고 연고를 바르고 면 붕대를 감는 한참 동안 그곳에 있었다. 그렇게 많이 아프진 않았다. 하지만 나는 주의를 끌기 위해 얼굴을 찌푸렸고 아프다고 끙끙거리기도 했다.

나는 아저씨가 약국 아줌마에게 끌리고 있는 것을 금방 알아차렸다. 웃기는 이야기이지만, 그 사실이 너무 화가 났다. 나는 어른들이 아이들처럼 구는 것이 싫다. 특히, 아저씨처럼 훌륭한 사람은 약국 아줌마처럼 평범한 여자의 꼬임에 넘어가지 않았으면 좋겠다. 아무리 그 여자가 예쁘더라도 말이다. 그러면 아저씨도 그 여자와 비슷한 남자, 그러니까 우리 아빠가 될 수 있을 만큼 근사한 남자가 아니라 그 여자처럼 평범하고 보잘것없는 남자가 되어 버릴 것만 같다. 아주 시시한 남자, 아무 말이나 막 하면서 웃고 떠드는 그런 남자 말이다. 키요 씨는 절대 그런 남자가 아니다. 아저씨는 힘이 세고, 천둥 치듯 큰 소리로 말할 수 있는 남자다. 초록색 눈으로 바라볼 때면 사람들이 무서워하는 그런 남자다.

나중에 가만히 생각해 보니, 아저씨는 이미 그 아줌마와 아는 사이였음을 깨달았다. 학교가 끝났을 때, 그 사건에 끼어들 수 있었던 것도 바로 그 때문이었다. 조가 내 머리채를 잡아끌었을 때, 아저씨는 약국에 있었고, 그래서 금방 우리에게 다가올 수 있었던 것이다. 나는 내 수호신이 어딘가에서 나타났다고 생각했지만, 아저씨는 그저 약국 아줌마와 열심히 이야기를 나누던 중이었을 것이다. 그렇게 생각하니 짜증이 났다. 하지만 한편으로는 안심이 되기도 했다. 어쨌든 나에게 수호천사가 생겼다. 착한 천사가. 결론은 약국 아줌마가 별로 중요하지 않다는 것이다. 약간 수다스럽고 예쁜 여자일 뿐이다. 그냥 평범한 여자에 불과하다.

이제 아저씨와 나는 진짜 친구가 되었다. 아저씨와 함께 있으면 진정한 자유를 느낀다. 아직은 아저씨한테 허물없이 말할 정도는 아니다. 필립이란 이름이 아무리 마음에 들어도 아직은 그 이름으로 아저씨를 부를 수도 없다. 하지만 내가 하고 싶은 말은 아무 때나 무엇이든 다 할 수 있다. 나는 아저씨를 즐겁게 하려고, 아저씨를 웃게 하려고 이런저런 이야기와 일화들을 지어낸다. 아저씨를 위해 내가 아는 노래를 전부 다 부르기도 한다. 영국 동요인 〈리틀 보이 블루〉도, 〈메리 콰잇 콘트래리〉 같은 자장가도, 밥그릇과 숟가락과 세 명의 바이올린 악사들을 부르는 늙은 콜 왕의 노래인 〈올드 킹 콜〉 같은 옛날 영국 동요도 부른다. 또 라디오에서 들은 적 있는 엘비스나 니나 시몬의 노래도 부른다. 집에 혼자 있을 때마다 즐겨보던 비디오 〈사운드 오브 뮤직〉의 노래들도 부른다. 내가 그런 노래를 부를 때면 아저씨의 기분이 좋아지는 것을 확실히 느낄 수 있었다. 표정은 부드러워지고, 눈에서도 더 이상 유리처럼 빛나는 광선이 번뜩이지 않으며, 눈동자는 흐려진다. 언젠가 아저씨는 내게 말했다. "목소리가 참 예뻐요. 커서 가수가 될 수도 있겠어요." 그 말이 칭찬으로 들려 가슴이 뛰었고 얼굴도 화끈거렸다. "아, 정말로 가수가 되고 싶어요. 지금 내가 노래할 수 있는 곳은 교회밖에 없어요. 목사님이 피아노를 치고 저는 찬송가를 불러요." 아저씨는 내 말에 흥미를 느끼는 것 같았다. "그럼 언제고 한 번, 일요일에 노래 들으러 교회에 가야겠네요." 그 말에 난 너무 흥분해서 소리쳤다. "그래요, 선생님, 제발요. 제발 와주세요." 아저씨는 다시 침울해졌다. "그래요, 언제 한 번 갈게요. 봐서." 내가 너무 좋아하는 모습을 보인 것이 조금 창피하기도 했다. 하지만 아저씨가 다음 번에, 다음 주 일요일에 정말로 교회에 올 거라고 생각했다. 하지만 아무리 두리번거리며 찾아도 아저씨를 볼 수 없었기에, 만약 왔더라도 숨어 있었나 하고 생각했다. 어쩌면 아저씨는 교회를 별로 안 좋아할지도 모른다. 내가 교회나 목사님 이야기를 꺼낼 때마다 아저씨는 화제를 돌렸기 때문이다. 아니면 우리가 바다에서 잡은 물고기처럼 아무 말도 하지 않거나. 한번은 내가 천국이 어떻고 낙원이 어떻고 했더니, 아저씨가 비아냥대면서 이렇게 말했다. "그런 것들은 애들한테나 하는 이야기지. 천국은 존재하지 않아요." 나는 아저씨가 입을 비죽거리는 것이 싫다. 그렇게 웃으면 못생긴 이가 드러난다. 그중에서도 특히 옆으로 삐져나온 송곳니 하나는 진짜 개 이빨처럼 생겼다.

나는 아저씨가 무슨 생각을 하는지, 왜 그렇게 우울하고 말이 없는지, 눈에는 왜 그리도 슬픈 빛이 담겨 있는지 정말 알고 싶다. 아저씨가 진짜 내 아빠라면, 아저씨가 살아온 삶에 대해 알 수 있을 것이고, 여러 가지 질문도 할 수 있고, 아저씨를 위로해줄 수도, 웃게 할 수 있을 것이다. 아저씨 생각을 바꿀 수도 있을 것이다. 아저씨 이야기를 들어줄 수도 있을 것이다. 아저씨는 종종 내게 죽음을 떠올리게 한다. 나는 앞으로 일어날 일들을 생각한다. 아저씨는 여기 없을 것이고, 엄마도 없을 것이다. 그렇게 되면 나는 이 세상에 홀로 남게 되고, 다시는 저런 남자를 만나지 못하고, 다시는 아빠를 꿈꿀 수 없을 것이다.

하지만 다행히 그런 생각은 오래 지속되지 않는다. 아저씨 기분을 풀어주려고 나는 수수께끼 같은 게임을 생각한다. 이 고장의 전설 같은 것을 만들어낸다. 어느 일요일 오후, 해안절벽 꼭대기에 올라 동백꽃 숲에 앉아 있을 때, 내가 아저씨에게 해준 이야기이다.

소 이야기

옛날 어느 섬
동물도 새도 없던 섬
남자들과 여자들만 살던 곳
사람들은 심심했고, 게다가 먹을 것도 별로 없었다
고구마와 양파밖에는
특히 겨울에는 밤이 길어서 더욱 슬펐다

몹시 춥고 비바람이 불고 안개도 자욱하던 어느 날
그 섬에 한 사람이 왔다
당신처럼 외지에서 온 방문객이
아무도 그의 이름을 몰랐다
그는 아주 이상한 남자였다
얼굴이 긴 그 남자는 키도 크고 힘도 셌다
사람들은 그의 노란 눈을 두려워했다
긴 코트를 입고 있었고
검은 모자를 쓰고 있었다
그는 아무에게도 말을 걸지 않았다
하지만 그가 입을 열면
목소리가 우렁차고 무게가 있어 모든 사람이 무서워했다
어느 날 밤 그 이방인은 사라져버렸다
안개가 자욱하던 어느 날 밤
사람들은 절벽에서 떨어질까 두려워
밖으로 나가지 않던 밤이었다
섬사람들은 흐느끼는 소리를 들었다
그것은 그 이방인의 목소리였다
그 목소리는 안개 속 이곳저곳에서 들려왔다
오솔길에서 발소리도 들려왔다

철버덕, 철버덕 하면서 질질 끄는 발소리
다음 날 아침 안개가 걷혔다
사람들은 들판 한가운데서 암소 한 마리를 보았다
검고 아름다운 암소 한 마리를
그 이방인이 소로 변한 것이었다
그 섬에서 암소를 본 것은 그때가 처음이었다
사람들은 그 암소를 별로 무서워하지 않았다
암소에게 우유를 달라고 했고 아이들은 그 우유를 먹었다
그게 다다
지금도 이 섬에 안개가 자욱할 때면 언제나 누군가 사라진다
그리고 다음 날 아침이면 암소 한 마리가 생긴다
그러니까 당신은 안개를 조심해야 한다
당신도 이방인이니까

아저씨는 머리를 끄덕이면서 말했다. "상상력이 풍부하군요."

잠시 동안 그의 초록 눈이 약간 노래졌다. 암소의 눈 색, 바로 그 색이었다.

*

　나는 처음으로 교회에 갔다. 교회라고 해보았자 시내의 작은 건물 일층을 사용하고 있었다. 몇 계단을 내려가니 누비를 댄 이중문이 앞에 있었다. 두껍게 누벼 방음했는데도 안쪽의 음악 소리가 문밖으로 새어 나왔다. 피아노와 노랫소리가 웅얼웅얼 들렸다. 문을 조금 밀자, 준의 목소리가 들렸다. 준은 연단 위에 있었다. 준과 비슷한 또래의 다른 아이들이 준을 둘러싸고 있었는데, 준은 그 아이들보다 머리 하나는 컸다. 오른쪽에서 목사는 피아노를 치고 있었다. 그는 약간 느리고 우수에 젖은 그러나 운율이 있는 곡을 연주했고, 여자아이들은 박자에 맞추어 손뼉을 치고 있었다.

　준은 〈주님만 아시네〉라는 영어 노래를 했다. 나도 그 노래 가사를 안다. 준의 목소리는 굉장히 맑았다. 아이들의 날카로운 목소리가 아니라 힘차고도 묵직한 목소리였다. 그 목소리를 들으니 소름이 돋았다. 맨 뒷줄에 앉은 사람들이 자리를 좁혀가며 내가 앉을 공간을 만들어 주었지만 나는 그냥 문 앞에 서 있었다. 더는 앞으로 나아갈 수가 없었다. 마치 내게는 그럴 권리가 없는 것처럼, 무엇인가가 나로 하여금 교회 안으로 완전히 들어가는 것을 막고 있었다. 갑자기 누군가 다가와 나보고 나가 달라고 할 것처럼 말이다.

사람들은 나를 알아볼 것이고, 이 교회에서 내 자리는 없어질 것이다. 어쩌면 그것은 나 혼자만의 생각인지도 모른다. 하지만 나는 다른 사람 앞으로 한 발자국도 나아갈 수 없었다. 가죽과 나무, 혹은 시원한 속옷의 묘한 냄새, 내가 싫어하는 은밀하고도 들척지근한 냄새, 말하자면 사람 냄새로 가득한 내부의 더운 공기를 밖으로 내보내고 밖에서 들어오는 시원한 공기를 느끼기 위해, 나는 문이 닫히는 것을 막으면서 문틀에 기대어 서 있었다.

바로 그때, 노랫소리가 멈추었다. 준은 무대 위에서 강한 조명을 받으며 서 있었다. 불빛 때문에 옷 속 몸의 윤곽이 드러났다. 자그마한 젖가슴도 보이고 볼록한 배도 보였다. 갈색 머리칼을 잡아당겨 뒤로 틀어 올려, 조명은 준의 이마를 비추고 있었다. 아이는 웃지 않았다. 골똘히 생각에 잠긴 듯, 그저 입술을 약간 찡그릴 뿐이었다. 목에는 주름이 졌고, 내리깐 두 눈은 특별히 무엇을 본다기보다는 그저 막연히 앞에 있는 청중들을 바라보고 있는 것 같았다. 목사가 지루한 설교를 하면서, 기도서 한 구절을 읽었다. 그는 젊었지만 약간 거만하고 편협해 보였다. 목사 주위의 여자아이들은 메뚜기들처럼 보였다. 어수선하고 촌스러운 무리 속에서, 눈을 내리깔고, 두 발을 약간 벌린 채, 몸을 따라 두 팔을 늘어뜨린, 멋대가리 없이 몸집이 커다란 준만이 눈에 띄었다.

갑자기 준이 나를 보았다. 아이는 얼굴을 움직이지도 웃지도 않았다. 하지만 나는 아이의 눈이 휘둥그레지는 것을 보았다. 나는 준의 시선과 내 시선을 연결하는 끈이 존재함을 느꼈다. 마치 그 끈을 통해 준의 심장이 뛰는 소리를 듣는 것만 같았다. 준은 더 이상 목사의 설교를 듣지 않았다. 옆에 있는 친구들에게도, 준을 바라보는 신도들에게도 신경 쓰지 않았다. 준은 그 끈으로 완전히 나와 연결되어 있었고, 이제 그것 이외에 아무것도 중요하지 않은 것 같았다. 나는 지금까지 한 번도 느껴본 적이 없는 뭔지 모를 전율을 느꼈다. 일종의 현기증, 어떤 격렬함 같은 것이었다. 준에게 나는 지도자였다. 위압적인 지도자가 아니라, 그 아이 안의 모든 생각, 모든 행동과 모든 사유를 이끄는 지도자였다. 목사는 찬송가 첫 소절을 반복해 부르면서 여러 번 "흠-흠" 소리를 냈다. 준에게 따라 부르라고 독촉하기 위해서였다. 내가 어떤 제스처를 취했는지 기억나지 않는다. 아마도 준을 향해 왼손을 살짝 들었던 것 같다. 인사하려고가 아니라 어서 노래를 시작하라고 말이다. 그러자 준은 노래를 부르기 시작했다. 준은 엉덩이와 어깨를 약간 흔들면서 맑고 우렁찬 목소리로 노래를 불렀다. 저렇게 잘 부른 적이 있었을까? 옛날에 붉은 옷을 입고 조명을 받으면서 노래하던 메리가 생각났다. 목사는 열정에 취해 피아노를 쳤다. 비쩍 마른 여자아이들은 준을 바라보면서 따라서 몸을 흔들었고, 청중들은 손뼉을 치기 시작했다. 노래가 끝나자 박수가 금지되어 있음에도 사람들은 박수갈채를 보냈다. 사실 예배시간에 박수를 치지는 않는다. 하지만 그것은 기도를 위한 예배로만 볼 수 없었다. 두껍게 누빈 문이 서서히 닫히면서 시선의 흐름과 음악의 물결을 차단할 때까지 나는 천천히 뒷걸음질해 밖으로 나왔다.

나는 변하지 않으려고 발버둥 친다. 내 주변으로부터 위험을 느낀다. 나를 강요하고 나의 자유를 제한하려는 은밀한 계획, 음모가 진행되고 있음이 느껴진다. 내가 움직이지 못하도록 출입문을 막아버린다. 나는 내가 누구인지, 내가 왜 이곳에 왔는지 잊고 싶지 않다. 사람들이 감언이설로 나를 추켜세워 취하게 하는 것도, 나에게 좋은 감정을 가지는 것도 원치 않는다. 나는 좋은 사람이 아니다. 나는 그야말로 식인귀이다. 메리는 종종 내게 그렇게 말했다. 나는 다른 사람들을 먹어치우기 위해 존재한다고, 사람들을 유혹한 후 먹어치우기 위해 존재한다고 말이다.

　나는 보기 위해 이곳에 왔다. 바다가 갈라지면서 깊은 구렁과 갈라진 틈과 움직이는 시커먼 해초들이 사는 층이 언제 드러나는지 보기 위해서. 바닷속에 깊이 묻혀 있는 눈이 파 먹힌 익사체들과 해골 가루가 쌓여 있는 깊은 구렁을 보기 위해서이다.

　그런데 우연은 내게 천사를 보냈다. 순진하고 엉뚱한 아이를. 아주 오랜만에 처음으로 나는 한 인간을 만난 것이다. 감옥이나 갱생시설에서 수많은 남자와 여자를 만났다. 대부분은 그저 평범한 사람들이었다. 다른 사람들보다 더 심술궂지도, 더 못생기지도 않았다. 그리고 이제는 아무것도 기대하지 않는 지금… 아니다. 나는 아무것도 원치 않는다. 정말이지 이제 더는 아무것도 바라지 않는다. 너무 늦었다. 그냥 지금 이대로, 필립 키요, 실패한 기자, 실패한 작가, 본의 아니게 불량한 본능의 덫에 걸려 짓지도 않은 죄 때문에 유죄 판결받은 남자로 살고 싶다. 더 이상 개선의 여지가 없는 그런 남자로.

　법정에서 검사는 내가 차갑고 매정한 괴물이라고 했다. "여러분, 그는 저들과 공모하여 범죄를 저지르지는 않았습니다. 아니, 아닙니다. 그것은 확실합니다. 피해자도 그렇게 증언했습니다. 그는 아무것도 하지 않았습니다. 단지 바라보기만 했을 뿐입니다. 하지만 피해자가, 아무 죄 없는 이 불쌍한 여인이 그를 향해 눈을 돌리고, 아무 말도 하지 못한 채 구해달라고 애원할 때, 그는 꼼짝도 하지 않았습니다. 그저 바라보기만 했습니다. 그게 다입니다. 조금도 측은해 하지 않았고, 분개하지도 않았습니다. 바라보기만 했습니다. 바라본다는 것, 그것이 그 자리에 없음을 의미할까요? 그가 다른 행동을 취했나요? 흥분하여 강간범들을 부추길 만한 말을 했나요? 여러분, 그는 진술을 거부합니다. 그는 질문에 답하지 않기 위해, 책임을 느끼지 않기 위해, 진실과 마주하지 않기 위해, 침묵을 지킵니다. 하지만 그가 대답하지 않더라도, 그래프의 바늘이 진실을 말하며 그를 단죄하고 있습니다. 보십시오. 책임을 느끼는지에 대한 질문, 단지 증인에 불과한 것이 아니라 그 역시 범인 중 하나라고 할 수 있는 대리 강간범이 아닌가라는 질문에 대한 아드레날린의 방출 정도를 측정한 결과, 그래프는 그의 심장박동이 빨라지고 진땀이 흐르는 것을 보여주었습니다. 재판장 여러분, 그것은 바로 범죄를 시인하는 증거입니다. 자백인 것입니다."

출입문이 다시 닫혔다. 육 년 동안, 감옥 문과 자물쇠 빗장이 철커덩하며 닫히는 소리를 들었다. 육 년 동안 침묵을 지켰다. 감방. 복도. 정신병원의 병실, 위험한 환자를 감금하는 방. 몇 년 후 출옥했을 때, 세상은 낯설기만 했다. 메리와 함께, 나는 숨을 곳을 찾았다. 나는 과거로부터 도망치기 위해, 메리는 실연의 상처를 달래기 위해. 그때만 해도 모든 것이 가능했다. 우리는 아직 젊었기에, 아이를 가질 생각도 했다. 그런데 어느 날, 술에 취한 그녀는 바다로 들어갔고 그 이후 돌아오지 않았다.

그때 나는 은행에서 돈을 찾기 위해 제주에 가 있었다. 아니, 편지를 부치러 갔는지도 모른다. 내가 배를 탄 것은 아침 여덟 시경이었다. 바로 그날 오후 메리는 바다로 들어갔다. 메리는 수영을 잘한다. 게다가 그날은 파도가 센 날도 아니었다. 그저 이 지방 특유의 바람 때문에 파도가 약간 넘실대는 정도였다. 아마도 여름이 끝날 무렵의 거대한 조수였을 것이다. 메리는 바위 위에 옷가지를 벗어 놓고, 고무 잠수복을 입은 후, 긴 머리를 묶고 색안경을 쓰고, 태양을 향해 헤엄쳐갔다.

나는 왜 이곳에 다시 왔을까? 그 모든 것은 지금과 다른 삶 속에서 아주 오래전에 지나가 버린 일이다. 나는 다른 사람들처럼 일을 했다. 기자라는 직업은 이미 끝난 터였다. 먹고 살기 위해 나는 마닐라의 한 학원에서 영어를 가르쳤다. 주식중개인도 했고, 동결건조식품을 수출하기도 했으며, 고양이 배설물 처리용 흙을 파는 유통업도 했다. 일본 관광객과 캐나다 관광객이 많이 몰리는 필리핀 남쪽 해변에서 바를 경영하기도 했다. 많은 여자와 관계를 가졌다. 대부분 직업여성들이었다. 태국에서는 성병에 걸린 적도 있다. 언젠가는 에이즈에 걸린 줄로만 알았다. 하지만 피검사 결과 음성 반응이 나왔다. 아마도 수십 번은 죽었어야 했으리라. 그런데도 나는 여전히 이렇게 살아 있다. 가족 비슷한 것을 가져본 지는 언제인지도 모른다. 마지막으로 남동생 소식을 들었을 때, 그는 영국 여자와 결혼하여 뉴질랜드에 살고 있었다. 감옥에 있을 때, 나를 면회 온 사람은 아무도 없었다. 아무도 나를 찾지 않는다. 나를 보고 싶어 하는 사람은 아무도 없을 것이다.

내가 이 섬에 다시 온 것은 어쩌면 죽기 위해서인지도 모른다. 죽음을 심각하게 생각해본 적은 없다. 사실 여기서 죽건 저기서 죽건 마찬가지이다. 어쨌든 사람들은 죽음을 생각하며 살지 않는다. 죽음을 계획하지도 경험하지도 않는다. 그것은 내가 한 말이 아니다. 낚시하러 준과 방파제에서 만났을 때, 준이 죽음에 대해 내게 물었다. 그런데 그 질문은 나의 의식 속으로 들어왔다. 이 해안에서 출발하여 다시 이곳으로 돌아오는 기다란 고리 같은 것. 내가 계획하지 않은 것.―하긴 아주 오래전부터 나는 더 이상 미래를 설계하지 않는다.―무엇인가 그냥 주어지는 것. 그것이 죽음이리라. 그 어떤 다른 출구도 없다. 이 저주받은 곳으로 돌아온 것에는 어떤 다른 설명도 존재하지 않는다.

왜냐하면, 나는 메리의 몸을 알았고 그 몸을 좋아했지만, 그녀에 관해 남아 있는 것은 아무것도 없기 때문이다. 어떤 이미지도, 확실한 기억도 없다. 바다가 모든 것을 삼켜버렸다. 바다는 그녀의 몸과 마음을 이 세상에서 사라지게 했다. 그녀는 더 이상 존재하지 않는다. 그러니까 그녀는 한 번도 존재한 적이 없는 것이다. 나의 기억 속에서 아무리 그녀를 찾으려 애를 써도 소용이 없었다. 오솔길을 돌아다니고, 바위에 앉아 보아도, 아무것도 기억해내지 못했다. 그러니 이제 내가 죽어야 한다. 준의 말이 맞다. 나는 죽을 장소를 찾아야 한다. 하지만 절대로 물에 빠져 죽고 싶지는 않다. 그게 어떤 것인지 잘 알기 때문이다. 전쟁 당시 우리는 물고문을 했다. 그때도 나는 목격자였다. 적들로부터 자백을 받아내기 위해서였다. 나는 서기 역할을 했다. 그들을 보면서 그들이 말하는 단편적인 말들을 수첩에 적었다. 손목과 발목이 묶인 채, 그들의 몸은 욕조에 거꾸로 처박혔다. 그들의 얼굴은 두려움으로 경련을 일으켰고, 숨소리는 거칠게 끽끽거렸다. 그들의 울부짖음. 나는 보았고, 기록했다. 그들은 말했지만, 고문관들은 그들이 노래한다고 했다. 아니, 나는 절대로 물에 빠져 죽지는 않을 것이다. 차라리 절벽 위에서 떨어져 죽는 편이 낫다. 바다에 떨어지면서 느끼는 충격은 철판에 부딪히는 충격만큼이나 단단하다. 부서진 내 몸은 파도에 휩쓸려갈 것이고, 조각난 내 시체는 바닷속 깊은 곳에 가라앉을 것이다. 그래서 나는 떠오르는 해를 바라볼 수 있는 절벽에 여러 번 가보았다. 해가 뜨는 모습을 바라보면서 죽는다는 생각이 마음에 들었다. 그것은 논리적이고, 이치에도 맞는 것 같았다. 마치 정오 정각에 죽는 것처럼. 태양이 천정점에서 천 분의 일 초 동안 멈추어 서서 지구의 종말을 생각한 후, 찬란한 석양빛 속에서 수평선을 향해 천천히 내려오는 바로 그 순간에 말이다.

본의 아니게, 나는 매일매일 약속 장소에 나간다. 웃기지 않나? 꼬마 여자아이와의 약속이라니. 딱히 약속이랄 것은 없다. 왜냐하면 우리는 한 번도 잘 가라, 내일 보자, 이런 말을 한 적도 없고, 뭘 미리 계획하지도 않았기 때문이다. 아이는 그 또래에는 어울리지 않는 단호한 태도로 결정했다.
"서로 잘 가라고 인사할 필요 없어요. 아무튼, 이 섬은 아주 작으니까요. 숨을 데나 있나요?"

오후가 되면, 낚시 도구를 가지고 방파제로 가서 좀조개들이 붙어 있는 원뿔 모양의 단단한 암초 위에 자리 잡는다. 그리고 낚싯바늘을 준비한다. 나는 많이 배웠다. 이제는 새우를 머리에서 꼬리까지 바늘에 잘 끼울 수 있다. 밀물 때가 되면, 낚싯대를 던지고 기다린다. 연습을 많이 했더니 이제는 제법 물고기가 잡히기도 한다. 줄망둑도 잡고, 노랑촉수도 잡는다. 종종 길 잃고 헤매는 고등어도 잡힌다. 나는 방파제에 혼자 있다. 이곳은 여객선들이 들락거리기 때문에, 물고기가 그리 많이 잡히는 곳이 아니다. 종종 관광객 커플이 나타나기도 한다. 그들도 길을 잃고 헤매나 보다. 남자는 연신 여자를 카메라에 담는다. 내게 둘이 같이 있는 사진을 찍어달라고 부탁하기도 한다.

준이 온다. 아이는 고양이처럼 아무 소리도 내지 않고 다가온다. 아이는 내 옆 암초 위에 앉는다. 우리는 한참 동안 아무 말도 없이 그렇게 가만히 앉아 있다. 아이는 서로 만나서 잘 있었느냐는 인사말도 절대 하지 말자고 했다. 시간이 중단 없이 계속되기 위해서는 그래야 한다는 것이었다. 아이는 전날 하다가 미처 못 끝낸 이야기를 계속한다. 아니면 새로운 이야기를 시작한다. 아이에게 시간은 존재하지 않는다. 전날 아이와 헤어진 후 그저 한 시간 정도 지났을 뿐이다. 그 아이에게는 현재만이 존재한다.

"꿈을 꾸었어요. 깊은 바닷속에는 이상한 존재가 있어요. 잠자고 있는 뚱뚱한 소녀, 아주 거대한 소녀예요…. 그 소녀는 깊은 바닷속에서 잠을 자요. 나는 헤엄치면서 그 애한테 다가가요. 그리고 그 애가 눈뜨고 있는 것을 보아요. 눈은 죽은 생선처럼 커다랗고 파란색이에요. 소녀는 나를 바라보아요. 나는 거기서 벗어나려고 헤엄치면서 뒤로 가려 하지만, 바다가 자꾸 나를 그 애한테 데려가요. 소녀는 내게 손을 내밀고, 몸은 움직이기 시작하죠. 그 소녀의 살갗이 젤리처럼 막 떨려요. 끔찍해요…."

매일매일 이어가는 것은 준의 꿈 이야기이다. 꿈을 꾸기 위해 사는 것처럼 보일 만큼 준에게는 꿈이 중요하다. "선생님, 꿈 이야기를 해 주세요." 하지만 나는 꿈을 꾸지 않는다. 내가 할 수 있는 이야기는 내가 사랑했던 그 여자, 바다로 들어가 다시는 돌아오지 않은 그 여자에 대한 것뿐이다. 내가 작심하고 그 이야기를 하자, 아이는 소리쳤다. "깊은 바닷속에 누워 있는 뚱뚱한 소녀가 바로 그 여자네요!" 나는 빈정거리는 말투로 말했다. "하지만 내가 말한 여자는 뚱뚱하지도 않고, 눈이 파랗지도 않은걸요." 하지만 준은 우긴다. "아니에요, 그 여자예요. 확실해요. 무엇보다도 중요한 건 변할 수 있다는 거예요. 사람들은 늙으면서 다 변하는걸요!" 나는 그 이야기에 준이 왜 그렇게 흥분하는지 알 수 없다. 아이는 앞에 보이는 것 그대로를 믿으려 하지 않는다. 눈썹 위로 주름이 지면서 얼굴이 어두워지더니, 갑자기 아이답지 않은 표정을 짓는다. "꼬마 아가씨, 왜 그래요? 뭐가 그렇게 슬픈 거죠?" 아이는 눈물을 보이지 않으려고 등을 돌린다. 하지만 아이가 흐느껴 울면서 어깨를 들썩이는 것이 보인다. "왜 울어요?" 나는 팔로 아이를 감싸고 꼭 안아준다. 아이의 몸을 느낀다. 동그란 어깨를 토닥거린다. 아이는 손바닥으로 얼굴을 가리고 말한다. "아저씨가 곧 죽을 것 같아서요. 아저씨는 떠나버릴 거고, 나는 내가 미워하는 사람들과 함께 여기에 혼자 남을 거예요." 나는 아이를 위로하려 한다. "하지만 엄마가 있잖아요. 엄마를 미워하진 않잖아요." 아이는 내 말을 듣지 않는다. 눈에서 하염없이 눈물이 흐르고, 눈물 때문에 머리카락이 입가에 붙는다. 아이는 눈덩이가 붓지 않게 하려고 주먹을 눈꺼풀 위에 갖다 댄다. "아저씨 눈은 너무 슬퍼 보여요." 아이는 또박또박 말한다. "그 눈은 아저씨가 곧 죽을 거라고, 아니면 멀리 떠날 거라고 말하고 있어요."

그 순간 나는 새로 태어난 느낌이다. 살아 있다고 말할 수 없는 시간, 죽음과도 같았던 세월마저도 모두 바람에 실려 가면서 용서받는 것만 같다. 열세 살짜리 여자아이의 눈물 덕분에. 나는 준을 더 힘껏 안는다. 내가 누구인지, 그 아이가 누구인지, 준이 어린아이고 나는 늙은이라는 사실조차 잊는다. 나는 뼈가 으스러지도록 아이를 안는다. "아야! 아야!" 아이는 소리를 지르지 않았다. 그저 나지막이 말했을 뿐이다. 나는 아이의 이마에, 덥수룩한 머리칼에 입을 맞춘다. 젖은 머리칼의 내음을 맡기 위해, 아이의 눈물을 음미하기 위해 입술 가까이에도 입 맞춘다. 아이의 눈물은 내게 젊음을 되돌려준 묘약이다.

*

   그렇게, 갑자기, 내가 하자고 한 것도 아닌데, 우리는 자연스레 신에 대해 이야기하기 시작했다. 아저씨는 분명 신을 믿지 않는다. 신이라는 말을 하는 것조차 싫어한다. 아저씨가 말했다. "왜 무엇인가 있어야 하죠? 땅, 동물, 사람, 바다, 이 모든 것은 왜 그 자체로 충분하지 않나요?"

   나는 대답할 말을 찾지 못한다. 나는 인생을 잘 모른다. "하지만, 내면에 다른 무엇인가 있다고 느끼지 않으세요? 나는 느끼는걸요. 내 안에는 따뜻한 작은 공 같은 것이 있어요. 여기, 배꼽 위에요. 아저씨는 못 느끼세요?" 아저씨가 그 말을 비웃기 전에, 나는 아저씨 손을 잡아 내 배 위의 정확한 위치에 대고 꾹 눌렀다. "눈을 감아 보세요. 눈을 감으면 뜨거운 공 같은 것을 느끼실 거예요." 아저씨는 그렇게 했다. 눈을 감고 가만히 있었다. 내 배에서 나온 열기가 그의 손바닥으로 옮겨갔다 사라지는 것을 느꼈다. 아저씨가 이제 신을 발견하게 될 거라고 나는 굳게 믿었다. 아저씨가 슬픔과 절망에서 벗어나는 것이 너무도 기뻤다. 내가 그런 선물을 한 것이 무척 자랑스러웠다. 아저씨도 이제는 잊어버리지 않을 것이다. 우리가 서로 남남이 된다 해도, 영원히 이 순간을 기억할 것이다. 내 마음의 열기가 아저씨 마음에까지 전해졌던 그 순간을.

아저씨는 감동한 것 같았다. 손을 거두었지만 주먹을 쥐지 않았다. 마치 그 손이 내 배 속의 열기를 계속 담고 있는 듯 무릎에 올려놓았다.

"준, 나는 보이는 것만 믿어요. 난 그런 사람이에요." 아저씨의 얼굴은 여전히 어두웠고, 시선은 모호했다. "변하기에는 아마도 내가 너무 늙었나 봐요." 나는 다시 아저씨 손을 꼭 쥐었다. "하지만 무엇인가 느꼈잖아요, 그렇죠? 아저씨 몸 안에서 느꼈어요." 아저씨는 아무 대답도 하지 않았다. 그렇게 말할 수 없었던 것이다.

"준의 몸 안에 있는 무엇인가를 나도 느꼈어요. 하지만 거기 뭔가 있다는 것을 믿을 뿐이에요. 내가 말했잖아요. 나는 늙고 무정한 사람이라고. 내가 말할 수 없는 걸 말하게 하려고 애쓰지 말아요." 그리고는 낮은 목소리로 또박또박 말했다. "하지만, 준…은 아주… 진실해요… 나는 준이 하는 말을 믿어요… 준은 그런 것들을 안다고 생각해요… 선택받았지요, 바로 그거예요. 그런 것을 느끼도록 준은 선택받았어요." 아저씨는 너무도 가까이에 있었다. 이제까지 그 누구도, 엄마나 데이비드 목사님조차도, 그렇게 가까이 있었던 적이 없을 만큼 아저씨는 가까이 있었다. 문지방을 한 발만 넘어서면 될 것 같았다. 하지만 그 순간에도 아저씨가 그렇게 하지 않으리라는 걸, 절대로 그 문을 넘지 않을 걸 알고 있었다. 아저씨가 말했다. "하지만 준, 나는 이 세상의 나쁜 쪽에 있는걸요. 절대 준과 같은 쪽에 있지 못할 거예요."

나는 아저씨를 보지 않은 채 낮은 목소리로 말한다. 아마도 아저씨를 이해시키기 위해서, 아니 어쩌면 내가 더 잘 기억하기 위해서일 것이다. "아저씨 말고 누구한테도 한 적 없는 이야기를 할게요. 그러니까 이 이야기는 아무한테도 하지 말아요, 나를 놀리지도 말고요. 약속하실래요?" 아저씨는 머리를 끄덕인다. 어쩌면 아저씨는 내가 듣기 좋은 시시한 이야기나 할 거라고 생각하는지도 모른다. 아이들이 어른들에게 아양 떨기 위해 지어내는 그런 이야기들 말이다.

"그 일이 일어난 것은 우리 교회 안에서였어요. 찬송가를 부른 후, 나는 혼자 남아 있었어요. 사람들은 다 갔어요. 엄마도 갔어요. 예배시간에는 성가대에서 노래했죠. 모두가 떠난 후 나는 의자에 앉아 있었어요. 너무 춥고, 외롭고, 슬펐어요. 그런데 그때, 바로 여기, 배 속에서 점점 커지면서 내 몸으로 번지는 열기를 느꼈어요. 뜨거운 공의 열기를 느낀 거예요. 나는 붕 뜨는 것 같은 느낌이었죠. 두 눈을 감자, 내 몸 안에서 뜨거운 열기가 느껴졌어요. 그리고는 더 이상 무섭지 않았어요. 더 이상 나 혼자가 아니었어요. 내 안에서, 내 마음속에서 내게 말을 거는 목소리가 있었어요. 내가 알아들을 수 없는 말이었지요. 매일매일 하는 그런 말이 아니었으니까요. 나한테만 하는 말, 오로지 내게만 하는 말이었어요."

나는 눈을 감는다. 여전히 그 목소리가 들리는 것 같다. 바닷속 깊은 곳으로부터 들리는 그 목소리가. 무겁지도 날카롭지도 않은 목소리이다. 파리가 윙윙거리는 소리, 벌이 나는 것 같은 소리이다. 키요 아저씨도 그 소리를 들었으면 좋겠다. 그 소리를 듣는다면, 아저씨도 완전히 달라질 텐데. 아저씨는 그 소리를 듣고 있나? 나는 말하고 있나? 아저씨 손을 내 배 위에 갖다 댄다. 커다랗고 힘센 그의 손을. 그 소리는 긴 손가락을 통해, 쫙 벌어진 손을 통해, 아저씨에게 전해질 것이다. 그리고 아저씨의 손은 울리는 단어들, 느리고 무거운 말들, 절대 끝나지 않는 말들이 웅얼거리는 그 소리를 들을 것이다. 내 비밀을 아는 사람은 아저씨뿐이다. 엄마에게도 그 누구에게도 그것을 말한 적이 없다. 목사님한테도 말하지 않았다. 하지만, 그 사람, 키요 아저씨는 경계선에 있다. 한 발짝만 내디디면, 모든 것이 달라질 것이다. 잠깐 사이에 아저씨는 내 말을 들었는지, 내게서 손을 뺀다. 아저씨가 멀어진다. 사람들이 우리를 본다면, 열세 살짜리 소녀의 배에 손을 얹은 자신을 본다면 어떻게 생각할까를 두려워한다. 아저씨는 뒤로 물러났다. 아저씨 얼굴은 어두워지고 시선은 흐려진다. 아저씨가 말한다. "그렇게 못 해요, 준. 나는 좋은 사람이 아니에요. 당신이 기대하는 그런 사람이 될 수 없어요. 나는 다른 사람들과 다르지 않아요." 아저씨는 바위에 등을 기대면서 뒤로 물러났다. 흐릿한 그림자가 얼굴에 드리우듯이, 석양의 어스름한 빛이 아저씨 얼굴에 드리워진다. 밤이 되면 사람들은 달라진다. 나는 이미 오래전에, 그 남자가 우리 집에 들어와 살게 된 후, 그 남자와 엄마가 달콤한 말들을 속삭일 때, 깨달았다. "준은 준의 삶을 살 거예요. 이 섬을 떠나 다른 세상에서 살겠지요. 그리고 나를 잊을 거고. 모든 것을 잊고, 다른 사람이 될 거예요, 준." 아저씨가 하는 말은 나를 무척 아프게 한다. 아저씨 말은 뼛속까지 파고들어 내 가슴에 박힌다. 아저씨는 왜 내 말을 듣지 않는 것일까? "왜 내 말을 안 믿어요? 나는…." 하지만 눈물이 나서 말을 계속할 수 없다. 그는 내게 다가와 팔을 벌리고 나를 안아주려 한다. 하지만 나는 싫다. 이제 다시는 절대 그러고 싶지 않다. 아저씨가 나를 달래주기를 바라지 않는다. 나는 장난감을 깨뜨린 어린아이가 아니다. 사랑하는 남자에게 버림받은 여인도 아니다. 그러려면, 약국 아줌마한테 가면 될 것 아닌가. 그런 것이 아니었다. 아저씨는 아무것도 이해하지 못했다. 나는 막 뛰어서 집으로 갔다. 섬 꼭대기의 언덕으로 뛰어 올라갔다. 나는 큰 소리로 외치고 싶었다. "아저씨가 미워요!" 죽고 싶었다. 이 집 저 집에서 개들이 짖어댔다. 저녁 시간이었다. 불빛이 들어왔다. 차 몇 대가 천천히 달리고 있었다.

우리는 하룻밤을 같이 보냈다. 연인관계라던가 뭐 그런 것을 상상하지 말기 바란다. 나는 엄마가 남자친구와 재미 보느라 열중해 있는 틈을 타서 창문으로 나와 들판을 가로질러 해안까지 뛰어갔다. 키요 아저씨의 작은 군용 텐트가 그곳에 있었다. 바람이 없고 바다가 잔잔할 때면, 아저씨는 파도 소리를 들으면서 그곳에서 잔다. 내가 올 줄 몰랐을 텐데도, 아저씨는 텐트 앞에 서 있는 나를 보고 그리 놀라는 기색이 아니었다. 술을 조금 마셨는지도 모른다. 하지만 반가워하는 것 같았다. 아저씨는 미소 지었다. "들어와요. 계속 밖에 서 있을 건 아니죠?" 텐트 안은 무척 좁았다. 천장도 아주 낮았다. 텐트 옆에는 방충망과 주머니 여러 개가 달려 있었다. 바닥에 앉자, 공기가 부드럽게 순환되는 것을 느겼다. 그곳에서는 바다에서 들려오는 소리를 다 들을 수 있었다. 지붕이 바람에 출렁거렸다. 달빛은 환하게 빛났고 별들도 많아서 텐트 내부를 은은하게 비추어 주었다. 너무 좋았다. 아무 말도 하고 싶지 않았다. 우리는 가만히 앉아 바람에 펄럭이는 텐트 문을 열어놓은 채 바다를 바라보았고 바닷소리를 들었다. 나는 가슴속에서 심장이 천천히 아주 천천히 뛰는 것을 느꼈다. 아저씨 숨소리, 파도의 움직임과 더불어 깊이 들이쉬고 내쉬는 숨결도 들렸다. 너무 좋았다. 움직이고 싶지 않았다. 그 시간이 그렇게 오래오래 아침까지 지속되기를 바랐다. 밤과 바다와 바람과 모래와 해초의 내음과 나의 심장박동과 아저씨의 숨소리를 듣고 느끼면서, 언제까지고, 아침까지 그렇게 있기를 바랐다. 나는 자고 싶지 않았다. 어느 순간, 아저씨가 밖으로 나갔다. 그는 모래언덕까지 갔다. 아마도 소변보러 공중화장실에 갔을 거라고 생각했다. 아저씨가 돌아왔다. 얼굴이 바닷물로 젖어 있었다. 이번에는 내가 바닷가로 나갔다. 신발을 벗고 바다로 들어갔다. 아저씨가 옆에 있었다. 내가 잠시 머뭇거리자, 아저씨가 나를 들어 올려 함께 바다로 들어갔다. 바닷물이 바지 밑 다리 사이와 티셔츠 밑으로 스며들면서 덮혀지는 것을 느꼈다. 바닷물은 아저씨 허리까지 차올랐다. 달빛 아래에서 바다는 희끄무레했다. 수없이 많은 투명한 물고기들이 우리 주위를 돌아다니고 있었다.

　텐트로 돌아왔을 때, 나는 추워서 오들오들 떨었다. 아저씨는 내가 젖은 옷을 벗는 것을 도와주었고, 내 몸을 덥히기 위해 마사지를 해주었다. 아저씨의 커다란 손이 내 등과 어깨를 문질러주었던 것을 기억한다. 어느 순간 졸음이 왔다. 목욕수건을 몸에 감고, 아저씨한테 바싹 붙어 그의 몸에 팔을 두른 채 누워 있었다. 나는 자지 않았다. 눈을 뜨고, 아무 생각도 하지 않은 채 가만히 누워 있었다. 시간이 흘렀다. 달은 구름 속으로 자취를 감추었다. 바다 냄새가 느껴질 정도로 바닷물이 텐트 바로 앞까지 차올라왔다. 그런 경험은 처음이었다. 나는 지금과는 완전히 다른 시간, 엄마 아빠가 사랑하던 시간으로 돌아간 것만 같았다. 나는 이 남자의 팔에 안겨 그 시간 속으로 미끄러져 갔다. 어느 순간, 아저씨 쪽으로 얼굴을 돌렸다. 왜 그랬는지 모르겠다. 아저씨는 어둡고 알 수 없는 표정으로 나를 향해 몸을 구부리고 있었다. 하지만 강렬하게 빛나는 아저씨 눈이 나를 삼킬 듯 바라보았다. 무서워서인지 화가 나서인지 나는 부르르 떨었다. 왜 그랬는지는 나도 잘 모르겠다. 아저씨는 나를 다시 안아주었다. 나는 더는 그를 보지 않으려고 얼굴을 가렸다.

그리고 아침이 왔다. 나는 서둘러 옷을 입고 안개 속 들판을 가로질러 집으로 막 뛰어갔다.

키요 아저씨는 늙었다. 아저씨한테는 내가 필요하다. 이제 아저씨는 내 인생의 남자가 될 것이다. 오늘 나는 그렇게 결심했다. 사람들이 뭐라고 말할지 잘 안다. 나하고 아저씨는 나이 차가 너무 커서, 그 결심이 어처구니없는 미친 생각이고, 불가능한 생각임을 잘 안다. 그렇다. 나와 아저씨의 나이 차이는 정확히 45년이다. 하지만 아저씨가 내 인생의 남자라고 말한다고 해서 영원히 그럴 것이라는 말은 아니다. 이 세상에 영원한 것이 어디 있나? 나무들조차 영원히 존재하지 않는다. 별들도 영원하지 않다. 우리 과학 선생님이 말했다. "여러분이 보고 있는 별들은 너무 멀리 있기 때문에, 어떤 별들은 이미 죽었음에도 여전히 하늘에서 반짝거린답니다. 그 별이 발산하는 빛이 우리 지구까지 오려면 수백만 년은 걸리기 때문이지요." 키요 아저씨가 언젠가는 죽는다는 걸 나는 안다. 언젠가 우리가 바다와 파도를 바라보고 있을 때, 아저씨는 이렇게 고백했다. "준, 나를 사랑하면 안 돼요. 나는 죽음을 미루었을 뿐이야." 내가 무슨 말인지 이해할 수 없다는 표정을 지었더니, 이렇게 덧붙였다.

"나는 이미 오래전에 죽은 사람이에요. 아주 끔찍한 일을 저질렀거든. 그런데 그 문제는 여전히 해결되지 않아요. 내가 보는 모든 것은 내게 죽음을 말해요. 무슨 말인지 알겠어요?" 나는 말했다. "아저씨가 왜 그런 말을 하는지 모르겠어요. 생명이란 선물과 같은 것이에요." 그러자 아저씨가 말했다. "바다를 봐요. 살아 있는 것 같지요? 막 움직이고. 바다에는 물고기와 조개가 가득하고, 해녀인 준의 엄마는 먹고살기 위해 매일매일 바다에서 양식을 구하지요. 하지만 바다는 깊은 구렁이기도 해요. 그곳에서는 모든 것이 사라지고, 모든 것이 잊히지요. 그래서 나는 매일매일 바닷가로 나오는 거예요. 바다를 바라보면서 잊지 않기 위해서, 내가 죽어서 사라져야 한다는 것을 확인하기 위해서." 나는 아저씨 말을 잘 간직했다. 그것은 이제까지 내가 들었던 그 어떤 교훈보다 진실했다. 학교에서건 교회에서건 그런 말을 해주는 사람은 아무도 없다. 어른들은 항상 거짓말만 한다. 자기들 말을 확신한다고 우긴다. 하지만 그들의 말은 거짓이다. 그들 자신은 그것을 모른다. 하지만 아저씨는 진실을 말한다. 인생을 아름답게 포장하려 하지 않는다. 달콤하게 속삭이지 않는다. 아저씨는 커피처럼 쓰고 강하다. 나는 커피 맛을 안다. 입에서 느껴지는 그 씁쓸한 맛을. 이제는 커피 없이 살 수 없다. 텐트 안에서 아저씨 팔에 안겨 누운 채 밤을 지새운 바로 그날, 아저씨는 내게 그 커피 맛을 알게 해주었다. 이제 나는 학교가 끝난 후, 아이들과 함께 가게에 들러 막대 사탕이나 아이스크림을 사 먹지 않는다. 나는 피자 파는 카페로 간다. 그 카페는 젊은 남자가 운영하는데, 사람들은 그 남자가 게이라고 한다. 하지만 그런 게 나와 무슨 상관인가. 그는 친절하다. 아무것도 묻지 않고 내게 블랙커피를 준다. 아저씨에게 그 이야기를 하자, 아저씨가 웃으면서 말했다. "커피는 아이들이 마시는 음료수가 아닌데!" 나는 아저씨에게 대들면서 말했다. "하지만 난 이제 어린애가 아니에요!" 나는 아저씨가 내 인생의 남자가 될 거라는 나의 결심을 말하지 않았다. 아저씨는 툭하면 깜짝 놀라니, 서두르고 싶지 않다. 사실 아저씨는 소심한지도 모른다. 아마도 사람들이 수군대는 것이 두려운지도 모른다. 아니, 난 그렇게 생각하지 않는다. 키요 아저씨는 사람들의 험담이나 웅성거림, 거리의 여자들이 하는 말 같은 것에는 신경 쓰지 않는다. 아저씨는 용기 있는 사람이다. 게다가 그는 군인이었다. 아저씨가 말해준 것은 아니었지만, 나는 어느 정도 짐작하고 있었다. 서 있는 자세나 걸음걸이를 보면 알 수 있다. 아저씨의 자세는 항상 똑바르다. 시선도 그렇다. 눈을 깜빡이지 않으면서 상대방을 쏘아보듯 바라보는 그 시선, 마치 상대방의 생각을 알아내려는 듯, 아니면 머릿속으로 상대방이 한 말의 의미를 예측하려는 듯한 그 시선. 그래서 사람들은 아저씨를 두려워하고 경계한다. 우리 아빠도 군인이었다. 엄마는 아빠 이야기 하는 것을 싫어하지만 나는 확신한다. 아빠는 군인이었다. 엄마를 만났고 서로 사랑했다. 아빠는 나를 버리지 않았다. 아니다. 그럴 수는 없다. 아빠한테 무슨 일인가 일어났고, 그래서 죽었다. 아빠에 관해 아무 말도 할 수 없는 이유다.

키요 아저씨가 만나는 유일한 사람은 약국 아줌마. 이미 말했듯 그 아줌마는 남자를 아주 밝히는, 남자들을 호려서 노예로 만들어 버리는 그런 여자다. 하지만 키요 아저씨에게는 절대 그런 짓을 할 수 없을 것이다. 나는 아저씨를 내 남자로 만들겠다고 결심했으니까.

약국 아줌마는 분명 나보다 유리할 것이다. 특히 아저씨에게 약이 필요하다면 말이다. 하지만 그 여자는 나만큼 아저씨를 돌봐줄 수 없다. 비가 오던 어느 날 오후, 우리는 관광객들이 모두 떠난 한가한 해변의 텐트 안에서 비를 피한 적이 있다. 아저씨 얼굴이 너무도 어둡고 슬퍼 보여, 나는 허락도 받지 않고 마사지를 해주었다. 나는 마사지를 잘한다.

어렸을 때 엄마한테서 마사지하는 법을 배웠다. 저녁에 물질을 마치고 돌아오면 엄마는 온몸이 아팠다. 엄마는 누워서 내게 말했다. "자, 네가 할 수 있는 한 가장 세게 눌러 봐. 거기, 바로 거기." 아저씨는 깜짝 놀랐지만, 내가 하는 대로 내버려 두었다. 검은 양복저고리를 벗었고, 나는 아저씨 와이셔츠 위로 목을 마사지했다. 나는 무릎을 꿇고 아저씨 뒤에 앉아, 위에서부터 근육과 척추 양쪽과 목덜미를 따라가면서 손가락으로 마사지했다. 머릿속까지 문질렀다. 우리는 텐트 안에 있었고, 밤이 왔다. 어느새 아저씨는 잠이 든 것 같았다. 모래 위에 모로 누운 그의 숨소리가 차분해진 것을 느꼈기 때문이다. 나는 아저씨의 우울한 생각들, 죽음에 대한 생각들을 쫓아버릴 수 있다고, 아저씨의 목과 머리를 마사지하면서 그런 생각들을 내 손가락으로 주워 담을 수 있다고 생각했다. 아저씨의 나쁜 생각들은 바람에 실려 날아가 바다에서 사라져버렸다고 생각했다. 완전히 캄캄한 밤이 되었다. 밤은 하늘을 가르는 하얀 안개와 함께 왔고, 태양빛은 아직 수평선 멀리에서 커다란 점을 그리고 있었다. 나는 텐트 문을 통해 바다와 하늘을 바라보았다. 아저씨와 함께 영원히 이렇게 머물 수 있을 거라고 생각했다. 우선은 아저씨 딸이 될 것이고, 나중에 내가 크면 아내가 될 것이다.

이 생각을 아저씨한테 바로 말해줄 수 없었지만, 나는 마음에 들었다. 키요 아저씨를 깨우고 이렇게 통고하는 것을 상상했다. "자, 아저씨, 나는 나중에 아저씨와 결혼하기로 했어요." 그 생각을 하니 웃음이 났다. 모든 것이 명확해졌다. 그것을 이해하는 데 오랜 시간이 걸렸다. 나는 마사지를 계속했다. 그가 깨지 않도록 더 부드럽게.

하지만 그렇게 되지 않았다. 키요 아저씨는 벌떡 일어나 밤이 된 것을 보자, 양복저고리를 입고 모자를 쓰더니 내 손을 잡고 서둘러 들판을 가로질러 마을로 갔다. 아저씨는 우리 집 앞에 나를 데려다 놓고 가버렸다. 나는 화가 났다. 아저씨는 분명 호텔로 돌아가지 않고 약국 아줌마를 만나러 갈 것이기 때문이다. 게다가, 집에 들어가니 엄마의 남자친구인 브라운은 마치 질문할 권리가 있는 것처럼 "어디를 그렇게 쏘다녀?"라며 내게 잔소리를 해댔다. 엄마가 돌아와 있었기 때문에 그는 거드름을 피웠다. 엄마가 방에서 나왔다. 무척 화가 난 것 같았다. 엄마는 소리를 질렀고, 나도 소리를 지르면서 내가 하고 싶은 대로 할 거라고 말했다. 엄마가 내 따귀를 때렸다. 나를 때린 것은 처음이었다. 엄마가 그 나쁜 놈 앞에서 나를 때리다니 너무도 수치스러웠다. 나는 방으로 들어가 이불을 뒤집어쓰고 누웠다. 뺨에서 열이 났지만 울지 않았다. 다시는 절대로 울지 않겠다고 결심하지 않았던가. 엄마가 미웠다. 거드름 피우는 엄마의 남자친구를 증오했다. 엄마가 없을 때는 뻔뻔하게 내 젖가슴을 훔쳐보는 그 잡놈을.

나는 창문을 통해 다시 밖으로 나와 밤길을 걸었다. 방 앞을 지날 때 엄마가 말하는 소리와 그 잡놈이 떠드는 소리가 들렸다. 그러고 나서 들리는 흐느끼는 소리. 코미디가 따로 없다. 엄마를 위로해야 하는 그놈은 엄마 머리를 쓰다듬을 것이고, 그다음 어떻게 끝날지 너무 잘 안다. 아니, 차라리 몰랐으면 좋겠다. 숨소리, 그리고 "아아아", 혹은 "그렁그렁" 하는 소리. 그 남자는 두 손가락으로 코를 풀 때 나는 것 같은 그런 이상한 소리를 낸다. 그 남자가 우리 집에 들어온 이후, 나는 엄마 모르게 밤에 산책하는 습관이 생겼다. 고구마밭을 가로질러 작은 오솔길을 걷는다. 절대 큰 길을 걷지 않는다. 술 취한 남자들이나 순찰 중인 경찰을 만날 수 있기 때문이다. 나는 바다까지 간다. 그날 밤에는 달이 없었다. 하늘이 보이더니 구름에 가려 다시 캄캄해졌다. 나는 해녀들이 옷을 벗는 곳, 울퉁불퉁한 바위들을 둘러쌓은 불턱 안에서 별들을 바라보았다. 검은색 모래사장을 발견하고는, 모래를 파서 바람으로부터 나를 보호하기 위한 작은 계곡을 만들었다. 나는 하늘을 바라보았고 바닷소리를 들었다. 엄마와 싸운 다음이라, 심장이 마구 뛰었다. 하늘이 나를 안정시켜주기를 기다렸다. 언제나 그랬으니까. 하지만 이번에는 시간이 오래 걸렸다. 나는 눈으로 별들을 쫓았다. 별들은 뒤로 미끄러졌고, 땅은 무너졌다. 현기증이 났다. 나도 오늘 밤 죽을 수 있다고 생각했다. 밀려오는 바닷물은 내 몸을 삼켜버릴 것이다. 사람들은 내 흔적을 하나도 찾지 못할 것이다. 신발 한 짝도!

나는 키요 아저씨가 말했던 여자를 생각했다. 아저씨가 흔적을 찾으러 여기까지 왔다던 그 여자를. 내 꿈속에서 나를 부른 이는 바로 그 여자였을 것이다. 그 여자는 내가 자기를 만나러 와주기를 바랐을 것이다. 나는 하얗고 뚱뚱한 여자가 두 눈을 뜨고 있는 것을, 그 시선을 생각했다. 나는 몸이 오싹해지는 것을, 차가운 숨결을, 죽음이 스쳐 가는 것을 느꼈다. 그전에는 한 번도 그런 것을 느껴본 적이 없다. 나는 모래 위에서 꼼짝할 수 없었다. 마치 걸리버가 수천 가닥의 실에 묶여 꼼짝할 수 없었던 것처럼, 나는 해초 이파리와 머리카락으로 만든 밧줄에 묶여 모래 바닥에 박혀 있었다. 나는 내 심장 박동 소리를 들었다. 발바닥에서부터 머리 뿌리까지 오한이 엄습하는 것이 느껴졌다. "아저씨, 아저씨, 왜 오지 않는 거예요? … 왜 대답하지 않는 거예요? … 제발요…." 나는 울먹이면서 그런 말들을 했다. 아저씨가 내 말을 들을 수 있기를 바랐다. 항상 입고 다니는 그 검은 양복저고리 차림으로 바위 한가운데 나타나기를 바랐다.

하늘이 캄캄해지면서 비가 조금 내렸다. 머리에서 차가운 물방울이 흘러내려 목덜미를 적셨다. 바다로부터 자욱한 안개가 몰려왔다. 오징어잡이 배의 전조등 불빛이 겨우 뚫고 갈 수 있을 만큼 자욱한 안개였다. 물 위에 있는 낚시꾼들의 말소리와 라디오의 직직대는 음악 소리가 들렸다. 알수 없는 그 무엇이 모래를 통해, 빗방울을 통해, 바다를 통해, 내 안으로 스며들었다. 내 마음을 차지하고, 내 모든 정신을 사로잡는 우울하고 슬픈 무엇인가. 나는 그것이 무엇인지 알 수 없었다. 그것은 내가 아닌 다른 사람의 것, 다른 여자의 것, 그림자, 숨결, 안개일 것이다. "제발, 제발요…." 나는 끙끙 신음을 냈다. 나는 그 그림자로부터 도망하기 위해 모래 쪽으로 몸을 돌렸다. 어느 순간 소리를 질렀던 것이 기억난다. 한밤중에 질러대는 짐승 소리. 암소가 우는 소리! *"에우에우에우… 에-에우에우에우!"* 그것은 내가 아저씨한테 해준 이야기, 들판에서 밤새 방황하는 암소로 변해버린 남자 이야기와 너무 비슷했다. 개들이 쉰 목소리로 내 외침에 대답하며 짖어댔다. 그들도 두려웠던 것이다. 소리를 지른 후 나는 기절해 버렸다. 이른 아침, 나를 발견한 사람은 칸도 할머니였다. 내 몸이 얼음장처럼 차갑고 창백했나 보다. 할머니는 내가 바닷물에 빠졌다고 생각했다. 할머니는 내게 고구마 술을 마시게 했다. 그리고는 내가 눈을 뜰 때까지 손바닥과 뺨을 문질러 주었다. 할머니는 뭐라고 했지만, 나는 제주도 말을 잘 모르는 데다가 할머니 앞니가 다 빠져 있었기 때문에 무슨 말을 하는지 도무지 알 수가 없었다. 다른 해녀들이 장비를 담은 유모차를 끌면서 차례차례 도착했다. 할머니들은 나를 유모차에 태우고 마을로 데려가야 된다고 했던 것 같다. 나는 의식을 되찾았으니 괜찮다고 말하고는 비틀거리며 그곳을 떠났다. 가는 길에 엄마를 만났다. 사람들이 엄마한테 알렸던 것이다. 엄마는 내 몸을 부축했다. 하지만 내가 엄마보다 훨씬 더 크다. 우리는 연인들처럼 서로 붙잡고 집까지 갔다. 그 건달은 집에 없었다. 그것이 그나마 그가 할 수 있는 최선이었을 것이다. 나는 아침 내내 잤다. 오후에 키요 씨가 왔다. 아저씨가 집에 온 것은 처음이었다. 아저씨는 검은 양복저고리를 입고 있다. 엄마는 아저씨가 무슨 선생님이나 형사라도 되는 것처럼 공손하게 그를 맞이했다. 아저씨는 명함도 남겼다. 엄마는 그것을 책상 위에 놔두었다. 아저씨가 간 후 나는 그 명함을 보았다. 이상했다. 마치 다른 사람 이름 같았다.

필립 키요
작가-기자

나중에 그것을 가지고 아저씨를 골려 먹을 수 있겠다고 생각했다. 아니면 우리의 '돌아가며 놓기' 놀이를 할 때 써먹던가. 엄마는 격식을 차려가며 아저씨에게 차와 과자를 대접했다. 아저씨는 차로 입술을 적셨지만 과자에는 손도 대지 않았다. 평소처럼 말이 없었고 예의바르게 행동했다. 엄마에게 전복잡이에 대해 질문했다. 아저씨는 정말 전복잡이에 관심이 있는 것일까, 아니면 그냥 그런 척한 것일까? 나는 어른들이 서로 무슨 말을 해야 할지 몰라 어색해하는 것이 재미있다. 왜냐하면 나는 엄마가 아저씨에게 무엇을 물어보고 싶었는지 잘 알고 있었기 때문이다. 그 남자의 진정한 의도가 무엇인지, 나를 어떻게 할 것인지, 내 장래를 돌봐줄 의사가 있는지 등등. 모든 엄마가 딸들을 위해 물어보는 것들 말이다. 하지만 아저씨는 그런 것에 대해 이야기하기를 꺼렸다. 어쨌든 아저씨는 무슨 말을 해야 할지 몰랐을 것이다. 우리가 영원히 함께해야 할 것을 아저씨는 아직 모르니까. 물론 아저씨는 우리 아빠가 아니다. 게다가 내 남편이 되기에는 너무 나이가 많다.

아무튼, 어느 순간엔가 엄마는 아저씨에게 언제까지 이 섬에 머물 예정인지를 물었다. 그랬더니 아저씨는 무미건조하게 대답했다. "오래 있지 않을 겁니다. 이곳에 아주 오래 머물지 않을 것 같습니다." 아저씨는 담담하게 말했다. 나는 가슴에 칼침을 맞은 느낌이었다. 아마도 내 얼굴이 창백해졌을 것이다. 나는 일어나 내 방으로 뛰어가 숨어버렸다. 나의 나약함이, 나의 비열함이 창피했다. 동시에 배신감이 들기도 했다. 얼마 전에 아저씨는 이곳에서 죽고 싶다고 하지 않았던가. 전부 다 잊어버렸단 말인가, 아니면 그저 말뿐이었던가. 하지만 나는 상처받은 모습을 보이고 싶지 않았다. 나는 언제나 감정을 드러내는 것이 싫다. 특히 그 감정이 나약하거나 비열할 경우에는 더더욱 그랬다. 엄마는 얼마 동안 아저씨와 대화를 나누었다. 아마도 나의 무례를 용서하라고, 내가 너무 피곤해서 그렇다고, 언짢게 생각하지 말라고 했을 것이다. 얼마 후 엄마가 방문을 열고 말했다. "선생님 가신다. 인사 안 하니?" 엄마에게는 나이 들고 잘 차려입은 남자는 모두 선생님이다. 나는 아무 대답도 하지 않았다. 떠나기 전에 아저씨는 말했다. "괜찮습니다. 그냥 두세요." 마치 모든 것이 그냥 예의에 불과한 것처럼 말이다. 엄마는 아저씨를 문까지 배웅하면서 명랑한 척 과장된 목소리로 말했다. "감사합니다, 선생님, 안녕히 가십시오." 나는 아저씨가 엄마에게 돈을 주었기 때문에 엄마가 저렇게 이상하게 공손한 말투로, 평상시보다 훨씬 높은 음성으로, 내게 따귀를 때렸을 때와는 완전히 다른 목소리로 감사를 표시한다고 생각했다.

그때 나는 아무 말도 하지 않았다. 나중에 엄마를 똑바로 쳐다보면서 물었다. "아저씨가 엄마한테 돈을 주었지?" 엄마는 대답 대신 다정하게 말했다. "우리는 참 운이 좋아. 하느님이 우리 기도를 들어주시고 선생님을 보내셨구나."

나는 엄마가 데이비드 목사님의 설교를 떠올렸음을 알아챘다. 지난 일요일에 목사님은 전쟁 당시의 이야기를 했다. 먹을 것이 아무것도 없을 때, 그래도 파티인지 결혼식인지 잘 모르겠지만 아무튼 그런 것을 해야 했을 때, 사람들은 하느님께 기도했다. 그랬더니 갑자기 누군가가 교회 문을 두드렸다. 다름 아닌 통닭집 주인이었다. 그는 통닭과 감자튀김 오십 통과 더불어 고추장과 코카콜라 박스까지 보낸 것이다. 사람들은 모두 배불리 먹었고 그래도 음식이 남아 거지들한테까지도 적선할 수 있었다는 이야기이다.

나는 엄마에게 말했다. "아저씨가 얼마를 주었는데?" 엄마는 여전히 아무 답도 하지 않았다. 그 대신 엄마는 아저씨 말대로 좋은 조건을 갖추려면 내가 학교도 다니고 대학까지 가야 한다고 말했다. "하지만 나는 해녀가 되고 싶은걸?" 나는 엄마와 한바탕 할 준비가 되어 있었다, 엄마는 싸움을 피했다. 나는 너무 화가 나서 다시는 절대로 아저씨를 만나지 않겠다고 생각했다.

밤이 섬을 뒤덮는다. 매일 저녁 물웅덩이 사이를, 틈새를 비집고 들어간다. 밤은 차갑고 어두운 바다로부터 나와 미지근하고 안온한 삶과 뒤섞인다. 모든 것이 변해버린 것 같다. 온통 어두움뿐이고 모든 것이 파손된 것처럼 보인다. 나는 학교가 끝난 후 매일같이 바닷가로 간다. 무엇을 찾기 위해서인지는 나도 모른다. 어른들한테서는 더 이상 배울 것이 없는 것 같다. 어른들이 입을 열기도 전에 나는 그들이 무슨 말을 하려는지 다 안다. 그들의 눈에서 그들이 하고 싶은 말을 읽어내기 때문이다. 그들이 원하는 것은 이해관계, 오로지 이해관계뿐이다. 돈, 재산, 섹스, 소유에 관한 것, 그런 것들이다.

바다에는 비밀이 있다. 내가 알아서는 안 되는 비밀, 하지만 점점 더 알고 싶어 매일매일 찾아 헤매는 비밀. 검은 바위 속에서, 모래 속에서, 나는 그 비밀의 흔적을 보고, 그 비밀이 웅얼거리는 소리를 듣는다. 그 소리를 듣지 않으려고 귀를 막아도, 웅얼거림은 내 안으로 들어오고 내 머리를 가득 채운다. 그 목소리는 내게 속삭인다. 이리 와, 우리에게로 와. 너의 세계로 와. 이제부터 네가 살 곳은 여기란다. 웅얼거리는 그 소리는 파도 사이로 지칠 줄 모르고 계속해서 내게 말한다. 무얼 기다리니? 바람도 그 소리에 합류한다. 밤이 되어도 잠을 잘 수가 없다. 나는 창문으로 나와 들판을 걷는다. 얼마 전만 해도 죽도록 무서웠을 것이다. 별것 아닌 것에도, 덤불만 보아도, 부들부들 떨었을 것이다. 하지만 이제는 무섭지 않다. 내 안에 나 아닌 다른 누군가가 들어와 있다. 내 몸 안에서 누군가가 태어났다. 그게 누구인지, 어떻게 그렇게 되었는지 모른다. 나도 모르는 사이에 조금씩 그렇게 되었다. 다른 사람은 아무도 모른다. 학교에서 조는 계속 내게 욕을 해댄다. 하지만 내가 똑바로 쳐다보면 슬그머니 눈을 돌린다. 거울을 보니 내 홍채 안에 초록색 섬광이 보인다. 그것은 차갑고 강렬한 빛을 낸다. 눈동자의 검은 점들이 투명한 수정체 안을 떠다니고 있다. 가을 바다의 색깔. 그래서 조가 나를 두려워하는 것이다. 거울을 들여다보면 내 가슴이 점점 더 빨리, 점점 더 강하게 뛴다. 거울 속에 보이는 눈은 내 눈이 아니기 때문이다.

나는 늙어버린 느낌이다. 뚱뚱하고 못생겨 보인다. 그전처럼 들판을 달릴 수도 없고, 그전처럼 밭에 쳐놓은 담을 뛰어넘을 수도 없다. 게다가 생리할 때가 되면 배가 불룩해진 것 같은 느낌이 든다. 학교 운동장 햇빛 드는 의자에 앉아 사방으로 뛰어다니는 여자아이들과 남자아이들을 바라본다. 아이들은 서로 밀면서 놀이도 하고, 구석에서 시시덕거리기도 한다. 그들의 목소리는 날카롭다. 동물들이 우는 소리 같다. 그런데 내 목소리는 묵직하다. 목구멍에 상처를 낼 것만 같다. "왜 그래? 어디 아파?" 우리가 앤디라고 부르는 학생지도 선생님이었다. 그래도 내가 좋아하는 선생님이다. 몸은 마르고 키가 커서 찌르레기처럼 생겼다. 선생님은 내 앞에 섰다. 그의 마른 몸이 햇빛을 가린다. 나뭇더미가 내 앞에 서 있는 것 같다. 뭐라고 대답해야 할지 모르겠다. 나는 아주 언짢은 목소리로 말한다. "햇빛을 가리지 마세요."

학교가 끝난 후 집으로 돌아와서 나는 아무 말도 하지 않는다. 엄마는 나를 아주 이상하게 쳐다본다. 엄마가 화가 난 것인지, 아니면 내 걱정을 하는 것인지 잘 모르겠다. 내가 성전환 수술이라도 할까 봐 겁이 나는 모양이지! 아저씨는 두 번 더 집에 왔다 간 것 같다. 나의 미래에 대해 이야기했을까? 나는 엄마한테 이렇게 물어볼 뻔했다. "이번 달에는 아저씨가 얼마를 주었는데?"

내가 아직도 만나러 가는 사람들은 해녀 할머니들뿐이다. 특히 칸도 할머니를 자주 만난다. 나는 불턱까지 걸어가, 젖은 시멘트 바닥에 앉아 할머니들이 바다에서 나오기를 기다린다. 마침내 할머니들은 나를 받아들인 것 같다. 내가 외지 사람인데도 말이다. 가끔 할머니들을 따라 바닷속으로 들어가게 해준다. 나는 배 부분과 엉덩이 부분이 조금 크지만 그럭저럭 맞는 고무 잠수복을 입고, 납덩이를 허리에 차고, 동그란 물안경을 눈과 입에 끼운 후, 차가운 물속으로 천천히 미끄러져 들어간다. 흐르는 물이 금방 내 몸을 감싼다. 나는 할머니들과 함께 바닷속 깊은 곳까지 미끄러져 내려간다. 나는 맨손으로 조개들과 불가사리들을 따서 끈으로 엮은 망사리에 담는다. 속삭임 가득한 부드러운 침묵이 내 귀를 짓누른다. 파도 속에서 움직이는 시커먼 해초 더미들을 바라본다. 한 무리의 물고기들이 발산하는 찬란한 은빛도 바라본다. 나는 몇 시간씩 낚싯대 앞에 앉아 있으면서도 아무것도 잡지 못하는 아저씨를 생각한다. 정말 웃긴다. 아저씨도 이렇게 물속에 들어와 보면 참 좋을 텐데. 아저씨가 검은 양복을 입고, 모자를 쓰고 에나멜 구두를 신은 채 잠수하는 모습을 상상해본다. 나는 두 팔을 벌리고, 눈을 크게 뜨고, 움직이지도 숨을 쉬지도 않은 채, 바다에 몸을 맡긴다. 나는 물 위로 떠 오르지 않고, 물속에서 1분 이상 견디는 법을 배웠다. 그러고 나서 물 위로 얼굴을 내민 후에는 머리를 뒤로 젖히고 나만의 소리를 지른다. 그것은 내 숨비소리이다. 아무도 나처럼 *에아-아아…* 하고 소리 지르지 않는다. 할머니들은 내가 암소 우는 소리를 낸다며 나를 놀린다.

나는 더 이상 학교에 가지 않았다. 학교에 가서 뭐한담? 학교에서 하는 일이라고는, 몇 시간씩 그냥 앉아서 듣는 척하거나 눈을 뜨고 잠을 자는 것뿐이다. 아이들, 그들은 애들에 불과하다. 잘난 척하면서 기분 나쁜 표정으로 시시한 욕지거리나 해대는 조나 그 일당들조차 어린아이들일 뿐이다. 어느 날, 학교가 끝나고 집으로 가는 길이었다. 조는 나에게 돌을 던졌다. 나는 몸을 돌려 그를 바라보았다. 그러자 조가 외쳤다. "너는 창녀야. 그 미국 놈이나 만나러 가지 그래!" 그에게 다가갔다. 그런데 조가 나를 무서워했다. 나보다 머리 하나는 더 큰 그가, 내 머리채를 잡아끌어 내가 몸을 굽혀 땅바닥까지 머리를 숙일 수밖에 없게 만들면서 히죽거리던 그가, 키는 자기 어깨에도 오지 않고 몸무게는 자기 반밖에 되지 않는 여자아이를 두려워했다. 그는 뒷걸음질 쳤다. 개처럼 야비하게 생긴 그의 얼굴은 두려워하고 있었다. 나는 깨달았다. 이제 예전의 내가 아님을. 이제 나는 키요 아저씨의 얼굴을 가지게 되었다. 화가 났을 때의 차갑고 우중충하고 굳어버린 얼굴, 두 개의 초록빛 물구멍 같은 눈, 바다가 반들반들 윤을 낸 유리 같은 눈을 가진 그의 얼굴을 말이다. 나는 조에게 다가갔고, 조는 나를 피해 길모퉁이까지 도망갔다. 바로 그날, 나는 더 이상 학교에 가지 않기로, 그리고 해녀가 되기로 결심했다.

　나는 내 결정이, 특히 내 얼굴이 달라진 것이 자랑스러웠다. 나는 곧바로 집으로 돌아왔다. 하지만 엄마는 집에 없었다. 엄마의 남자친구뿐이었다. 나는 투명한 유리같이 맑은 눈으로 그를 바라보았다. 하지만 그는 평소처럼 반쯤 취해 있었다. 그는 내게 잔소리를 해댔다. "정오밖에 되지 않았는데, 이 시간에 왜 여기 있는 거야? 또 학교를 빼먹었니?" 나는 그 남자 앞을 지나갔다. 지나면서 아무 말 없이 그를 툭 치기까지 했다. 내가 그 남자보다 더 힘이 센 것처럼 느껴졌다. 나는 그를 그가 살던 곳으로, 형편없는 노동판으로, 비슷한 종류의 술주정꾼들과 노름이나 하는 선술집으로 돌려보낼 수 있었다. 나는 책가방을 침대에 던져버렸다. 나는 달라졌다. 새 옷으로 갈아입었다. 검은 진바지와 검은 폴로 티셔츠를 입고, 머리를 묶어 올리고, 바다로 갔다. 이제 나의 유년기는 끝났다. 입고 싶은 옷을 마음대로 골라 입을 수 있다. 이 차림은 엄숙한 도시인의 복장, 말하자면 일종의 상복이다. 지나가는 사람들은 나를 알아보지 못한다. 그들은 아마도 나를 철 지난 관광객쯤으로, 아니면 엄마가 나를 낳고 그랬던 것처럼 집안에서 쫓겨난 도시의 아가씨쯤으로 생각하는가 보다.

  키요 아저씨에게는 아무 말도 하지 않았다. 나는 평상시에 그가 머물던 부둣가로 갔다. 그는 낚시 도구를 가지고 있지 않았다. 아저씨는 내가 처음 보는 옷을 입고 있었다. 노란 나일론 방풍복에 천으로 된 낡은 바지를 입고 있었다. 하지만 에나멜 구두는 그대로 신고 있었다. 샌들을 신고는 잘 걸을 수가 없나 보다. 아저씨는 여객선에서 내리는 사람들과 꼬리를 무는 자동차 행렬과 스쿠터들을 바라보고 있었다. 나를 보자 아저씨가 웃었다. 아저씨가 그렇게 웃는 것은 처음 보았다. 얼굴이 환해지면서 활짝 웃으며 말했다.

"안 올지도 모른다고 생각했어요. 화난 줄 알았는데… 화난 거 아니죠?"

나는 아무 대답도 하지 않았다. 아저씨를 보자 갑자기 울분이 치밀었다. 입술 사이로 구역질이 날 것만 같았다. 우리는 해안을 따라, 내가 밤을 지새운 적이 있는 해변까지 한참을 걸었다.

"왜 거짓말을 하세요?" 마침내 나는 그렇게 말해 버리고 말았다. 하지만 나도 도대체 무엇이 거짓인지 몰랐다. 단지 아저씨한테서 뭔지 모를 배신감을 느꼈고, 그래서 마음이 아팠다.

아저씨가 말했다. "나는 거짓말하지 않아요. 준에게 아름답다고 말한다면, 그것이 진실이기 때문이에요."

아저씨는 내 말을 듣지 않았다. 나를 놀리고 있다. 내가 사탕을 달라고 조르는 아이인가?

"거짓말, 거짓말이란 것 알아요. 난 아저씨와 친구가 되고 싶었어요. 그런데 아저씨는 나한테 거짓말을 했어요."

그때 아저씨는 아무 대답도 하지 않은 채 해변을 따라 썰물로 인해 단단해진 모래사장 위를 달리기 시작했다. 마치 강아지처럼 원을 그리면서 뛰어갔다가는 돌아오고 또다시 뛰어가기를 반복했다. 터무니없는, 도저히 참을 수 없는 행동이었다. "그만 하세요. 그만. 제발요!" 나는 두 팔을 벌려 아저씨를 가로막으면서 소리쳤다. 아저씨는 내게서 멀어지면서 웃으며 다시 달렸다. 나는 너무 지쳐서 해변 바닥에 앉았다. 아니, 무릎을 꿇고 두 팔을 늘어뜨린 채 모랫바닥에 주저앉았다. 그때야 아저씨는 달리기를 멈추고는 무릎을 꿇고 앉아 뒤에서 두 팔로 나를 감쌌다.

"준, 왜 울어요?"

아저씨 입술이 내 귀에 완전히 닿았고, 나는 머리 사이로 아저씨의 뜨거운 숨결을 느낄 수 있었다. 멀리 않은 곳에서 사람들이 마치 새들처럼 모래 위를 걷고 있었다. 나이든 부부와 아이들이 있었다. 그들이 떠드는 소리가 아련하게, 비현실적으로 들려왔다. 그들은 우리를 삐친 딸을 달래주는 아빠와 다 큰 딸로 생각했을 것이다.

"나는 울지 않아요." 나는 분명하게 말했다. 한 마디 한 마디 힘주어 가면서. "나는 이제 울지 않아요. 난 이제 어린아이가 아니니까요."

아저씨는 내 말을 이해하지 못한 채 나를 바라보았다. 아니면 내가 하고 싶은 말을 이해했기에 내 변화가 맘에 들었는지도 모른다. 아저씨는 내 옆으로 다가와 모랫바닥에 앉아서는 우리가 처음 만났을 때처럼 사물 옮기기 놀이를 시작했다. 아저씨는 마른미역 한 조각을, 검은 조약돌을, 코르크 부표를 옮겨놓았다. 아저씨는 늘 그랬듯이 내가 이기도록 했다. 나는 희고 매끄러운 새의 뼛조각을 옮겼는데, 분명 내가 이길 수 있도록 그 뼛조각을 남겨두었을 것이다. 잠시 동안 나는 다시 소녀가 된 기분이었다. 울다 웃다 하는 약간 정신 나간 어린 소녀가.

우리는 있는 힘을 다해 바람 속을 뛰었다. 벌써 한기가 느껴졌다. 뿌연 녹색의 거친 바다를 따라 곧 겨울이 올 것이다. 만에 이르러 우리는 달리기를 멈추었다. 아저씨는 내게 마사지를 해주었다. 아저씨의 마사지 실력은 형편없었다. 사격할 때 총을 놓치지 않으려 꽉 잡아야 하는 군인이라는 옛날 직업 때문인지는 몰라도 아저씨의 손은 너무 힘이 세고 뻣뻣했다. "왜 검은색 옷을 입고 있어요?" 키요 아저씨가 물었다. 나는 망설임 없이 바로 대답했다. "이제 곧 겨울이 올 것이고, 아저씨는 떠날 것이고, 그러면 서글픈 어린아이의 마음은 어둡고 추울 테니까요." 나의 말에 아저씨는 아무런 반박도 하지 않았다. 아저씨는 모래 위 약간 떨어진 곳에 반쯤 누웠다. 그가 모자를 벗자 군인처럼 머리를 아주 짧게 자른 것이 보였다.

갑자기 이상한 느낌이 들었다. 키요 아저씨가 나를 빤히 바라보았기 때문이다. 마치 다른 사람 같았다. 그 순간 아저씨 안에는 두 사람이 존재하는 것 같았다. 하나는 내가 잘 아는 조용하고 힘이 센 사람이었지만, 다른 하나는 내가 모르는 사람, 마치 가면 구멍으로 나를 염탐하는 듯한 무서운 사람이었다. 나는 부르르 떨면서 뒷걸음을 쳤다. 아저씨는 내게 다가왔고, 초록빛 눈에서는 이제까지 본 적 없는 낯선 광채가 빛났다.

"왜 그렇게 보세요?" 아저씨는 아무 대답도 하지 않았다. 나는 곧 기절하려는 사람처럼, 물에 둥둥 뜬 채 뒤로 가는 느낌이 들었다. 심장이 빠르고 세차게 마구 떨렸다. 땀방울이 내 등줄기와 가슴으로 흘러내리는 것을 느꼈다.

"이제 내가 이야기를 하나 해줄게요." 그가 말했다. "진짜 있었던 이야기인가요?" 내가 물었다. 그는 한참 생각했다. "꿈 이야기. 그러니까 현실보다도 더 실제 같은 이야기."

나는 기다렸다. 나는 아직도 얼마 동안은 더 이상 자라고 싶지 않은 어린아이, 이 세상과 바람으로부터 보호해주는 남자의 넓은 가슴에 파묻혀 웅크리고 있는 아이였다.

망망대해의 밤이 우리 주변을 맴돌았다. 키요 아저씨의 목소리는 가벼웠다. 바람이 안개를 붙잡아두듯, 부드러운 아저씨 목소리는 우리를 둘러싼 어둠을 지배했다.

"꿈속에서, 세상에서 가장 아름다운 한 여자를 만났어요. 아름다웠을 뿐 아니라 천사 같은 목소리로 노래할 줄도 아는 여자였지요. 하늘에서 내려왔든가 바다에서 올라왔을 거예요. 사람들을 만나기 위해 땅으로 온 거지요. 그 여자는 여러 나라를 돌아다녔고, 여기저기에서 노래했어요. 길에서도 광장에서도 정원에서도. 누구나 그 여자 노래를 들으려고 가던 길을 멈춰 섰지요. 그래서 노래하는 것이 직업이 되었어요.

어느 날, 그 여자는 어떤 남자를 알게 되었지요. 그 남자는 그 여자를 사랑했지만 결혼할 만큼은 사랑하지 않아서 떠나버렸어요. 여자는 절망에 빠져 더 이상 이 땅에 머물지 않기로 했어요.

그러다가 또 다른 남자를 만났어요. 하지만 처음 사랑했던 남자만큼은 사랑할 수 없었나 봐요. 그 남자를 시험하기 위해 가슴을 열어봐 달라고 했어요. 하지만 그 남자는 그러고 싶지 않았어요. 가슴을 열면 그 안에 담긴 끔찍한 것들을 그 여자가 보게 될까 봐 두려웠던 거지요.

어느 날, 그는 가슴을 열었어요. 너무 많이 마셔 취했던가, 아니면 자신이 누구인지를 잊었던가 봐요. 그가 가슴을 열자 여자는 오싹하리만큼 무서웠어요. 그의 가슴이 벌레들에게 파 먹혀 이미 죽은 채 새카맣게 되어 버렸기 때문이지요.

바다의 여인은 더 이상 노래하고 싶지 않았어요. 아무 말 없이 바다를 바라보기만 했지요. 그러던 어느 날, 폭풍우가 몰아치면서 바람이 세게 불고 파도의 거품이 절벽 꼭대기까지 밀려왔어요. 남자는 여자를 데리고 집으로 대피했지요. 거의 밤새도록 깨어 있다가 결국 남자가 잠이 들었어요. 아침에 되어 잠이 깼을 때, 여자가 없어졌다는 사실을 깨달았지요.

밖에서 부는 폭풍우는 잠잠해졌어요. 그는 여자를 부르고 또 불렀지만, 아무런 답이 없었어요.

바닷가에서 그는 정성스레 접혀 있는 여자 옷을 보았지요. 그는 온종일, 밤새도록 기다렸어요. 다음 날도 기다렸고. 하지만 여자는 돌아오지 않았어요.

그 여자는 끝없이 넓은 바다로 돌아간 것이지요."

"슬픈 이야기네요. 아저씨 이야기인가요?" 키요 아저씨는 아무 대답도 하지 않았다. "꿈일 뿐이지요." 한참 후에 아저씨가 말했다. "꿈은 다 슬퍼요."

"아저씨는 바다가 사람들을 집어삼킨다고 생각하세요?" 나는 그런 질문이 무슨 의미인지도 잘 모르면서 물었다. 잠시 망설이던 아저씨가 말했다. "옛날에는 그렇게 생각했어요. 그래서 그걸 확인하려고 여기에 온 거고."

"그럼 지금은요? 지금은 그걸 확신하세요?"

"아니. 나는 아무것도 깨닫지 못했어요. 하지만 잊어버리는 게 나은 것 같아요. 추억이 인생을 가로막아서는 안 된다는 생각이 드네요." 아저씨가 말했다.

나는 아저씨 말에 참을 수가 없었다. 목구멍이 죄어 왔고, 등에서도 머리카락 사이에서도 땀방울이 맺히는 것이 느껴졌다. 숨이 막혀왔다.

"그러니까 그 말은…"

나는 더 이상 말을 이어갈 수 없었다.

"그러니까 그 말은 아저씨가 여기를 아주 떠날 거라는 말인가요?"

아저씨는 만족스러운 듯한 옅은 미소를 지었다. "모르겠어요. … 여기에 사는 것이 좋아졌어요."

아저씨는 갑자기 떠나겠다고 말하는 것은 예의가 아니라고 생각하는 것 같다. 하지만 나는 예의 같은 건 딱 질색이다.

"만일 내가 떠난다면, 많은 것이 그리울 거예요. 준도. 준 같은 사람을 만날 수 있는 것은 흔한 일이 아니거든요." 그러고 나서 덧붙인 말은 나를 더욱 아프게 했다. "준 말고 누가 나한테 낚시질을 가르쳐 주겠어요?"

아저씨는 일어서서 마을 쪽으로 걸어갔다. 아저씨의 태도는 이제 어색하지도 부자연스럽지도 않았다. 아저씨는 노란 방풍복 주머니에 손을 넣었다. 아마도 휘파람을 불기까지 했던 것 같다. 몸을 반쯤 돌리고 아저씨가 말했다. "자. 이제 갈까요?"

나는 축축한 모래 위에 앉았다. 비가 오기 시작했다. 차가운 물방울이 내 뺨을 때리는 것을 느꼈다. 바다로부터 자극적이고 강렬한 내음이 밀려왔다. 나는 짓눌린 듯한 목소리로 대답했다. "아니요. 좀 더 있다 갈래요." 아저씨는 아무 대답도 하지 않았다. 아니면 아무 관심도 없는 사람처럼 그저 어깨를 한 번 으쓱했는지도 모른다. 아니면 안녕이라는 인사를 했는지도, 그리고 바람이 그 말을 삼켜 버렸는지도.

*

 나는 여자를 좋아한다. 여자의 몸과 살결을, 그 살결 냄새와 머리칼의 향기를 좋아한다. 감옥에 있을 때, 나는 매 순간 그런 것들을 꿈꾸었다. 이제는 모든 것이 끝났다는 사실을, 치욕스러운 과거로 인해 배척당한 남자, 여자 없이 살아야 할 운명에 처한 남자라는 사실을 믿을 수 없었다. 후에서 성폭행이 있던 밤. 군인들은 무엇이든 발견하기만 하면 닥치는 대로 가져갔다. 제단의 소형 입상들, 그릇들, 수놓인 옷들, 벽시계들, 액자에 담긴 색이 바랜 옛 사진들과 구기고 접힌 기도서들까지도. 지폐 뭉치와 청동화폐가 담긴 가방들도 가져갔다. 나는 집 안으로 들어갔다. 프랑스 식민지 시절 지어진 고급주택이었다. 천장은 높았고, 네모 난 안마당에는 초록빛 물이 담긴 연못이 있었다. 연못 안에는 연꽃잎이 떠다녔다. 군인들은 나보다 먼저 들어가 있었다. 내가 모르는 사람들이었다. 나는 연합통신의 독립기자였고, 그저 그런 기삿거리를 찾아다니던 중이었다. 여기에 오기 전에 이미 해군들이 라디오 수신기나 벽시계 등을 싣고 떠나는 장면을 찍었다. 군인들은 내게 아무런 신경도 쓰지 않았다. 나를 쳐다보지도 않았다.

 그들은 무엇인가를 찾고 있었다. 약탈할 만한 물건이 아닌, 집에 숨어 있는 여자를. 그들은 텅 빈 방 안에서 여자를 발견했다. 벽에 돌로 된 개수대가 걸려 있는 것으로 보아, 그 방은 아마도 세탁장으로 쓰던 곳인 듯했다. 나는 방문 앞에서 걸음을 멈추고 서서, 눈이 어둠에 익숙해지기를 기다렸다. 그리고 여자를 보았다. 여자는 등을 벽에 댄 채 웅크리고 앉아 있었다. 눈에서는 빛이 났다. 두 팔로 무릎을 감싸 안고 있었다. 마치 기다리고 있었다는 듯이. 텅 빈 작은 방 안은 무겁고도 축축한 열기가 지배하고 있었다. 벽에는 곰팡이 자국이 나 있었고, 지금은 없어진 가구들 자국이 보였다. 커튼 자국도 보였다. 천정에는 거미줄이 별 모양을 그리고 있었다. 전구는 빠진 채 전깃줄만 대롱대롱 매달려 있었다. 그 여자밖에 없었다. 여자는 두려움에 사로잡혀 있어 나이를 가늠할 수 없었다. 나이답지 않게 쪽 진 검은 머리칼은 헝클어져 옆으로 삐져나와 있었다. 군인들의 넓은 등이 보였다. 나는 몸을 움직여 방 안으로 한 발짝 내디뎠을 것이다. 그리고 그 여자 얼굴을, 그 눈을 보았다. 여자는 딱 한 번, 단언컨대 딱 한 번 나를 쳐다보았던 것 같다. 여자는 애원하지도, 소리 지르지도, 간청하지도 않았다. 단지 여자의 시선이 내 시선과 마주쳤을 뿐이다. 이미 텅 비어 버린 시선, 아무 표현도 드러나지 않는 막막한 시선, 눈의 흰 공

막 안에 담긴 검은 눈동자에 불과한 시선. 갑자기 여자의 시선이 흔들렸다. 방 안에서는 땀과 두려움이 뒤섞인 시큼한 냄새가, 폭력의 냄새가 났다.

내가 이곳, 이 섬에 온 것은 죽기 위해서였다. 섬이란 죽기에는 더할 나위 없이 좋은 곳이다. 사실 섬이건 도시건 상관없다. 하지만 나는 적당한 도시를 찾지 못했다. 좁은 골목길, 노란 가로등, 감시탑처럼 생긴 전망대가 있는 곳, 창문이 닫힌 건물, 빈약한 공원, 방랑자들이 졸면서 앉아 있는 시멘트 벤치, 이런 것들이 있는 도시는 모두 감옥의 연장일 뿐이었다. 나는 메리와 함께 여행했고, 다시 사는 방법을 배웠다. 그녀는 노래했고, 술을 마셨다. 그녀는 일시적으로 안정을 찾았던 것이다. 그녀의 몸, 그녀의 얼굴, 그녀의 목소리. 그녀는 나를 위해 어린 시절에 부르던 찬송가를 불러주었다. 목사입네, 예술가입네 하는 그 비열한 놈이 그녀를 건드렸을지라도, 찬송가를 부를 때면 메리는 어린아이가 되었다. 그녀는 가족을 떠나 그 남자로부터 도망쳤다. 그녀는 나를 위해 노래했다. 방의 전등불 조명 아래서 내 앞에 서서 노래를 불렀고, 나는 꼼짝도 하지 않고 노래를 들었다. 그리고 어느 날 메리는 떠나갔다. 바다로 들어갔고 다시는 돌아오지 않았다.

섬은 죽기에 더할 나위 없이 좋은 곳이었다. 우리가 이곳에 도착하자마자 나는 그 사실을 깨달았다. 메리는 작은 산처럼 생긴 둥글고 소박한 오름 위의 무덤들을 보고 싶어 했다. 어느 날 오후, 우리는 까마귀 떼에 둘러싸인 적이 있다. 수천의 까마귀가 하얀 하늘 위를 빙빙 돌더니 무덤 위로 달려들었다. 메리는 공포에 사로잡혀 까마귀들을 바라보았다. "저것들은 무덤 없이 떠도는 영혼들이야." 메리가 말했다. 까마귀들은 그저 편안한 장소를 찾아 여기에 온 것뿐이라고 열심히 설명했지만, 내 말을 믿으려 하지 않았다. 그녀는 억울하게 죽은 사람들, 혹사당하거나 살해당한 남자들과 여자들에 대해 말했다. 그녀는 죽음에 매료되어 있었다. 이 섬을 은신처로 정한 것은 메리였던가, 아니면 나였던가? 배 갑판에서 멀리 검은 언덕이 보이는 길게 뻗은 이 섬을 보자마자 그녀는 내 손을 꽉 쥐었다. "바로 여기야. 내가 기대하던 곳이 바로 여기야." 나는 그녀가 하고 싶은 말이 무엇인지 잘 몰랐다. 얼마 가지 않아 그것은 분명해졌다. 그녀는 절망을 끝까지 밀고 가기 위해 이 세상 끝에 있는 곳, 어떤 바위, 어떤 잔해를 찾고 있었다. 자신의 운명, 자신이 상상했던 운명을 완수하기 위해 그녀에게 필요했던 것은 내가 아니라 바로 이 섬이었던 것이다. 내가 범죄자이건, 성폭행

현장을 훔쳐본 남자이건, 강간범과 공모자라는 이유로 감옥살이했건, 그녀에게는 아무 상관이 없었다. 언젠가 메리는 웃으며 말했다. 그녀의 눈에는 어둠이 가득했다. 아마도 그때부터 나를 증오하기 시작했을 것이다. "당신, 고통을 주는 남자." 나는 내가 본 것들을 그녀에게 말하지 않았다. 죄수들에게 가하는 물고문에 대해서도, 마취 주사나 전기충격에 대해서도 말하지 않았다. 하지만 그녀는 그런 것들을 다 알아챘다. 아마도 희생자들은 학대자들을 알아보는 모양이다.

나는 여자들의 몸을 좋아한다. 여자의 부드럽고 탄력 있는 피부를 만지고, 젖꼭지를 살짝 건드리고, 금지된 은밀한 감각을 혀끝으로 맛볼 때, 나는 내 안에서, 내 근육들에서, 성기뿐 아니라 온몸에서, 두뇌에서, 척추와 머리가 만나는 곳, 후두부에 있는 이름도 모르는 어떤 림프샘에서조차 다시 힘이 솟아남을 느낀다. 그런 욕망이 없다면 나는 아무것도 아니다. 내 인생, 내가 쓴 글들, 몇 년 동안의 감옥 생활은 내게 아무것도 가르쳐주지 않았다. 하지만, 하룻밤, 여인의 육체와 보낸 단 하룻밤은 내게 천 년의 가치가 있다, 여기, 이 섬, 죽음과 가까운 이곳에서 나는 그 어느 곳에서보다 강렬하게 욕망이 솟구치는 것을 느꼈다.

나는 이곳에 죽으러 왔다. 아마도 그랬을 것이다. 아니 이제는 모르겠다. 죽음으로 향하는 길을 찾기 위해 이곳에 왔는데, 그런데, 삶이 나를 다시 붙잡는다. 내 나이에 그럴 수 있으리라고는 생각지 않았다. 다시는 기적을 기대하지 않았다.

그러나 바람이 세차게 불고 문과 창문 틈 사이로 폭풍우가 몰아치는 밤이면, 나는 어김없이 하얀 커튼을 젖히고 어둠 속에서 벌거벗고 있는 여인의 몸을 찾는다. 나는 장뇌유와 향기로운 풀들이 담긴 작은 병들 한가운데 바닥에 깔린 매트리스 위에서 그녀 곁에 눕는다. 그리고 그녀가 나를 기다리고 있다는 표시로 켜둔 작은 등불에 비치는 그녀의 살결을 바라본다. 나는 그녀의 이름을 모른다. 처음 만나던 날 그녀가 말해 주었지만, 잊어버렸다. 내 마음대로 그녀의 이름을 지어냈다. 그녀는 나에 대해, 나는 그녀에 대해 아무것도 모른다. 그녀가 결혼한 여자라는 것, 그녀에게 아이들이 있다는 것을 알 뿐이다. 그녀를 처음 본 날, 준에게 붕대 감아주는 것을 보면서 그것을 알 수 있었다. 엄마처럼 천천히 붕대를 감는 모습과 다정한 미소. 내게 그런 것은 아무 상관도 없다. 그런 것을 찾고자 이곳에 온 것이 아니다. 말하자면 우리는 서로 아무 말도 하지 않는다. 여러 번, 여러

자세로, 우리는 사랑을 한다. 그리고는 그녀 곁에서 쉬면서 구불구불한 양철지붕 위로 부는 바람 소리를 듣는다. 잠시 동안 잠을 자다가 일어나서는 아무 소리도 내지 않고 호텔로 돌아온다. 하루가 이렇게 지난다, 또 하루도 이렇게 지나리라….

*

보아서는 안 될 것을 보고야 말았다. 일요일 밤 무렵, 바닷가에 나갔다가 돌아오는 길이었다. 하늘은 낮게 드리웠고, 돌풍이 몰아치면서 소나기가 왔다. 바다에서는 큰 파도가 밀려오고 있었다. 해녀들은 일하러 나가지 않았다. 관광객들은 오후에 떠나는 여객선을 타고 일찌감치 가버렸다. 나는 혹시 마지막으로 키요 아저씨의 초록색 방수 텐트에서 그를 만날 수 있을까 기대하면서 방파제를 어슬렁거렸다. 부두의 노동자들은 술집에서 담배를 피우면서 맥주를 마시고 있었다. 유리창은 기름기로 끈적끈적한 물기로 가득했다. 개들은 바다의 습기를 피해 상자들을 쌓아놓은 곳에 올라가 배에다 코를 박고 자고 있었다. 마을에 있는 가게들은 모두 문을 닫았다. 피자 가게마저도 "한 시간 안에 돌아옵니다."라는 팻말을 붙여놓고는 문을 닫았다. 하지만 주인은 내일까지는 절대 문을 열지 않을 것이다. 나로서는 매우 유감이었다. 커피를 마실 수 없었기 때문이다. 부두에 있는 선술집 주인은 분명 내게 커피를 팔지 않을 터이니 말이다. 게다가 선술집 손님들도 나를 비웃을 것이다. 그들은 남자들끼리 있는 것을 좋아한다. 자기들이 취한 모습을 바라보는 어린 여자아이를 절대 받아들이지 않을 것이다.

집으로 갈 수도 없었다. 오늘은 엄마가 남자친구와 함께 집에서 텔레비전 오락 프로나 시트콤을 보는 날이기 때문이다. 그래서 나는 약국 쪽으로 갔다. 왜 그랬는지 모르겠다. 내 발걸음은 아무 생각 없이 나를 그리로 이끌었다. 그냥 앞에 보이는 언덕길을 따라가듯 무의식적으로 그렇게 했던 것 같다.

약국 가게 문은 닫혀 있었고, 바람 때문에 하얀 커튼이 문에서 펄럭이고 있었다. 약국 뒷방에서 희미한 불빛이 새어 나오는 것이 보였다. 그래서 뒤쪽으로 가보았다. 나는 아무 소리도 내지 않고 창문까지 걸어갔다. 어떤 소리, 작은 속삭임이 들렸다. 말하는 사람이 누구인지 알고 싶었다. 셔터의 판자들 사이로 흔들리는 불빛이 보였다. 그것은 전구가 아니라 촛불 같은 노란색 불빛이었다. 약국 아줌마는 그곳에 약 상자들과 샴푸나 로션 같은 것들을 쌓아놓았다. 폭풍우에도 끄떡없는 이중창은 꽉 닫혀 있지 않았다. 이중창은 더운 여름날에도 벌레나 곤충이 들어오지 못하도록 촘촘한 창살이 쳐진 방충망이었다. 그 문이 삐걱거리는 소리를 내면서 살짝 열렸다. 하지만 삐걱거리는 소리는 양철지붕 위에서 부는 바람 소리에 묻혀 버렸다. 나는 죄짓는 느낌이 들어서 꼼짝할 수가 없었다. 차마 두 번째 문을 열 엄두가 나지 않았다. 바로 그 문 뒤에서 소리가 났고 촛불이 켜져 있었던 것이다.

나는 문에다 귀를 딱 붙인 채, 꼼짝하지 않고 얼마 동안 그곳에 있었다. 그다음 어떻게 할 것인지는 아무 생각도 나지 않았다. 그 자리를 떠나 비를 맞으며 밤을 뚫고 돌아갔어야 했으리라. 심장이 마구 뛰었다. 나는 배속이 뒤틀리는 것 같았다. 아주 어렸을 때 물질하러 나간 엄마를 기다리던 어느 날 그랬던 이후, 오랫동안 한 번도 그런 적이 없었다. 그날도 오늘처럼 비가 오고 바람이 불었다. 밖에서는 물소리가 들렸고, 나는 바다 괴물들이 엄마 머리채를 잡고 깊은 바닷속으로 끌고 가는 것을 상상했다. 나는 두 개의 문 사이, 내가 들어와서는 안 되는 곳에 있었다. 문 뒤에서 이상한 소리가 들렸다. 숨소리, 나직한 외침, 키득거리는 소리, 텔레비전 소리가 아닌 현실에서 일어나는 소리였다. 나는 무릎을 꿇고 열쇠 구멍에 눈을 갖다 댔다. 곧바로 형체들을 분간할 수 없었다. 그렇게 작은 구멍으로 들여다볼 때는 눈이 먼 것처럼 아무것도 보이지 않을 뿐 아니라, 구멍 가장자리가 새의 눈꺼풀처럼 아래위로 옆으로 마구 움직이는 듯했기 때문이다. 뒷방 내부는 접시 위에 놓인 촛불 하나가 밝히고 있었다. 흔들거리는 불빛 아래 나는 이상한 것을 보았다. 그것이 키요 아저씨와 약국 아줌마라는 것은 금방 알 수 있었지만, 그렇다 해도 처음에는 무엇을 의미하는지 도무지 이해할 수 없었다. 나는 뒤로 물러서고 싶었고, 그곳을 떠나고 싶었지만, 나보다 강한 무엇인가가가 나로 하여금 열쇠 구멍에 눈을 바싹 갖다 대고 그 광경을 바라보게 했다. 나는 정말로 키요 아저씨를 알아보지 못했다. 왜냐하면 아저씨는 긴 다리를 편 채 바닥에 등을 대고 누워 있었기 때문이다. 굵고 근육질인 다리, 꼬불꼬불한 털로 덮인 거무튀튀한 피부, 굉장히 커 보이는 발, 분홍색 발바닥, 벌어진 발가락, 그런 것들을 나는 한 번도 본 적이 없다. 아저씨의 몸 위에 그 더러운 여자가 걸쳐 있었다. 그 여자 역시 바닥에 등을 대고 있었다. 그녀의 몸은 아저씨의 다리와 완전히 직각을 이루고 있었다. 그녀는 두 발을 바닥에 대고서 몸을 받치고 있었고, 머리는 뒤로 젖혀져 갈색 머리카락은 타일 바닥에 흐트러졌다. 그녀는 가는 양팔을 벌리고 있었다. 나는 그녀의 배와 엉덩이의 하얀 피부를, 원형 모양의 옆구리를, 약간 벌어진 무거운 젖가슴을, 그리고 약간 도드라진 목젖이 있는 긴 목을 보았다. 그 목젖은 마치 남자들 것처럼 생겼지만, 검은 털이 무성한 가운데 닭 볏처럼 꼿꼿이 서 있는 볼록한 성기는 여자의 것이었다. 불빛이 희미했지만 모든 것이 또렷하게 보였다. 나는 세세한 부분까지, 그림자까지, 피부에 접힌 주름 하나하나까지 다 눈여겨보았다. 내가 본 것은 이제 더 이상 내가 아는 사람이 아니었다. 그저 한 남자와 한 여자일 뿐이었다. 그렇게 뒤엉켜 있는 그들은 지상에는 존재하지 않는 어떤 동물 같았다. 발은 여덟 개 달리고, 하얗고 까만데 한쪽에는 털이 많은, 그런데 머리는 없다시피 한, 거미게 같은 동물이라고 할까…. 그 동물은 앞으로 나아가지는 않은 채 그 자리에서만 천천히 아주 천천히 움직였다. 타일 바닥에 발을 붙이고 팔을 벌린 채, 숨을 몰아쉬고 속삭이고 한숨을 쉬면서, 뱅뱅 돌기도 하고 미끄러지면서 주위를 맴돌기도 했다. 나는 열쇠 구멍 사이로 다시 눈을 갖다 댔다. 짐승 같은 그 여자는 계속해서 천천히 유연하게 움직였다. 나는 엉덩이를 따라 살이 떨리는 것을, 배가 팽창되었다가 수축되는 것을, 열렸다가는 수축되는 검은 구멍으로 무엇인가 침입하는 것을, 가슴이 뒤로 젖혀지는 것을, 목젖이 왔다 갔다 하면서 목이 팽팽해지는 것을 보았다. 그녀는 약간 신음을 내더니 묵직한 목소리로 중얼거렸다. 음색이 다른 두 개의 목소리가 들렸지만 말하는 것이 아니었다. 그것은 그저 으르렁거리는 소리, 긁는 소리, 숨을 몰아쉬는 짐승 소리, 밤에 우는 소의 울음소리, 개가 달려

가면서 내는 소리, 썰물 때 조개에서 나는 소리, 칼이 생선 대가리를 칠 때 나는 죽음의 소리였다. 나는 열쇠 구멍에 눈을 더 가까이 갔다 댔다. 하지만 이제는 내가 무엇을 보고 있는지 도무지 알 수가 없었다. 저 사람들은 도대체 누구인가? 저 다리들은 누구의 것이고, 저 팔들을 누구의 것인가? 타일 바닥에 흩어진 저 머리카락은 누구의 것이고, 저 목소리, 숨을 몰아쉬는 저 소리, 저 속삭임은 누구의 것인가? 도대체 누구의 것이란 말인가? 나는 어떻게 그 자리를 떠났는지 모른다. 열쇠 구멍을 통해 여러 형상을 보게 했던 촛불에 눈이 먼 채, 뒷걸음치면서 네 발로 기어서 나왔으리라. 얼마 동안 나는 팔을 벌리고 완전히 눈이 먼 채 바람이 휘몰아치는 길거리를 하염없이 걸었다.

*

 울퉁불퉁한 바위들 사이, 바로 그곳에서 엄마를 기다렸던 기억이 난다. 엄마가 해녀가 되기로 했을 때이다. 바람은 머리 위로 세차게 불고 파도가 암초에 와서 부딪힌다. 새벽의 여명 속에서 파도들은 희미하게 보인다. 서서히 다가오는 회색빛 물거품을 보며 나는 종종 육중한 동물들을, 같은 속도로 걸어오는 소 떼를 생각하기도 했다. 뾰족한 바위가 그 짐승들의 다리를 넘어뜨리면 짐승들은 요란한 소리를 내면서 거품이 되어 푹 쓰러져 버리는 것이었다. 해녀들이 별로 가지 않는 곳이라서 엄마는 그 자리를 선택했다. 새내기였던 엄마는 북쪽의 작은 만이나 방파제 근처의 고요한 바닷속에는 감히 잠수할 수 없었다. 엄마가 처음 돌고래들을 만난 곳도, 회색 숭어들을 만난 곳도 바로 이곳이다. 회색 숭어들은 엄마를 스치고 지나가기도 하고, 엄마가 전복을 찾으려고 돌멩이들을 들추는 동안 넓은 코로 깊은 바다에 있는 미역을 건드리기도 했다. 심지어 엄마는 처음에 돌고래 한 마리가 진귀한 조개가 숨은 곳을 알려주려고 엄마에게 길을 인도했다고 주장하기까지 한다. 그 후 엄마가 다른 해녀들과 함께 잠수하면서 물질한 후, 다시는 그 고래를 보지 못했다고 한다.

폭풍우는 멈추지 않고 계속되었다. 바람은 약해질 기미를 보이지 않은 채 동쪽에서 불면서, 구름을 몰고 오기도 하고 쫓아내기도 하다가 또다시 몰고 온다. 수평선 너머에서도 바람은 밀려온다. 해녀들은 바다가 잠잠해지기를 기다리면서 휴업에 들어갔다. 라디오에서는 육지와 섬들을 모두 삼켜버릴 만한 태풍을 예고한다. 나는 지구의 종말을 꿈꾸었다. 모든 것은 사라지리라. 그리고 엄마하고 나만 남아, 어디선가 떨어져 나온 문짝을 뗏목 삼아 타고 물 위를 둥둥 떠다니다가, 새로운 섬을 찾으리라. 내가 꿈꾸는 섬은 지금 우리가 사는 이 검은 섬이 아니라 코코넛 나무 가로수가 있는 하얀 모래톱이 있는 섬, 부드러운 하늘에는 구름 한 점 없는 곳이다. 물론 현실에서는 그런 곳이 존재하지 않는다.

　키요 아저씨가 〈해피 데이〉 호텔을 떠났나 보다. 그날 이후 아저씨를 다시 만난 적이 없다. 아저씨는 내게 인사하러 들러서는 행운을 빈다는 말이 남긴 편지 한 장을 남겼을 뿐이다. 나는 그 편지를 읽어본 후, 둥그렇게 뭉쳐서 휴지통에 던져 버렸다. 더 이상 볼 일이 없는 사람들끼리 주고받는 말이 무슨 의미가 있을까? 나는 예절이나 예의 바른 태도 따위는 딱 질색이다. 정치 연설이나 설교도 딱 질색이다. 교회에서 데이비드 목사님은 요나 이야기를 읽어주셨다. 아마도 목사님은 태풍이 밀려오니 바로 지금이 그 이야기를 들려줄 때라고 생각했던 것 같다. 그 이야기를 믿는 것은 아니었지만, 목사님이 묵직하고 아름다운 목소리로 들려주는 몇 소절은 마음에 들었다.

고난 속에서 하느님을 불렀더니,
하느님은 제 기도를 들어주셨습니다.
죽음의 세월을 보내며 살려 달라고 외쳤더니,
당신은 내 호소를 들어 주셨습니다.
당신은 이 몸을 바닷속 깊이 던지셨고,
물결은 이 몸을 감쌌습니다.
밀려오는 파도는 내 몸 위에서 넘실거렸습니다.

어둠이 걷히고 해가 뜨자, 나는 잠수하기 위해 천천히 옷을 갈아입는다. 청바지와 스웨터와 운동화를 벗어서 축축하지 않은 한 구석, 바위 밑에 잘 정리해둔다. 그리고는 바람에 날아가지 않게 그 위에 돌멩이 하나를 올려놓는다. 고무로 된 검은 잠수복을 입는다. 배와 어깨 부분이 약간 헐렁하지만, 엄마보다 키가 커서 팔과 다리 부분은 내 몸에 잘 맞는다. 잠수복을 입자 그 옷 안으로 뜨거운 피가 흐르는 것이 느껴진다. 그 열기는 내게 계속할 힘을 준다. 나는 부력을 견뎌줄 납덩어리를 허리에 찬다. 엄마 신발은 내게 너무 작다. 그래서 바닷가 바위들이 날카롭긴 하지만, 차라리 맨발로 바다까지 가기로 한다. 나는 얼굴에 물안경을 낀다. 수영모는 필요 없다. 수영모를 쓰기에는 내 머리숱이 너무 많다. 그리고 나는 내 머리카락이 해초들처럼 내 주위를 둥둥 떠다니는 것이 좋다.

바닷속으로 들어가자 파도가 나를 감싼다. 나는 미끄러운 바위에서 발을 떼고, 해가 뜨는 곳을 향해 해수면 위로 떠오른다. 나는 행복한 파도의 물결을 느낀다. 나는 떠날 것이다. 이 세상 끝까지 갈 것이다. 키요 아저씨가 말하던 여인을 만날 것이다. 분명 그 여자는 나를 기다리고 있으며 곧 나를 알아볼 것이다. 파도는 느리지만 힘이 세다. 파도가 절벽에 부딪혀 깨지는 곳을 건너기 위해서는 잠수해야 한다. 하지만 바다는 잔잔하고, 하늘에서 쏟아지는 별들은 물속에 잠긴다. 바다는 흘러가면서 거센 흐름 속으로 나를 데려간다. 바다는 검은 내 몸과 내 얼굴과 내 머리카락을 윤기 나게 해주고 친근하게 나를 감싼다. 바다의 맛은 감미롭지 않다. 쓰고 자극적이다. 바닷속에는 어두운 계곡들이 있다. 비밀도 있고 고통도 있다. 바다는 그 모든 것을 드러내기도 하고 감추기도 한다. 어서 깊은 바닷속 해초잔디 위에 누워 있는 하얗고 뚱뚱한 꿈속의 소녀를 만나보고 싶다. 그 아이의 투명한 시선, 파란 물의 시선을 느끼고 싶다. 비구름은 빗방울을 한 줌 뿌리면서 바다 표면 가까이 닿을 듯이 지나간다. 나는 얼굴을 돌려 감미로운 물을 받아먹기 위해 입을 벌린다. 파도에 흔들리는 나뭇조각처럼 나는 잠시 동안 그렇게 떠 있다. 허리에 찬 납덩어리가 나를 깊은 곳으로 끌어당긴다. 나는 바다 밑에서 부는 바람에 흔들리는 해초들이 가득한 깊은 바닷속으로 천천히 내려간다. 태양 빛은 조금씩 바다를 채우고, 황금처럼 빛나는 것들과 하얀 바위와 산호초를 밝게 비춘다. 나는 두 팔을 벌리고 빙글빙글 돈다. 파도 때문에 물속에서 보는 하늘은 깨진 것처럼 보인다. 나는 그 하늘을 바라보면서 물속을 돌아다닌다. 마치 나는 것 같은 느낌이다.

어떤 그림자가, 창백한 그림자가 지나간다. 너무 기뻐서 내 가슴이 마구 뛴다. 그것은 해녀 할머니들이 말하던 바로 그 돌고래, 칸도 할머니의 돌고래임을 알아차렸기 때문이다. 아주 오래전, 엄마가 이 섬에 도착했을 때 엄마를 맞아준 것도 바로 그 돌고래이다. 고래가 내게 다가와 미끄러지듯이 회전하면서 빙글빙글 돈다. 고래의 눈이, 구겨진 눈꺼풀 중앙에 있는 빛나는 까만 눈동자가 나를 바라본다. 그 순간, 칸도 할머니에게 고래 눈 색깔이 무엇이냐고 물어보았던 것에 대한 답을 바로 얻을 수 있었기 때문에, 나도 모르게 신이 났다. 고래의 눈은 검은색이었다. 돌고래는 바로 내 뒤를 따라왔다. 그러더니 가던 길을 멈추고 주둥이를 하늘로 향한 채, 그 자리에서 헤엄쳤다. 고래의 몸은 빛을 향해 약간 기울어져 있었다. 고래는 나를 기다렸다. 나에게 바위들 가운데 전복이 숨은 곳을 가리켜주고 싶은 것이다. 나한테도 말이다. 내가 숨을 쉬려고 해수면으로 올라왔을 때도, 고래는 내 곁에서 세찬 숨을 몰아쉬었다. 나는 해녀의 언어로, 돌고래의 언어로 내 이름을 소리쳐 불렀다. *에아-야아!* 이제부터 내게는 절대로 다른 이름이 없다. 날이 완전히 밝았다. 해가 나면서, 줄기차게 내리던 비도 그쳤다. 파도 거품은 해안을 따라 반짝였다. 섬은 멀리 보였다. 마치 커다란 검은 배처럼 보였다. 나는 다시 그곳으로 돌아가지 않을 것이다. 더 이상 그 사람들을, 마을과 학교와 카페에 있는 조그맣게 보이는 그 사람들을, 그 나약한 사람들을, 약국 뒷방에서 교접하는 물렁물렁한 육체를 가진 그 짐승들을 다시는 보지 않을 것이다. 엄마가 보고 싶긴 하지만, 나는 떠나야만 한다. 엄마는 이해할 것이고, 그래도 나를 사랑할 것이다.

  나는 멀리, 깊은 곳으로 떠난다. 깊은 바닷속에 누워 있는 소녀를 만날 것이다. 열려 있는 소녀의 눈을 다시 볼 것이다. 사라진 소녀들, 버려진 소녀들, 나는 그들 모두와 다시 만날 것이다. 나는 물속으로 잠수한다. 숨을 참고, 허리에 찬 납덩이에 이끌려 천천히 밑으로 내려간다. 온갖 색의 향연이 벌어지는 바닷속을 본다. 초록색, 갈색, 붉은색의 해초들도, 기다란 이파리가 구불거리며 물결치는 흑삼릉도, 검은 모래 속에서 빛을 발하는 불가사리도, 얼룩무늬가 있는 물고기도, 투명한 오징어도 보인다. 나는 죽음을 향해 두 눈을 똑바로 뜬 채 이곳에서 영원히 잠들 것이다. 나는 달라질 것이다. 또 하나의 물에 빠진 여자가 되는 거다. 필립 키요 씨가 그것을 원한다. 아저씨는 내게 자신의 과거를 주었고 내 가슴을 욕망과 회한으로 가득 채웠다. 아저씨는 나로 인해 자유로워졌고, 아저씨의 운명이 내 안으로 들어왔다. 나는 머리를 거꾸로 한 채, 대낮의 하얀 햇빛 아래, 웅얼거림이 가득한 침묵 속에서 바닥을 향해 내려간다. 나는 두 팔을 벌리고 손바닥을 열고서 바닷속으로 미끄러진다. 그런데 어떤 살결이 나를 붙드는 것이 느껴진다. 부드럽고 칙칙하지만 포근하고 익숙한 피부가 나를 뒤덮고 나를 데려간다. 매우 다정하지만 매우 위압적인 누군가의 몸이 나를 부둥켜안고 햇빛이 비치는 곳으로 끌고 간다. 바다에서 나왔을 때, 나는 거칠고 날카로운 엄마의 비명소리를 듣는다. 이제는 내가 머리를 뒤로 젖히고 소리를 지른다. 목을 열고 바닷물을 토해낸다. 그리고 내 이름, 하나밖에 없는 내 이름을 부른다. *에아-야아!*

*

 "내 남자가 떠나는구나." 여자는 소리 지르지 않는다. 격렬하게 대들지도 않는다. 그저 우리가 사랑을 나누었던 약국 뒷방 바닥에 주저앉아 있을 뿐이다.
 저녁 시간이다. 지나간 밤들도 바로 이 시간 무렵부터 시작되었다. 하늘이 아직 완전히 어두워지기 전, 컴컴한 오두막에서 시작된 어둠이 점점 주택들로 번져갈 때, 모든 것이 시작되었다. 그녀에게 설명할 필요는 없었다. 이미 알고 있었으니까. 섬에 사는 것이 편리한 점도 있다. 이곳에서 일어나는 일들은 금방 다 알려진다.
 향기 나는 초가 여러 개 있었지만 그녀는 촛불을 켜지 않았다. 전등갓도 없는 줄에 매달려 있는 전구 한 개뿐이다. 밤나방들이 그 전구에 와서 부딪혀 타죽기도 한다. 우리는 아무 말도 하지 않는다. 무슨 말을 할 수 있을까? 게다가 우리는 한 번도 대화라는 것을 나누어본 적이 없다. 그저 시시한 몇 마디 말, 시시덕거리기 위한 말, 애무하기 위한 달콤한 속삭임, 필시 서로의 성적 취향을 탐색하는 말을 주고받았을 뿐이다. 아니면 낮은 신음 소리, 으르렁거리는 소리, 숨결 소리, 혓바닥이 부딪힐 때 나는 소리 같은 것들이었다. 마치 그녀에게는 이름이 없는 것 같았다. 하지만 우리가 서로 상대방의 이름을 모른다고 해서, 우리가 존재하지 않았던 것일까? 후에의 처녀 역시 이름이 없었다. 그녀를 성폭행한 군인들은 인간이 아니라 그저 전쟁기계일 뿐이었다. 상자들이 어지럽게 쌓여 있는 작은 방에 쭈그리고 앉은 그 여자를 바라본다. 마치 30년 전으로 돌아가, 범죄가 준비되던 그 어두운 방의 문지방에 서 있는 느낌이다.

나는 그 여자와 함께 앉을 수가 없다. 그저 그녀를 바라보면서, 그렇게 서 있을 수밖에 없다. 그녀는 벽으로 머리를 돌린 채 나를 보지 않는다. 인생이란 참으로 쓸쓸하다. 인생에 너그러움이란 없다. 단지 어쩌다 기적적으로, 만나리라고는 생각조차 하지 못했던 누군가를, 천사를, 낙원의 메신저를, 신과 허물없이 지내는 그 누군가를 만나는 경우를 제외하고는.

여기, 약병들과 샴푸 통들이 쌓여 있는 약국 골방에 있는 그녀는 아무에게도 아무 말도 전해줄 수 없는 사람이다. 그녀는 낙원을 모른다. 그녀는 돌고래를 만나기 위해 바다 한가운데를 헤엄쳐 간 적도 없고, 헤엄쳐서 해협을 건너가 본 적도 없다. 그녀는 다른 모든 여자와 다르지 않은 그저 한 여자일 뿐이다. 그녀는 육체 자체이다. 나는 그녀의 살결과 그 살의 냄새를, 욕망에 사로잡혀 숨결이 빨라질 때 그녀에게서 느껴지던 자극적이면서도 간절한 그 무엇을, 목구멍에서 나던 으르렁거리는 소리를, 목에 있는 동맥에서 느껴지던 심장 박동을, 두 사람의 몸을 서로 엉겨 붙게 만들기도 하고 서로의 몸이 떨어질 때 무엇인가 흡입하는 소리를 내게도 하던 땀을 좋아했다. 떠나야 하기에 나는 그녀의 몸에서 빠져나와 뒤로 물러선다. 그러자 이 작은 방 안으로 공허함이 엄습하는 걸 느낀다. 공허함과 한기가. 그 이외의 감정은 무엇이든 다 착각일 수밖에 없다. 그 무엇도 죽음을, 범죄를, 고독을 막지 못한다. 이제 나는 이곳을 떠난다.

여자는 내 왼쪽 다리를 붙잡았다. 나는 문 쪽을 향해 몸을 반쯤 돌리고 서 있고, 그녀는 내 다리를 부둥켜안았다. 어린애 같은 그 동작은 순간 나를 꼼짝 못하게 만든다. 그녀는 아무 말도 하지 않는다. 군데군데 난 흰머리가 은빛으로 반짝이는 그녀의 검은 머리칼을, 그녀의 어깨를, 약간은 굵지만 무릎이 동그란 다리의 옆면을 바라본다. 나는 고개를 숙이고서 밧줄을 풀 듯이 그녀의 손가락을 하나하나 떼어낸다. 나는 그녀에게 다정하게 말한다. 하지만 아무 설명도 하지 않는다. 그럴 필요가 없다. 그녀는 이미 내가 무슨 말을 하러 왔는지 잘 알고 있으니까. 여기에서의 나의 삶도, 밤에 약국 뒷방에서의 우리의 삶도 이제 끝이다. 나 없이도, 추억 없이도,

그녀의 시간은 계속될 것이다. 그러니 이게 다 무슨 소용인가? 그녀는 이 섬사람이다. 그녀는 이 섬의 검은 돌멩이와 고구마밭에 속해 있다. 그녀에게는 생계를 위한 전복보다 스치고 지나가는 철새인 가마우지가 더 중요하다 할지라도, 그녀는 전복 캐는 사람들과 하나이다. 그녀의 손이 뒤로 미끄러지면서 주저앉는다. 내가 방을 나와 캄캄한 밤 속으로 사라질 때, 그녀는 문으로부터 등을 돌린다.

나는 페리호의 갑판에서 멀어져 가는 섬의 해안을 바라본다. 벌써 밤이다. 폭풍우와 평온한 권태 사이로 겨울밤이 온다. 내가 이 섬에 도착했던 날이 언제더라? 30년 전에는 모든 것이 달랐다. 나는 새로 태어났다고 생각했다. 하지만 구원받을 수 있는 것은 아무것도 없었다.

<해피 데이> 호텔의 주인은 내게 아무런 선택권도 주지 않았다. "당장 떠나시오. 그렇지 않으면 경찰이 당신을 처리할 거요." 이곳에서는 간통죄도 감옥행인가 보다. 하지만 나는 그것이 내 추방의 원인이 아니라는 것을 잘 안다. 조금씩 퍼즐이 맞추어졌다. 나는 별로 조심하지 않았다. 그런데 내 과거가 들추어졌다. 아무도 잊지 않았던 것이다. 군사법정

의 재판, 감옥, 방황, 메리, 그리고 지금은 타락한 어린아이인 준. 나는 저주받은 인간인가 보다.

떠나기 전에 준을 다시 만나보고 싶었다. 호텔 식당에 조개와 전복을 파는 해녀들에게서 그 아이가 물에 빠질 뻔했다는 소식을 들었다. 준의 엄마가 소리 질러서 위험을 알리는 바람에 해녀들이 겨우 구했다고 한다. 해녀들이 준을 해안 가로 데려왔을 때 그 아이는 숨을 쉬지 않았다. 하지만 준의 엄마가 입에다 숨결을 불어넣는 등 응급 조치를 해서 다시 살아났다고 한다.

내가 준의 집에 갔을 때, 대문은 닫혀 있었다. 문을 두드리고 얼마 동안 시간이 흐른 후 준의 엄마 목소리가 대문을 통해 들렸다. "가세요. 선생님, 제발 가세요." 나는 고집 부리지 않았다. 돌아오는 길에 준의 집에서 본 적이 있는 이상한 사내와 마주쳤다. 나는 그의 이름을 모른다. 그는 똥개 눈으로 나를 쳐다보더니 뒤로 돌아 가버렸다. 이 섬을 지나가는 폭풍우는 내 가슴속에 담겨 있던 모든 회한을 다 비워버렸다. 나는 가벼워지는 것 같았다. 가방을 싸면서, 휘파람을 불고 있는 나를 보고 놀라기까지 했다. 그것은 메리가 방콕의 바들을 순회하던 시절에 부르던 노래의 멜로디였다.

나는 초등학생들이 쓰는 공책에다가 준에게 보내는 편지

를 썼다. 그 아이가 내게 준 모든 것에 대해, 내게 가르쳐준 모든 것에 대해 쓰고 싶었다. 쓰라린 감정은 삶에 대한 의욕을 주는 소중한 선물이라고도 쓰고 싶었다. 하지만 그 아이가 그런 말을 이해할지 알 수 없었다. 게다가 그 공책을 전달할 방법도 없었다. 그 공책은 내가 간직했다. 어쩌면 언젠가는 그 아이에게 그것을 전달할 수 있으리라. 다른 장소에서. 다른 삶에서.

나는 아무에게도 작별 인사를 하지 않았다. 호텔 방값을 계산했고 주인은 포커 게임 선수처럼 능란하게 돈을 센 다음 호주머니에 집어넣었다. 그리고는 호텔 문을 닫은 후, 텔레비전의 야구 시합 중계를 보기 위해 몸을 돌렸다.

"오 해피 데이, 오 해피 데이…" 안개비를 맞으며 부두 쪽으로 걸어가면서 내가 부른 노래는 아마도 이 노래였던 것 같다. 엉뚱하게도 나는 순간적으로나마 선착장에서 준이 나를 기다리고 있는 상상을 했다. 뱃전 옆의 출입구에서 줄을 선 여행객 중 그 아이 모습을 본 것만 같았다. 하지만 가까이 다가가서 보니 머리를 묶은 어린아이가 아니라 이빨 빠진 입을 벌리고 내게 미소 짓는 얼굴이 붉고 오동통한 키 작은 노파였다.

나는 아무런 후회도 없이 이곳을 떠난다. 일요 낚시꾼이 사용하던 낚싯대도 낚시 도구도 가져가지 않는다. 그것들은 더 이상 내게 필요 없다. 이제 더는 세상살이에서의 권태를 달랠 필요가 없다. 이제 나는 자유다. 물론 나는 그리 젊지도 원기 왕성하지도 않다. 하지만 나는 내 자리를, 그게 어떤 자리이건 내 자리를 차지할 준비가 되었다. 모든 것은 사물 옮기기 놀이에 있다. 당신이 돌멩이 하나를 바닥에 놓으면, 상대방은 해초 잎 하나를, 가마우지 날개 하나를, 굴 껍데기 하나를 가지고 대결한다. 그런데 당신은 단번에, 단숨에, 매끄럽고 아무 무늬도 없고 무거운 검은 돌멩이, 당신에게 승리를 가져다줄 그 돌멩이를 발견했던 것이다.

*

　나는 회복 중이다. 아무튼 의사 선생님은 내 몸의 열이 내려간 것을 확인한 후에 그렇게 말했다. 오늘 아침에는 38.2도였다. 두통도 덜하고 입속에서 느껴지는 쓴맛에도 점점 익숙해진다. 그 맛은 약간 블랙커피 맛과 비슷하다. 엄마에게 커피를 타달라고 한다. 엄마도 더는 안 된다고 하지 않는다. 이제 내가 어른이 되었나 보다. 생리가 다시 시작된 것을 보며 엄마는 안도의 숨을 내쉬었다. 그 순간, 엄마는 내가 임신한 줄 알았구나 하는 생각이 든다. 열여덟 살에 나를 임신했던 엄마는 그게 어떤 건지 너무도 잘 알기 때문일 것이다. 그 건달은 드디어 떠났다. 해녀 할머니들이 나를 모터 달린 이륜마차에 태우고 우리 집 대문 앞까지 왔을 때 엄마가 그놈을 쫓아버렸다. 사람들이 내 옷을 벗길 때 그가 가까이 다가왔고, 나는 그를 보자 미친 듯이 화를 내며 변태라고 소아성애도착자라고 소리를 질렀던 모양이다. 내가 물에 빠졌던 후 엄마와 나는 언제나 꼭 붙어 지냈다. 엄마는 건어물이나 고기통조림 등 먹을 것을 사러 잠시 가게에 갔다 올 뿐이었다. 폭풍우 때문에 우리에게 필요한 것들을 제대로 살 수가 없었다. 완전히 바닥 난 물건도 있었다. 치약 같은 것들이었다. 하지만 상관없다. 베이킹소다 같은 것으로도 우리는 이를 잘 닦을 수 있으니까.

우리는 매일매일 이야기를 나누었다. 어릴 적부터 엄마와 그렇게 많은 이야기를 나눈 적이 없었을 만큼 우리는 많은 이야기를 했다. 엄마는 굉장히 예쁘다. 나처럼 피부가 검지도 않고 곱슬머리도 아니다. 피부도 아주 하얗고 흰머리가 약간 섞여 있지만 머리에서도 윤기가 흐른다. 엄마는 나보고 흰 머리를 뽑아달라고 하지만 나는 싫다. 엄마의 그 어떤 것도 잃고 싶지 않다. 엄마에 속한 것은 아무것도 변하지 않았으면 좋겠다.

엄마는 처음으로 진지하게 내 아빠 이야기를 한다. "네 아빠는 키가 컸고, 너처럼 힘이 셌단다." 엄마가 아빠 이름을 말한 적은 한 번도 없다. 엄마는 살짝 웃으면서 이제 그 사람은 잊었다고 한다.

"아빠는 왜 가버렸어? 왜 엄마를 버렸어?"

엄마는 대답하기를 망설였다. 그러더니 마침내 말했다. "남자들은 다 그래. 그들은 떠나가지. 그들은 머물지 않아."

나는 약간 신경질이 난다. 그래서 벌떡 일어나 외친다. "아니야! 엄마는 나한테 말하기 싫은 거야. 아빠는 아무 말도 없이 떠난 게 아니야."

엄마는 우선 나를 안정시키려고 한다. "물론, 다 이유가 있지. 우리는 결혼하지 않았으니까. 나는 너를 가졌다며 결혼하고 싶다고 했지. 그 사람은 그럴 수 없다고, 아직 때가 아니라고 했어. 내가 너무 순진했어. 나는 그 사람 말을 믿었단다. 그런데 그 사람은 부대에 이동을 요청했고, 그 기지를 떠나버렸어. 나는 아무것도 몰랐지. 어느 날 전화했더니, 그가 떠났다는 거야." 엄마는 웃는다. 약간은 어색한 웃음이었다. 시간이 지나면서 모든 것은 우스꽝스럽게 여겨진다. "나는 그 사람이 어디로 갔느냐고 물었지. 하지만 사람들은 그의 주소를 알려주려 하지 않았어. 아마 군대에서는 그런 게 비밀인가 봐. 그가 주소를 남기지 않고 떠났다고 하더구나. 군대에서 전달해줄 테니 편지를 쓰라고 권하더라. 나는 열심히 편지를 써 보냈지. 네가 태어나자 네 사진도 보냈단다. 하지만 그 사람은 한 번도 답을 하지 않았어. 어쩌면 죽었는지도 모르지. 하지만 군인들은 그런 사실도 알려서는 안 된다나 봐."

나는 엄마의 이야기를 듣는다. 이야기를 들으면서 전율을 느낀다. 키요 아저씨 역시 주소도 남기지 않고 떠나버렸다. 이제 나는 엄마가 살아온 인생을 이해한다. 가족들 전부가 나를 보육원에 보내라고, 아이는 잊고 좋은 남자 만나 제대로 된 가정을 꾸리라고 할 때에도, 엄마는 나를 버리지 않고 어디든 데리고 다니며 키울 만큼 나를 지극히 사랑했다는 사실을.

"엄마, 미안해." 나는 웅얼거렸다. 엄마는 두 팔로 나를 꼭 껴안으면서, 바닷물을 먹어 평소보다 더 곱슬곱슬해진 내 더부룩한 머리에 얼굴을 파묻는다. 나는 엄마 얼굴을 보고 싶었지만, 엄마는 일그러진 얼굴을 내게 보이지 않으려고 나를 더 세게 끌어안는다.

"왜…." 엄마는 더 이상 말을 잇지 못한다. "죽지 마. 엄마는 너를 너무 사랑한단다." 엄마는 내 머리카락 속에 얼굴을 파묻은 채 그렇게 말한다. 나는 웃음이 나온다. 엄마가 그런 적이 한 번도 없었기 때문이다. 오히려 지금까지는 머리숱이 너무 많다느니, 아빠를 닮지 않으려면 머리를 짝 붙여 빗어 윤기 나게 해야 한다느니 하는 말만 했던 것이다. "죽고 싶었던 게 아니야." 나는 말한다. 그건 사실이다. 나는 죽고 싶지 않았다. "난 그저 바다 멀리 떠나고 싶었어. 망망대해의 저 건너편까지, 미국까지 가고 싶었던 거야." 나는 엄마에게 바닷속의 깊이와 색깔과 냄새와 깊은 계곡에 대한 느낌도, 머리를 거꾸로 했을 때 보았던 표면에 비친 별들에 대한 느낌도 말할 수 없다. 게다가 엄마는 그 모든 것을 잘 알고 있다. 엄마는 해녀이니까. 나는 엄마를 닮으려고 바닷속으로 들어간 것이니까. 엄마에게 바닷속 깊은 곳에서 해초로 만든 침대 위에 잠들어 있는 불안한 눈의 뚱뚱한 소녀에 대해서는 말할 수 없다. 어른들은 그런 이야기를 믿지 않는 것을 난 잘 안다. 키요 아저씨조차 그 말을 안 믿었다. 그래서 나를 버린 것이다. 하지만 내게 진실을 가르쳐준 사람은 키요 아저씨이다. 아저씨 혼자 감당하기에 그 진실은 너무도 무거웠던 것이다. 그래서 어느 날 밤, 텐트 안에서 내게 자신의 마음을, 고약한 마음을 보여주었던 것이다. 이제 아저씨는 길거리에서 춤을 춘다. 여자들을 유혹하고 가게 뒷방 바닥에서 여자와 잔다. 이제는 죽고 싶지 않은 것이다. 아저씨는 자유이다. 나도 이제 그런 것들에 대해 아무 생각도 하고 싶지 않다. 나는 이제 늙어버렸다. 나는 책임을 져야 한다. 나는 두 팔로 엄마를 세게 끌어안으면서 엄마 귀에다 대고 말했다. "커다란 회색 돌고래를 만났어." 언젠가 엄마 옆으로도 이 근사한 동물이 스쳐 지나간 적이 있으니, 엄마는 내 말을 믿을 것이다. "돌고래는 내가 물속에 있는 동안 계속 함께 있었어. 나를 도와준 건 바로 그 돌고래야." 엄마가 조용해진 것으로 보아 울음을 멈춘 모양이다. 나는 자기 자신을 불쌍히 여기는 어른들을 별로 좋아하지 않는다. 그들을 보면 구역질이 난다. "나를 구해준 건 돌고래야." 나는 더욱 힘주어 그 말을 했다. 왜냐하면 진짜 그렇기 때문이다. 나는 엄마가 이런 말을 하고 싶어 한다는 것을 잘 안다. 아니, 아니, 아가야, 회색빛 돌고래는 없어. 그건 전설일 뿐이야. 물속으로 들어가 너를 물 밖으로 데려온 건 해녀들이야. 엄마는 아마도 내가 미쳤다고 생각하는 것 같다. 미친 사람을 화나게 하면 안 되고, 말도 안 되는 꿈에서 깨어나게 해서도 안 된다고. 시냇물을 따라 흘러가는 낙엽처럼 맘대로 하도록 가만히 내버려 두고 그런 다음에 고쳐가야 하니, 나를 건드리지 말아야 한다고 생각하는 것이다.

하지만 나는 무엇을 보았는지 잘 안다. 분명 그 부드럽고 따스하고 매끄러운 피부를 만졌다. 돌고래는 마치 자기 아이에게 하듯, 어깨에 나를 메고 헤엄쳐서 바다 표면까지 나를 데려왔다. 그리고 나와 함께 고함을 질렀다. 나는 절대 그것을 잊을 수 없다. 내 팔에 안긴 엄마는 아주 작고 보잘것없어 보인다. 이제 내가 엄마를 달래준다. "안 그럴게. 절대로 이젠 바닷속으로 가지 않을게요. 이제 안 그래." 나는 마치 어린아이에게 하듯 아주 조용히 엄마에게 속삭인다. 나는 그 말이 무엇을 의미하는지 잘 안다. 그것은 깊은 바다에서 느낀 맛을 잊으려 애써야 한다는 것을, 밤이 아닌 낮에 땅에서 느끼는 쓴맛에 만족하며 살아야 한다는 것을 의미한다. 깊은 물속에 있는 소녀, 창백한 눈과 물결치는 몸의 그 소녀를 잊어야 한다는 것을. 바다는 물고기들의 왕국이다. 바다는 조개와 오징어와 전복과 미역을 준다. 신은 우리에게 바다에서 양식을 얻을 권리를 주었다. 데이비드 목사님이 읽어주었던 전설 속의 늙은 요나가 기억난다. 그는 깊은 수렁에 빠져, 땅으로 통하는 문을 막아버린 경계까지 갔지만, 결국 그 무덤에서 돌아왔다. 내가 지상으로 돌아온 것은 엄마가 죽는 날까지 엄마를 돌볼 의무가 내게 있기 때문이다. 이제는 내가 엄마를 두 팔로 꼭 끌어안는다. 그리고 엄마의 가는 머리칼 속에 얼굴을 파묻는다. 엄마의 가냘프고 여린 몸이 느껴진다. 여자의 몸이라기보다는 남자의 몸이다. 어린 소년의 몸. 엄마가 이 작은 배 안에 나를 품었고, 이 여윈 가슴으로 내게 젖을 먹였구나 하는 생각을 한다.

나는 엄마에게 말한다. "엄마는 이제 바다에 나갈 필요 없어요." 엄마의 몸이 약간 굳어진다. 나는 더욱 세게 엄마를 끌어안는다. 그리고는 엄마 귀에다 대고 같은 말을 반복한다. "이제 다시는 바다에 나가지 마세요. 내가 엄마와 함께 있을게요. 엄마가 늙으면 내가 엄마를 돌볼게요." 그러자 내가 좋아하는 블랙커피의 쓴맛이 느껴지면서, 엄마한테 장난치고 싶은 생각이 들었다. 그래서 평상시 엄마에게 하던 공손한 말투를 버리고 말했다. "엄마가 이불을 적셔서 기저귀를 채워야 한다 해도, 아기처럼 밥을 떠먹여야 한대도 말이야." 엄마 어깨가 조금 들썩거렸다. 드디어 엄마를 웃게 한 것 같다.

그렇게 하여 우리는 떠났다. 비가 오고 바람이 부는 어느 날 아침에. 엄마가 이불보에 싼 어린 나를 들쳐 업고 처음으로 이 섬을 찾았던 날에도 바로 이렇게 비바람이 불었을 것이다.

카페리 여객선이 진입하자 경사진 진입로에 깔린 썩은 나무들이 덜컹거린다. 그 배 위로 액체운반차, 자동차, 오토바이들이 실린다. 모터는 요란한 소리를 내고, 배의 금속판은 부르르 떨린다. 엄마와 나는 아직 잠이 덜 깬 섬사람들과 비에 젖은 몇몇 관광객과 함께 객실 바닥에 앉았다. 객실 안은 덥다. 수증기는 유리창을 덮는다. 이상한 기름 냄새와 음식 냄새로 구역질이 날 것 같다. 배가 움직이기 시작하면서 먼 바다로 향하기 위해 뱃머리를 돌린다. 그러나 나는 꿈쩍도 하지 않는다. 멀어져 가는 검은 섬을 바라보고 싶지 않다. 나는 안다. 이 섬으로 돌아오는 일은 절대로 없을 것임을.

신원 불명의 여인

바다 앞에서 나는 부르르 떨었다.

기억이 난다. 타코라디[1], 하얗고 넓은 해변, 천천히 부서지는 파도. 바닷소리, 바다냄새. 그리고 비비와 나. 밀짚모자는 우리 얼굴에 그림자를 드리우고, 파도 거품은 햇빛을 받아 눈부시도록 반짝거린다.

무서워요. 나는 엄마라고 생각했던 여자에게 말했다. 그녀는 나를 비웃었다. 넌 뭐든 다 무서워하더라. 아니에요. 뭐든 다 무서워하지 않았어요. 밤이 무서웠어요. 밤에 나는 소리가 무서웠어요. 밤이면 찾아오는 무엇인가가 무서웠어요. 나는 계단 옆 구석진 곳에서 혼자 잤다. 바닥에 매트리스를 깔고.

---
1 가나 서남부의 항구도시.

사실 정말로 무서웠던 것은 아니다. 두려움이라기보다는 고독, 무척 고독한 느낌이었다. 부모님은 2층에서 지냈다. 바다에서 가까운 이 집으로 이사 오기 직전에 아빠는 재혼했다. 정확하게 기억나지는 않지만 새엄마는 분명 이미 임신한 상태였다. 비비가 배 속에 들어 있었던 것이다. 비비가 태어났을 때 나는 다섯 살이었다.

타코라디 해변에 아빠와 그의 아내, 배 속의 비비, 그리고 내가 있다. 우리는 코코넛나무가 드리우고 초록빛 바다가 넘실거리는, 끝없이 펼쳐진 하얀 모래사장 위에 있는 몇 개의 점이었다. 나는 내 몸 한가운데, 가슴 가까이에서 느꼈던 그 떨림만을 기억한다. 무엇인가 움직이는 것, 파르르 떨리는 신경처럼 전율하는 것.

*

여덟 살이 되었을 때, 내게는 엄마가 없다는 사실을 알게 되었다. 그 당시 우리는 바다 가까이 있는 커다란 빌라에 살았다. 여유 있는 삶이었다. 아빠는 자동차를 사서 되팔면서 돈을 많이 벌었다. 우리는 좋은 옷을 입었고, 브랜드 신발을 신었고, 가방이며 장난감이며 부족한 것이 없었다. 비비의 엄마는 일하지 않았지만, 향수나 미용 크림 중개 판매를 했다. 사람들은 그녀를 아베다[2]-여인이라 불렀다. 아빠는 아베다를 아비다[3]로 발음하면서 놀리기도 했다. 벌써부터 나는 그녀를 엄마라 부르지 않았다. 본능적으로 그랬는지, 아니면 그녀가 굳이 자신을 그렇게 부를 필요가 없다고 내게 알려주었는지 모르겠다. 그녀를 뭐라고 불렀더라? 그저 '그 여자'라고 불렀던가, 아니면 대체로 '바두 부인'이라고 불렀을 것이다. 어쨌든 그것이 그녀의 이름이었다.

비비와 나는 수녀들이 운영하는 유치원에 갔다. 매일 아침 운전기사는 벤츠, 아우디, 혹은 크라이슬러, 지프 등 새 차 중 하나로 우리를 데려다주었다. 그 유치원에는 부자들, 아프리카 장관들, 레바논이나 미국 대사의 아들딸들이 많

---

2 피부나 두피 관리 화장품 제조업체.
3 탐욕스럽다는 의미의 '아비드'를 연상시키는 단어.

았다. 그 모든 것이 오래 지속될 수도 있었을 것이다. 이 그림의 유일한 그림자는 엄마 아빠의 말다툼이었다. 비비는 그것을 이해하기에 너무 어렸지만, 나는 달랐다. 처음에는 그런 상황이 너무 무서웠다. 고함치는 소리가 시작되면 신발 속에서 발가락이 오그라들었다. 나는 아무 소리도 듣지 않으려고 귀를 막았다. 그다음에는 록이건 재즈건 아니면 펠라[4]의 노래건 음악을 최대한 크게 틀어놓는 방법을 터득했다. 나는 비비 방에 숨어 있었다. 보통은 내가 비비와 같이 자는 것이 금지되었지만, 싸움이 시작되면 아무도 나를 찾지 않는 걸 알고 있었다. 비비가 물었다. "엄마 아빠는 왜 소리를 질러?" 나는 대답했다. "짖어대는 거야." 나는 그 말이 참 웃긴다고 생각했다. 하지만 비비는 농담을 이해하지 못했다. "엄마 아빠는 왜 짖어?" "개가 되니까!" 정말이다. 그들은 서로 싸우는 개들처럼 짖어댄다. 육중한 아빠 목소리와 날카롭고 빠른 아빠 아내의 목소리. 사실 나는 그들이 왜 싸우는지 몰랐다. 아마도 아빠한테 시내에 사는 다른 여자가 생겼기 때문인가 보다. 그 사실이 아내를 분노케 한 것이다. 나는 비비에게 말했다. "걱정하지 마. 엄마 아빠는 개

---

[4] 펠라 쿠티(1938-1997). 나이지리아의 싱어송라이터, 인권운동가. 아프로비트 음악의 선구자로 일컬어짐.

들이 아니야, 그저 싸울 뿐이야." 가끔 물건들이 날아다니기도 했다. 창문으로 던진 접시들이 정원에 떨어졌고, 유리잔들이 깨졌으며, 자질구레한 물건들이 날아다녔다. 싸움이 끝나고 나면 나는 하녀를 도와 그릇 파편들을 주웠다. 나는 창피했다. 어떤 물건은 그저 살짝 금이 가거나 이가 빠진 것도 있었다. 나는 그런 것은 하녀에게 주었다. "살마. 네가 가져. 어쨌든 저 사람들은 이 물건들을 다시 쓰지 않아." 일찍부터 나는 유머 감각이 있었다고 생각한다. 나는 그것을 감사하는 바이다.

그다음부터는 예쁜 중국 도자기, 호랑가시나무가 장식된 디저트 접시, 포도주잔, 장식품 등 깨지기 쉬운 물건들은 숨겨놓았다. 칼이나 가위 같은 것도 잘 챙겼다. 싸움이 시작되고 상황이 나빠질 것 같으면, 대체로 상황이 나빠졌지만, 나는 뾰족한 칼이 들어 있는 궤짝을 열쇠로 잠갔고, 가위는 동생 방 매트리스 안에 숨겼다. 그들이 가위를 찾으러 그 방으로 오는 일은 절대 없을 것으로 확신했기 때문이다. 살마는 그런 나를 비웃으면서 말했다. "됐어요. 서로 죽이기야 하겠어요?"

그런데도 한 번은 내가 빨리 대처하지 못해 사고가 났다. 일요일이었고, 매우 더웠다. 바다 위로 소나기가 내릴 듯 잔뜩 찌푸린 날씨였다. 나는 정원에서 바두 부인의 강아지 자자와 놀면서 해먹을 타고 있었다. 이 층에서 고함 소리가 들렸다. 내가 문을 열었을 때는 바두 부인이 가위로 아빠의 가슴을 찌른 직후였다. 시뻘건 피가 하얀 셔츠를 물들이고 있었다. 부인은 발작을 일으키면서 비명을 질렀다. 그리고는 가위가 가슴 한가운데 똑바로 박힌 채, 두 팔을 벌리고 꼼짝도 하지 않는 남편 앞에서 호들갑을 떨고 있었다. 아빠는 비극적으로, 하지만 약간은 우스꽝스럽게, 물론 그 순간에는 조금도 웃기지 않았지만, 같은 말을 반복했다. "네가 날 죽였어. 에스테르, 네가 날 죽였어!" 물론 아빠는 죽지 않았다. 나는 아빠를 소파에 앉힌 후, 아무의 도움도 받지 않고 가위를 빼냈다. 가위의 뾰족한 부분이 네 번째 늑골에 박혀 있었다. 피가 많이 흘렀지만 그리 심각하지는 않았다. 키만 박사님이 오셔서 두 바늘을 꿰맸다. 아빠는 이렇게 진술했다. 비틀거리다 테이블 위로 넘어졌는데, 마침 거기 놓여 있던 바느질용 가위에 찔렸다는 것이다. 키만 박사는 아무 말도 하지 않았다. 단지 바두 부인에게 이렇게 말했을 뿐이다. "다음에는 조심하십시오. 큰일 날 수도 있었습니다." 박사님은 무엇인가 의심했을 것이다. 이전에는 대부분 바두 부인에게 생긴 멍을 치료했기 때문이다. 툭하면 넘어졌다고 했으니 말이다.

그 시절을 생각하면 어떤 시점을 중심으로 그 이전과 이후로 나뉘는 것 같다. 이전이란, 내가 어린아이였던 시절, 인생에 대해 아무것도 모르던 시절, 어른들의 악의를 모르던 시절이다. 이후라 하면, 내가 어른이 되고 나 역시 악독해졌을 때이다.

나는 이전의 시간을 기억하려고 애쓴다. 끈질기게 나를 괴롭히는 희미한 꿈속에 그 시간은 존재한다. 그 시절을 생각하면 가슴이 저리고 머리가 아프다. 그 시간들은 매우 아름답고 무척 안락하다. 내 동생 아비가일과 함께 있는 오후. 우리는 정원에서 동물들과 놀고 있다. 우리는 나무 위로 올라가 벽 너머로 올빼미들을 바라본다. 나뭇가지에 매달린 올빼미들은 마치 털이 보송보송한 과일들이 송이송이 나무에 매달려 있는 것처럼 보인다. 나는 아비가일을 좋아한다. 나는 그 아이를 비비라고만 부른다. 그 아이는 내 인형이다. 나는 비비의 예쁜 금발 머리를 땋아주는 것이 즐겁다. 어느 날인가, 그 아이가 수영장에서 익사할 뻔했던 적이 있다. 나는 머리를 잡아끌어서 비비를 물에서 건져냈다. 물 밖으로 나온 비비는 팔을 버둥거렸고 제대로 숨을 쉬지 못했다. 나는 비비의 입에다 숨결을 불어넣었다. 나는 소리쳤다. "비비, 죽으면 안 돼." 비비는 깨어나면서 기침을 했다. 한참 지나서 바두 부인은 내가 '죽으면'이란 말을 '죽유면'이라고 발음했다고 놀려댔다.

숲으로 소풍 갔던 기억도 난다. 우리는 아빠의 소형트럭을 타고 온종일 달려 먼 곳까지 갔다. 비비와 나는 강아지 자자와 함께 짐칸에 앉았고, 바두 부인과 아빠는 앞 좌석에 있다. 부인은 아직 젊다. 짧은 반바지를 입었는데, 잘 그을린 아름다운 다리가 햇빛을 받아 반짝인다. 우리는 커다란 나무가 만든 그늘이 드리워진 폭포 밑에서 물 위를 날아다니는 붉은 잠자리와 함께 수영했다. 내가 물을 튕기면 까르르 웃던 비비의 웃음소리가 들린다. 그것은 내 웃음소리이기도 하다.

*

 모든 것은 순식간에 이루어졌다. 내 시간은 바로 그날, 그 순간 멈추어 버렸다. 사람이 죽으면 그렇게 될 거라고 늘 생각했다. 사람들은 종종 말한다. 죽음의 순간만은 의식할 수도, 경험할 수도 없다고. 그 말이 사실인지 아닌지는 알 수 없다. 하지만 비록 그것을 꼭 죽음이라고 할 수는 없을지라도, 나는 그 순간을 경험했고, 지금도 그 순간을 살고 있다. 세세한 부분까지 다 기억하고 있다.

 우리 집은 이층집이다. 아래층에는 부엌, 창고, 제품들이 담긴 상자들이 쌓여 있는 차고, 그리고 하녀 살마가 방으로 쓰는 헛간이 있다. 이 층에는 여러 개의 방이 있다. 바두 부부의 침실과 식당이 있고, 그 맞은편에는 비비의 방이 있다. 내가 쓰는 작은 공간은 계단 옆 구석에 있다. 목욕탕은 두 개이다. 이층 목욕탕에는 타일이 깔려 있고, 욕조 하나와 세면대 두 개가 있다. 시멘트로 된 아래층 목욕탕에는 샤워 시설만 있다. 그곳에는 세탁기도 있다. 정원사인 야오 아저씨는 정원 구석에 있는 오두막집에 산다. 아저씨는 매일 저녁 낙엽과 집에서 나오는 쓰레기를 태운다. 앵무새 새장도 있는데, 야오 아저씨는 앵무새들과 대화를 나눈다. 그는 자기가 키우는 덩치 크고 털 빠진 개와도 대화한다. 그 개는 늘 줄에 묶여 있다. 바두 부인이 그 개가 자기 강아지 자 자를 물까 봐 겁을 내기 때문이다. 원숭이도 있다. 원숭이 역시 몸에 줄이 감겨 있는데, 주로 나무 위에서 시간을 보낸다. 원숭이에 대해서는 아주 잘 기억한다. 왜냐하면 붉고 긴, 그리고 당근처럼 뾰족하게 생긴 성기를 늘 놀려댔기 때문이다. 그 녀석은 아주 위험해서 우리는 가까이 가지 않았다. 아빠는 그 녀석이 우리에게 공수병을 옮길 수도 있다고 말했다.

야오 아저씨는 조금 무서웠지만, 그래도 우리는 아저씨를 좋아했다. 키가 무척 컸고, 얼굴은 상처투성이에 굉장히 못생겼다. 정원 구석에 있는 아저씨의 오두막집은 시내 술집에서 데려온 온갖 여자들과의 밀회 장소로 쓰였다. 적어도 아저씨의 말에 따르면 그렇다. 여자들은 하룻밤만 머물렀다. 그다음 날이면 밤을 보낸 여자가 그를 욕하고 저주하는 소리가 들렸다. 왜냐하면 아저씨는 술주정뱅이인 데다가 거짓말쟁이였기 때문이다. 하지만 다음 날 밤이면 다른 여자로 바뀌었다. 나하고 비비에게 야오 아저씨는 살아 있는 전설이었다. 사실 모든 사람에게 그랬다. 우리는 몇 시간이고 아저씨가 데려온 모든 여자에 대해서, 또 그가 어떻게 그 여자들을 유혹하였는지 이야기할 수 있었다. 나는 결국 모든 것은 마법 덕분이라고 생각하게 되었다. 그는 부적 같은 것을 가지고 있었던 것이다. 하지만 애석하게도 우리는 결코 아저씨의 비밀을 알아낼 수 없었다. 그것을 알았다면 미래의 우리 삶에 도움이 될 수도 있었을 텐데 말이다.

이른 새벽, 어슴푸레한 빛이 나무들을 비추기 시작할 무렵이면 나는 정원으로 내려갔다. 나는 잠자리에서 미적거리는 것이 싫었다. 비비는 정오까지 자도 괜찮았다. 햇빛이 방 안으로 들어와도 그 아이는 잠이 깨지 않은 채 눈을 가리려고 이불을 뒤집어썼다.

하지만 나는 망고나무 그늘이 드리워진 정원에 앉아 나무뿌리 사이를 오가는 개미들을 바라보며 몽상에 빠지곤 했다. 아니면 공책에다 식물들, 꽃들, 씨들을 그렸다. 그리고는 그림 앞에 표본을 붙였다. 아빠가 나뭇잎에 바르라고 포르말린을 주었다. 나는 나뭇잎에 포르말린을 바른 후, 샌드위치 넣는데 쓰는 비닐봉지 안에 집어넣었다. 그 냄새는 자극적이고 시큼했다. 학교에서 아이들은 나를 놀렸다. 하지만 나는 그 냄새를 좋아하게 되었다. 그것은 죽음의 냄새와 비슷했다. 바로 그 시절의 냄새였다.

아빠와 그의 아내가 이야기하고 있다. 겉창이 아직 닫혀 있는데도 창문으로 새어 나오는 그들의 목소리가 들린다. 나는 싸움에 관한 한 여섯 번째 감각이 있다. 싸움이 다가옴을 느낀다. 다음에 어떤 일이 벌어질까를 예측하고 무엇이 위험할까를 알아내려고 그들 이야기에 귀를 기울인다. 물론 나는 접시들이며 옷장 서랍에 있는 가위며 아빠의 책상 위에 있는 종이 자르는 칼 등을 생각했다. 귀를 기울인다. 그런데 그들의 목소리가 그다지 날카롭지 않다. 숨넘어가는 말투도 아니다. 빠르게 이어지던 말은 잠시 끊기기도 한다. 그들의 목소리 사이로 길거리의 자동차 소리, 경찰의 사이렌 소리, 가스 배출기 없는 버스의 으르렁거리는 소리 등 일상의 소음이 들린다. 정원은 고요하기만 하다. 그들이 싸우는 소리는 새들마저 침묵하게 만들었던 것이다.

그들만 이야기할 뿐 집안사람들은 모두 잠들어 있다. 나는 나무 계단이 삐거덕거리는 소리를 내지 않도록 네 발로 기어서 살금살금 계단을 올라간다. 나는 그들의 방문 앞에 있다. 소리가 중단된다. 나는 방문 안쪽에서 무슨 일이 일어나고 있는지 알아내려고 애쓴다. 심장은 점점 더 빨리, 더 세차게 뛴다. 무엇인가 금지된 일은 하는 것 같은 느낌이다. 나는 이 갑작스러운 침묵이 두렵다. 그들이 죽은 것일까? 아니면 다음 공격을, 서로서로 죽여 버리려는 결정적인 싸움을 준비하는 것일까? 나는 한 번도 그들의 침묵을 좋아한 적이 없다. 침묵은 암흑이요, 텅 빈 상태이다. 침묵은 지구의 종말이다. 기억이 난다. 아주 어렸을 때 할머니가 돌아가셨다. 나는 아무에게도 말하지 않고 할머니 방에 들어갔다. 겉창은 반쯤 닫혀 있었고, 불빛은 침침한 회색이었다. 할머니 몸 위로, 턱밑까지 시트가 덮여 있었다. 할머니 얼굴도 회색이었다. 감긴 눈꺼풀은 두 개의 어두운 자국을 만들었고, 입술이 잇몸 속으로 말려 들어가 입에는 입술이 없었다. 그런데 나를 두렵게 했던 것은 그 방의 침묵이었다. 나는 꼼짝하지 않고 서 있었다. 내 팔에 있는 털들이 모두 곤두서는 느낌이었다. 그곳에서 벗어나기 위해서는 있는 힘을 다해야 했다.

소리가 다시 들렸다. 그들은 이상한 이야기를 하고 있다. 귀를 문에 바짝 대고서 나는 그들이 하는 말을 듣는다. 엄마 아빠의 음성이 들린다. 주로 말을 하는 쪽은 엄마이다. 나는 순간 엄마가 내 이야기를 하고 있다는 것을 알아챈다. 어떻게 그것을 눈치챘을까? 나는 이미 기다리고 있었던 것 같다. 그 순간을 기다렸던 것이다. 꿈속에서는 항상 그렇다. 알기 전에 이미 알고 있다. 아니면, 상황을 파악하게 된 순간 사람들은 말한다. 그래, 언젠가는 닥칠 일이었어. 나는 그것을 알고 있었어. 나는 늘 그것을 알고 있었지.

그날 일을 너무 자주 생각했기에, 이제는 내 기억이 정확한 건지도 잘 모르겠다. 나는 수천 번 그 장면을 만들어냈다. 네 발로 기어서 계단을 올라 방문에 귀를 바짝 들이대고 있는 나, 그리고 방 안에서 들려오는 주고받는 대화들. 모든 것을 파괴할 수 있는 말들. 평범한 말들, 일상적인 말들, 그러나 내 가슴을 후벼 파서 아프게 하는 말들.

"라셀 계집애는" (…) "가족도 없고 엄마도 없는" (…) "그 애한테 말해야 해. 말해야 한다고, 알았어?" "당신이 그 애한테 말해야 해, 내가 엄마가 아니라고, 당신이 말해야 한다고" (…) "라셀은 내 딸이 아니야, 절대로 내 딸이 될 수 없어" (…) "어딘가로 보냈어야 해. 아이가 필요한 사람들은 많잖아" (…) "라셀은 이름이 없어. 그 애에 대해 사람들한테 그렇게 말해야 해. 라셀은 이름이 없다고" (…) "업둥이라고, 아무도 원치 않는, 길거리에 버려진 아이라고" (…) "불행히도 어쩌다가 우리 집에 들어온 아이, 그 애는 아무의 애도 아니야. 알겠어? 아무의 애도 아니란 말이야" (…) "난 그 애가 우리 아비가일의 자리를 차지하도록 내버려둘 수 없어"

(…) "난 그 애가 나보고 엄마라고 부르는 게 너무 싫어" (…) "그 애가 나보고 엄마, 엄마 하면 토할 것만 같아" (…) "그 애한테 말해야 해, 지금 당장, 진실을 말해야 해" (…) "지하실에서 사고로 태어났다고" (…) "그 애를 우리 집에서 쫓아내자는 게 아니야. 아니, 우리가 그렇게 무자비하진 않아" (…) "그 애가 나를 쳐다볼 때면 난 따귀를 때리고 싶어져" "그 애는 나를 도발하고 나를 자극해, 알아? 그 애는 분명 모든 것을 다 알고 있어. 누군가 말했을 거야. 그런데 아무것도 모르는 척하고 있는 거야." (…) "그 애의 눈을 보면 알 수 있어. 나를 볼 때면 눈을 내리깔지도 않고 빤히 쳐다본다니까. 말해, 어서 말해, 당신은 내 엄마가 아니라고 어서 말하라니까! 이렇게 말하면서 나를 자극하려는 거야." (…) "더 이상은 그 아이를, 그 애의 고약함과 악의를 견딜 수가 없어" (…) "아비가일을 위해서야. 나는 우리 애가 혹여 그렇게 믿는 게, 그렇게 생각하는 게 너무 싫어" (…) "그 아이는 우리 딸 자리를 빼앗을 거야. 자기 몫을 요구할 거야. 그 계집아이가, 매춘부의 딸년이" (…) "…지하실에서 강간당한" (…) "라셸 계집애, 라셸 계집애, 게다가 그것도 제 이름이 아니

잖아, 유디트[5]나 이세벨[6]이라고 불렀어야 해. 나는 그 아이가 무서워. 그 애를 보면, 그 애가 무슨 일을 꾸미고 있는지 모르겠어." (…) "더 이상은 못 견디겠어." (…) "그 아이는 날 증오해. 정말이야. 그 애는 나를 증오하고 우리를 증오해, 그 애는 악마야" (…) "그래. 악마야. 당신은 악마의 아이들이 있다는 것을 몰라?" (…) "라셸 계집애, 아니 릴리트[7]는 문밖에서 엿듣고 우리를 염탐해." (…) "무서워. 밤이면 그 계집애가 칼을 들고 우리 방에 들어오는 꿈을 꿔. 자기 침대 밑에 칼을 감추어두고 있거든. 당신도 알잖아" (…) "그 계집애는 우리 커피에 쥐약을 탈 거야."

등등이다.

더 이상은 기억나지 않는다. 그 말을 듣고 난 후, 내가 무엇을 했는지도 모르겠다. 정원으로 뛰어나가 혼자 있기에 좋았던 망고나무 밑에 몸을 숨기고, 끝없이 들려오는 "악마

---

[5] 유디트는 아름답고 행실이 바른 유대인 과부로, 아시리아 군대가 침략해왔을 때 적장인 홀로페르네스를 유혹한 후 그의 목을 잘라 죽임으로써 마을을 구했다.

[6] 이세벨은 이스라엘의 7대 왕 아합(B.C.874-853)의 왕비로 이스라엘에 많은 악한 짓을 저질러 『성경』 역사상 가장 잔인하고 타락한 여인으로 지탄 받는다. 음란한 의식과 자해, 인신제사 등의 의식을 중시하는 바알 숭배자였던 그녀는 남편 아합을 바알 숭배자로 만들었고, 이스라엘 내에 음란하고 부패한 바알 숭배를 권장했으며, 하느님을 믿는 이스라엘의 선지자들을 모두 죽였다.

[7] 유대 전통에서의 악녀. 유대의 전설에서 이브를 만나기 전 아담의 첫 번째 딸로 등장하며, 임신한 여인들과 아이들에게 위험한 존재로 여긴다.

의 아이… 그 애한테 말해야 해… 업둥이, 길거리에 버려진 아이… 지하실에서 사고로 태어난 아이…"라는 말들을 듣지 않으려고 귀를 틀어막았다. 그래도 그 소리는 계속 들리는 것 같았고, 그 말들은 내가 숨어 있는 곳까지 찾아왔다. 여전히 방문 뒤에 웅크리고 있는 것처럼 분명하게 들렸다. "이름도 없는 라셀, 엄마도 없는 라셀"이라는 엄마의 목소리가.—그때는, 그리고 그 이야기를 듣고 난 후에도 얼마 동안은 여전히 그녀를 엄마라고 불렀으니까.—아마도 튼튼한 나무뿌리들 사이에서 몸을 웅크리고 줄기에 기댄 채, 그 날 아침에 내린 이슬비에도, 거미나 붉은 개미에도 아랑곳하지 않고 잠이 들었나 보다. 야오 아저씨가 나를 찾으러 올 때까지 오랫동안 그렇게 잠을 잤던 모양이다. 비비도 왔다. 비비는 내 기분이 엉망일 때면 꼭 나를 찾아내는 재주가 있다. 아무렇지도 않은 표정으로 내게 다가와, 몸을 비비면서 양양거리기도 하고 한숨짓기도 하면서 칭얼댄다. "여기서 뭐해? 왜 숨었어? 왜 눈을 감고 있어? 대답 안 해? 엄마한테 혼난다!" 나는 처음으로, 난생처음으로 누군가를 증오했다. 나는 단숨에 커버렸다. 이제 나는 더 이상 아이가 아니다.

나는 그 날 일에 대해 아무 말도 하지 않기로, 하지만 아무엇도 잊지 않기로 했다. 그래서 단숨에 어른이 되었다고 말하는 것이다. 마치 이상한 나라의 앨리스가 물약을 먹은 것처럼 말이다. 어릴 때는 미래를 생각하지 않는다. 사실 아이들에게 미래는 존재하지 않는다. 비비를 보면 그렇다. 그 아이는 동물 새끼처럼 산다. 동물 새끼처럼 기본적인 욕구뿐이다. 배가 고프거나 목이 마르면 칭얼거린다. "엄마, 사탕 줘. 응? 엄마, 주스 한 잔 줘." 졸리면 거실 소파에서건, 텔레비전 앞에서건, 엄마 아빠의 침대에서건, 아무 데서나 쓰러져 잔다. 밥을 먹다가도 접시에 코를 박고 잔다. 어떨 때는 카펫 위에서 입을 벌리고 잠이 들기도 한다. 그럴 때면 변덕스러운 강아지 같다. 그러면 엄마는 투덜댄다. "세상에! 애를 저렇게 놔두다니! 라셀, 비비를 침대로 데려 가라. 동생 좀 잘 보살펴. 바닥에서 자게 두지 말고!" 비비를 안아 일으켜 걸어가게 하는 건 나다. 그 아이는 입이 부은 채 눈을 감고 비틀거린다. 나는 비비를 침대에 눕히고 정성스레 모기장을 쳐준다. 나는 이 모든 일을 아무 저항 없이 기계적으로 한다. 이론의 여지가 없다. 그것은 음식과 집을 제공받는 대가로 하는 일종의 노동이다. 비비는 내게 달라붙는다. 조그만 팔을 내 목에 두르고 서서히 뒤로 몸을 늘어뜨린다. 운명을 내게 맡긴 그 아이가 좋았다. 어느 날인가, 베개 사이로 그 아이 목을 조르는 상상을 하는 나 자신을 발견하고서 깜짝 놀랐던 적이 있다. 셰익스피어의 희곡에서 그런 대목을 읽었다. 고등학교 도서실에 굴러다니던 커다란 그 책을 나는 집에 가져왔다. 나는 비비를 눕혔던 것을, 모기장을 쳤던 것을, 그러면서 그 아이를 죽이는 것은 하나도 어렵지 않을 거라고 생각했던 것을 또렷하게 기억한다. 그건 내 잘못이 아니었다. 그 아이 엄마가 말하지 않았던가. 나는 악마의 아이라고.

그래서 나는 외부인이 되려고 했다. 나는 아무에게도 그런 말을 하지 않았고, 일기장에도 쓰지 않았다. 바두 부인이 내 일기장을 훔쳐보는 걸 알고 있었기 때문이다. 일기장에는 그저 평범하고 일상적인 것들, 약속, 학교 숙제 같은 것들을 적어 놓았다. 아니면 읽은 책의 한 구절을 적어 놓기도 했는데, 내가 쓴 말인 것처럼 보이려고, 그리고 나한테 재능이 있는 것처럼 보이려고 원저자의 이름은 쓰지 않았다. 예를 들어 이런 문장이 기억난다. "시간과 공간 속의 어떤 고독은 중요한 일을 하기 위해 필요한 독립에 필수불가결한 것이다." 버트런드 러셀의 문장이다. 하지만 나는 그 이름을 언급하지 않았다.

그때부터 나는 엄마 아빠라고 부르지 않기로 결심했다.

그들은 이제 "그", "그 여자"가 될 것이며, 좀 더 명확히 해야 할 필요가 있을 때에는 바두 씨, 바두 부인이 될 것이다. 그를 드렉, 그녀를 슈나즈라고 부르기도 했다. 바두 부인이 브라질 드라마를 보고 나서 드라마에 등장하는 그 이름들을 좋아했기 때문이다. 나는 그렇게 결정했고, 그것을 지켰다. 아무도 그런 변화에 주목한 사람은 없었다. 비비 말고는. 한번은 비비가 말했다. "왜 엄마를 슈나즈라고 불러? 그건 엄마 이름이 아니잖아?" 나는 살짝 웃었다. "네가 뭘 알겠니. 넌 너무 어려." 나는 아무것도 모르던 예전처럼 살았다. 유일한 차이가 있다면, 내 몸 깊은 곳, 가슴 한구석에 일종의 매듭 같은 것이 들어 있는 것이었다. 나는 울지 않았다. 더 이상 웃지도 않았다. 가끔 슬픈 척하기도 하고 행복한 척하기도 했다. 파티가 있는 날이면 바두 부인을 도와 음식을 장만하고 설거지를 하기도 했다. 늘 초대 손님이 많아서 설거짓거리가 많았다. 나는 아무 생각 없이 그저 기계적으로 그릇들을 닦았다. 학교 성적은 엉망이 되었다. 수업 시간에 움직이지 않고 가만히 앉아 있었지만 선생님들 말은 하나도 듣지 않았다. 더 이상 꿈도 꾸지 않았다. 나는 그저 나무 조각, 일종의 피노키오였다. 학생들이 와글거리는 소리, 선생님들이 웅성거리는 소리. 나는 투명인간이 되었다. 책상 앞에 앉아 있었지만, 의자에는 아무도 없었고, 책상을 사용하는 사람도 없었다. 바두 부인은 나를 호되게 꾸짖었다. "도대체 학교에서 왜 아무것도 안 하는 거니? 너 보고 잠이나 자라고 수업료를 내주는 줄 알아?" 나는 부인의 시선을 견뎠다. 그저 피식 웃었다. 그것이 그녀를 분노케 만들었다. 그 여자뿐 아니라 모든 사람을 화나게 했다. 그녀는 내 따귀를 때리려 했다. 하지만 나는 피하는 법을 배웠다. 정신이 꼼짝하지 않고 차가운 물처럼 고정되어 있었던 것만큼이나, 내 몸은 민첩하게 움직였다. 달리기에서 나를 따라잡을 사람은 아무도 없었다. 두 걸음이면 나는 이미 정원이나 길에 가 있었다. 원숭이처럼 나무 위를 기어 올라갈 줄도 알았다. 긴꼬리원숭이처럼 물어뜯을 준비도 되어 있었다. 바두 부인은 지쳤다. 포기해 버렸다. 그 예쁜 입으로 협박하며 욕설을 퍼부었다. "더러운 년! 갈보 같은 년, 너 같은 년이 살면서 무슨 일을 하겠니? 그저 갈보 짓이나 하겠지!" 그 여자가 처음으로 내게 그런 말은 한 것은 내가 아홉 살 때였던 것 같다. 하지만 그런 말 따위는 조금도 중요하지 않다는 것을 곧 깨달았다. 나한테 그녀가 필요했던 것보다는 그녀한테 내가 더 필요했으니 말이다. 내가 없다면 누가 비비를 돌보고, 장을 보고, 그 밖의 다른 많은 일을 하겠는가. 게다가 드렉이라는 이름의 바두 씨는 집 안에서 싸우는 광경을 별로 좋아하지 않았다. 그는 이 층 방에 틀어박혀 위스키만 마셔댔다. 그렇게 함으로써 그는 귀를 막고 있는 것이리라.

*

바두 집안이 파산했을 때, 나는 별로 놀라지 않았다. 그 사람들은 아무런 주의도 하지 않았던 것이다. 그들에게 중요한 것은 그저 말다툼, 비명, 싸움, 그리고 화해, 눈물, 용서, 술꾼의 맹세, 그런 것들뿐이었다. 그러나 나는 냉정한 눈으로 그 모든 것을 바라보았다. 나는 마치 동물원의 원숭이 집에 있는 느낌이었다. 그 남자, 바두 아빠는 머리 윗부분은 대머리이고, 얼굴은 크며, 팔다리와 뚱뚱한 배에는 털이 많은 오랑우탄이었다. 남편보다 열다섯 살 아래인 그 여자, 에스테르, 일명 슈나즈는 오랫동안 자기가 내 언니 혹은 사촌이라고 우겼다. 그녀가 내 엄마가 아니라는 사실을 알았기에 젊어 보이려고 무슨 이야기를 하건 아무 상관도 없었다. 나는 그녀가 나를 미워한다고 생각했다. 그런데 어느 날, 그녀가 나를 질투하고 있다는 것을 깨달았다. 내가 너무 젊었기 때문이었다. 내가 그녀 자리를 빼앗고, 그녀를 늙어 보이게 만들고, 내 힘과 지혜로 그녀를 지배할 것이기 때문이었다. 그녀는 비비 때문에도 나를 질투했다. 아무리 비비에게 못되게 굴어도 소용이 없었다. 그 아이를 비웃기도 하고 울리기도 했지만, 비비는 나를 너무 좋아했다. 나는 그 아이의 우상이었다. 그 아이는 무엇이든 나를 따라 하려 했다. 말하는 방식, 걷는 방식, 옷 입는 방식, 머리 스타일까지 다 나를 따라 했다. 나는 길고 뻣뻣한 생머리를 등 뒤로 내려오게 땋고 다녔다. 비비의 머리칼은 가늘고 곱슬거리고 거의 금발이었다. 그 아이는 머리에 물을 묻혀 윤기를 주면서 땋으려고 했다. 하지만 머리칼이 너무 가늘어서 당연히 잘 지탱되지 않았다. 땋은 머리는 곧 흩어졌고 무언가가 거미줄에 매달린 것처럼 리본만 머리타래에 대롱대롱 걸려 있기 일쑤였다. 나는 그 아이를 놀려댔다. 학교에서 돌아올 때, 나는 그 아이를 잃어버리려고 일부러 빨리 걸었다. 아니면 문 뒤에 숨어 그 아이가 울면서 뱅뱅 도는 것을 바라보기도 했다. 재미있어서가 아니었다. 일종의 과학적 실험이었다. 버려진다는 것이 다른 사람에게는 어떤 느낌일까를 알고 싶었다.

그러다가 우리는 이사를 했다. 내게는 놀라운 일이 아니었다. 바두 씨 부부는 점점 더 심하게 다투었다. 방문 앞으로 가면 그들이 길게 늘어놓는 말들이 단편적으로 들렸다. "끝장이야. 여기서 벗어날 수 없을 거야." "이 모든 일을 하면서 당신은 내 생각은 조금도 안 한 거야?" "비열한 놈, 나쁜 놈, 멍청한 놈, 당신은 완전히 망했고, 완전히 썩었어. 당신만 생각한 거야. 우리 딸은, 우리 딸은 어떻게 되냐고? 그리고 나는? 당신이 내 생각을 해본 적이 있기는 해?" 그런 말을 들으면 가슴이 막 뛰었다. 하지만 그 상황을 무척 걱정했다고는 말할 수 없다. 사실 내심으로는 성가신 충치가 주는 것 같은 쾌감을 느끼기도 했다. 마치 더 고통을 느끼기 위해 긁어대는 상처처럼 말이다. 이 집에서 나는 아무것도 아니었기 때문이다. 이 사람들이 나를 배신했기 때문이다. 시합을 관망하기만 하면 되었다. 여기에서 한 대 맞고 저기에서 또 한 대 맞아 애석하게도 상대방은 비틀거린다. 이제 곧 그 남자 바두 씨는 넘어질 것이고, 예쁜 입을 가진 슈나즈도 마찬가지일 것이다. 두 사람 다 넘어질 것이다. 비비도 뭔가 눈치챘다. 그 아이는 겁먹은 강아지처럼 나한테 딱 달라붙어 있었다. 마침내 나는 비비에게 말하고 말았다. "그러니까 바두 집안은 이제 망한 거야!" 비비는 그 말을 이해하지 못할 만큼 어리지는 않았다. 단지 비비 역시 꿈속에서 살았던 것이다. 그 아이는 자신에게 무슨 일이 일어날 수 있다는 생각은 추호도 하지 않았다. 분홍색 방과 아기사슴 베개와 바보인형들, 그리고 요정이 젖니를 가져올 때마다 은행 지폐가 담겨 있는 봉투—슈나즈가 너무 싫어했기 때문에 이 집에서는 쥐가 젖니를 가져온다는 말은 절대 하지 않았다.—, 이런 것들이 언제나 있으리라 생각했다. 하지만 나는 얼마 전부터, 만약의 경우를 대비해서 훈련 삼아 바닥 카펫 위에서 잠을 잤다.

목록을 작성해야 했다. 멋진 자동차들은 사라진 지 이미 오래였다. 남은 것은 녹슨 폭스바겐 소형트럭 한 대뿐이었다. 집에는 가게나 매장에서 가져온 온갖 잡동사니와 신발 상자, 가방, 천 조각, 술병, 향수병, 화장 도구, 마리 비스킷 상자, 화장비누 상자, 도자기 그릇 세트 등으로 가득했다. 심지어는 공기가 빠져 각지게 접힌 축구공까지 있었다. 집달리들은 이런 잡동사니는 하나도 안 가져갔다. 바두 씨는 언젠가 다른 곳에서 새로운 삶을 시작할 것이라는 헛된 희망으로 그 물건들이 몰수되지 않도록 애를 썼다. 솔직히 말해 이런 잡동사니와 함께 사는 것, 화장실에 가기 위해 꾸러미와 상자들을 넘어 다녀야 한다는 것은 정말로 웃긴 일이었다. 마치 해변의 표류물들 한가운데에서 사는 것 같았다. 그래도 이런 광경 때문에 파산이 덜 비극적으로 느껴졌다.

몇 주 동안 비비와 나는 장사 놀이를 했다. 그러다가 실제로 이웃 사람들이나 빚쟁이들이 물건을 사러 왔다. 바두 씨는 내게 판매책임을 맡겼다. 나는 가격을 흥정했고 값을 깎으려는 사람들에게 저항했다. 나는 가나의 화폐인 세디나, 아프리카의 프랑스 식민지에서 통용되던 CFA 프랑, 달러 등의 지폐를 고무줄로 묶어 비비의 침대 밑에 숨겨놓았다. 우리는 매일 저녁 정산한 다음 지나치리만큼 격식을 갖추어 바두 씨에게 번 돈을 갖다 바쳤다. 우리는 진정한 판매원이요, 회계 관리인이었다. 이상하게도 파산한 지금, 이 집은 그 전보다 모든 일이 다 잘 되었다. 부모님 방에서 나는 말다툼도 없었고 훌쩍거리는 소리도 들리지 않았다. 비비가 어렸을 때 어둠이 무섭다며 같이 자던 그 옛날처럼, 나는 모기장 안 비비 침대에서 비비와 같이 잤다.

그러고 나서 우리는 몰래 떠났다.

나는 그 여름을 기억한다. 오후 내내 비가 내렸다. 여러 사람의 방문이 이어질 때 나는 곧 출발할 것임을 알아차렸다. 바두 씨의 친구들, 먼 친척들, 카메룬의 선교사였던 알마 아줌마, 프랑스에서 온 사촌들 등, 전에는 한 번도 본 적이 없던 온갖 사람들이 다녀갔다. 그리고 그 사람들은 모두 무엇인가를 가져갔다. 게다가 집달리까지 와서 슈나즈가 모은 작은 은수저 수집품과 더불어 목록을 다시 작성했다. 학교는 문을 닫았다. 비비와 나는 그 사람들을 따라다니며 감시했다. 가구나 물건들이 금방 사라지는 것을 막기 위해 그것들을 꼭 붙들고 있던 적이 한두 번이 아니었다. 그렇게 하여 비비는 할머니 유품인 사기 머리 인형을 지켰고 나는 체스판과 말들을 건졌다. 비록 체스를 둘 줄은 몰랐지만 흑단 나무로 만든 말과 세공된 체스판이 좋았다. 바두 부인한테 빼앗기지 않으려고 비비의 침대 밑에 숨겼다.

바로 그 시절, 코트디부아르에서는 전쟁이 벌어진다는 둥 반란이라는 둥 그바그보[8]가 감옥에 갔다는 둥, 아니면 기독교인들이 이슬람교도들에 저항할 것이라는 둥의 소문이 돌았다. 아마도 외국인들을 부르키나파소, 기니, 혹은 모로코 등 다른 나라로 추방하려는 것 같았다. 프랑스학교는 외국 학생들을 수용했다. 나는 언젠가는 짐을 싸서 도둑처럼 이곳을 떠나야 할 거라고 생각했다. 거지처럼 말이다. 어디로 간단 말인가? 아프리카 어디에도 우리가 갈 곳은 없었다. 그 어떤 나라가 거지들을 받아주겠는가?

방학 직전 성탄절에, 우리는 그런 이야기를 나누었다. 웬디, 리즈벳, 프랑수아즈 젤렌, 미레이유 포레스티에, 세실, 쌍둥이 자매인 오드리와 알리스 펠, 조흐라 웽제, 디나, 아이샤 벤 카셈, 멜라니 샨 탐 샨 등 여자아이들과 라몽, 시몽

---

[8] 로랑 그바그보는 코트디부아르의 정치가이다. 2000년 10월 대통령에 취임하여 10년간 집권했으며, 2010년 12월 대선에서 패배하자 불복하여 반군을 형성하였다. 2011년 4월 프랑스와 유엔의 지원을 받은 와타라 지지 세력에게 체포되면서 실각했다.

다브랭쿠르, 맑고 아름다운 눈을 가진 혼혈아 자키 등 국제학교 남자아이들이었다. 우리는 무슨 일이 있더라도 꼭 다시 만나자고, 서로 편지하자고 약속했다. 하지만 우리는 그것이 거짓임을, 아마도 이제 다시는 만날 수 없다는 것을 다 알고 있었다.

비비와 함께 나무들도 보고 나뭇가지에 매달린 박쥐들도 보려고 아랫동네로 산책하러 갔다. 비가 와서 석호의 물은 뿌연 색이었고, 거리는 차와 트럭들, 그리고 리어카들로 꽉 차 있었다. 세상 사람 전부가 이사하는 것 같은 광경이었다. 전쟁이 일어났기 때문에 외국인들은 지구 반대편으로 가려고 모두 떠나는 것 같았다. 자키도 아버지가 운전하는 차를 타고 떠났다. 자동차 문에 유엔 표시가 있는 커다란 흰색 사륜구동 자동차였다. 자키 아버지는 사무 보는 일을 했다. 그는 곧 콩고로 떠날 참이었다. 나는 자키를 조금 좋아했다. 방학이 시작되기 얼마 전 그는 나를 생일파티에 초대했다. 우리는 지붕 위에서 대마초를 나누어 피웠고, 키스했다. 남자아이 혀가 내 입속으로 들어온 것은 그때가 처음이었다. 나는 그 애가 좋았다. 그에게도 엄마가 없었기 때문이다. 그 애의 엄마는 자키가 여섯 살 때 떠났다고 한다. 하지만 나에 대해선 아무 말도 하지 않았다. 그때 나는 프랑스건 벨기에건 어디에서건 새로운 삶을 시작하기 위해 아프리카와 이별하고 싶었고, 하루라도 빨리 그곳을 떠나고 싶었던 것 같다.

우리는 10월에 국경을 넘었다. 혼잡하기가 이를 데 없었다. 아침 여섯 시 반부터 루아시 공항 도로에 줄을 선 아프리카 사람들, 벌써 차갑게 느껴지는 바람, 구름들, 빗방울이 떨어지는 것이 보이지도 않을 정도의 가랑비, 서류들을 쳐다보며 하품하는 제복 입은 경찰들. 그런데 내게는 왜 여권이 없을까? 내게는 영어로 쓰인 출생확인서, 예방주사접종 확인수첩, 수녀학교의 학업성적표, 서류분실신고 확인증, 그리고 여권신청 확인증이 있을 뿐이다. 그러나 바두 가족은 새로 발급한 프랑스 여권을 가지고 있다. 수많은 사람이 입구로 들어와 서로 밀면서 복도를 따라 지나간다. 비비와 나는 조잡한 장식품들과 추억의 사진이 가득 담긴 배낭을 메고, 가방을 끌면서 따라간다. 낮인데도 헤드라이트를 켠 채, 와이퍼로 비를 닦아내면서 택시가 우리를 고속도로로 데려간다. 비비는 입을 벌린 채 내 어깨에 기대어 잠이 들었다. 어릴 때처럼 비비의 금발 머리 한 가닥이 뺨에 딱 달라붙어 있다.

*

크레믈랭-비세트르[9]의 말로 청소년문화센터, 디즈니 소공원, 이것이 우리의 새로운 세상이었다. 반쯤은 작은 언덕에 걸쳐 있고, 주변에 건물들이 늘어서 있으며, 비가 많이 올 때면 물이 콸콸 넘치는 고속도로를 제외하고는 길 같지도 않은 길들, 그러니까 아무 곳으로도 갈 수 없을 것처럼 보이는 길들이 나 있는 이상한 곳이었다. 바로 옆에는 커다란 묘지도 있었다. 비비와 나는 처음에는 그 앞을 지날 때마다 코를 막곤 했다. 옛날 타코라디에 있을 때에도 학교 가는 길에 있던 묘지 앞을 지날 때면 그랬다. 지하철을 탄 사람이건 버스를 탄 사람이건 거리를 걸어가는 사람들이건, 모두 서둘렀다. 잠시 멈추어 서는 사람은 아무도 없었다. 우리는 과거를 잊어야 한다는 사실을 재빨리 깨달았다. 나에게는 그것이 쉬웠다. 이미 오래전부터 내 삶이 존재하지 않았기 때문이다. 그곳에서 있었던 모든 일은 비현실적으로 느껴졌다. 하지만 아비가일에게는—그 아이는 이제 내가 비비라 부르는 것을 싫어했다.—그것을 극복하는 것이 거의

---

[9] 프랑스 일드프랑스 발드마른 주에 위치한 도시. 파리에서 남쪽으로 4.5km 정도 떨어진 곳에 있다. 동쪽에 파리지엥 디브리 묘지가 있다.

불가능했다. 그 아이는 카토르즈-주이에[10] 중학교에 다녔는데, 학교에서 돌아오면 인형이나 옛날 사진들 혹은 슈나즈가 일터에서 가져온 잡지들을 읽으며 방 안에 틀어박혀 있기가 일쑤였다. 바두 부인은 파리의 프리앙 가에 있는 치과에서 비서직을 얻었다. 그 치과의사는 그 여자의 정부이기도 했다. 바두 씨가 있을 자리는 더 이상 없었다. 그는 파리를 거쳐 벨기에로 갔고, 그곳 북쪽 해안에 있는 대중식당에서 모든 일을 두루 맡아보는 일자리를 얻었다. 그는 비비를 데려가려고 애를 썼지만, 슈나즈는 원치 않았다. 바두 부인은 이제 더는 바두 씨와 함께 살지 않기로 했다. 이혼을 요구하기까지 했다. 그 모든 것이 내게는 조금도 중요하지 않았다. 그런 것들은 다 자기만 생각하는 어른들이 벌이는 수작이고 장난이었다. 그들이 무슨 짓을 하건 상관없었지만, 나를 슬프게 한 것은 비비였다. 비비는 옛날 같지 않았다. 나는 학교가 끝난 후 비비 곁을 지키면서, 잡지를 넘기거나 아직도 열 살 어린아이인 것처럼 인형 머리를 땋아주는 비비의 모습을 바라보았다. 우리는 별로 말을 하지 않았다. 우리는 아직도 그곳에, 정원이 있는 하얀 집에, 긴꼬리원숭이

---

10 프랑스 혁명 기념일인 7월 14일을 의미함.

슈시와 강아지 자자와 늑대같이 생긴 개와 새들과 함께 있는 척했다. 그리고 그런 삶이 영원히 지속되었어야만 했다. 어느 날 우리는 잠을 깰 것이고, 그러면 모든 것은 예전과 같아지리라.

비비는 내 팔에 안겨 잠이 들었다. 나는 비비의 부드러운 머리칼을 쓰다듬어 주었다. 귀에다 대고 옛이야기도 해주었다. 밖으로 나가면 우리가 몰랐던 낯선 도시, 우리가 몰랐던 낯선 사람들이 있었다. 그러나 우리는 여전히 모든 것이 가능했던 꿈속에 살고 있었다. 셔터를 내리고, 텔레비전을 켜고, 이 세상이 소멸되게만 한다면 그것으로 충분했다.

종종 이 세상이 조금씩 우리에게 다가오기도 했다. 방과 후 여자애들은 남자아이들과 서로 전화하고, 디즈니 소공원이나 말로 청소년문화센터에서 만나기도 했다. 우리는 늘 함께였다. 비비는 나보다 빨리 컸다. 우리는 똑같이 청바지와 까만 폴로 후드 셔츠를 입었고 검은색 운동화를 신었다. 정말 추운 날에는 소매가 없고 목에는 인조털이 달린 털파카를 입었다. 우리는 건달이나 도깨비들처럼 보였다. 나는 소묘용 연필로 비비에게 화장을 해주었고, 부엉이 눈처럼 보이게 하려고 푸른색 아이섀도도 칠해 주었다. 비비는 눈언저리에 생긴 거무스레한 무리 때문에 너구리처럼 보였다. 남자애들이 디즈니 소공원이나 말로 청소년문화센터로 우리를 데려갈 때도 비비는 나와 떨어지려 하지 않았다. 나는 비비가 제일 예쁘기를, 남자아이들이 그 아이만 쳐다보기를 바랐다. 시간이 흐를수록 나는 점점 더 마르고 까매졌다. 나의 유일한 장점은 머리카락이었는데, 얼굴에 있는 검은 자국을 가리기 위해 머리카락을 한쪽 눈 위로 흘러내리게 했다. 비비는 젖가슴과 엉덩이가 볼록했다. 몸매를 가리고 싶어 했지만 남자애들은 그래서 비비를 좋아했다. 그들이 그 아이를 쳐다볼 때면 마치 옷 속이 다 드러나는 것 같은 느낌이었다. 다만 내가 "까불지 마!"라고 하면서 그들을 멸시하면 그들은 당황했고, 오히려 더 공격적이 되었다. 그럴 땐 이렇게 말해 주었다. "넌 내 동생 발뒤꿈치도 못 따라올걸, 알았어?" 남자애들은 그저 어깨를 으쓱할 뿐 아무 짓도 하지 못했다. 비비는 웃으면서 나를 꼭 껴안았다. 우리는 절대 떨어질 수 없다는 듯이 말이다.

그런데, 하루에 한 번은 위기가 닥쳤다. 아무것도 아닌 하찮은 이유들 때문이었다. 내가 외출하면서 비비를 기다리지 않았거나, 아니면 반대로 문화센터에 가는 비비를 따라가지 않았기 때문에 생긴 말다툼이었다. 문화센터에 가서는 뭘 한단 말인가? 그 빌어먹을 연극들이, 정치에 대한 끝도 없는 논쟁이나 미래에 대한 거짓 계획 같은 것들이 나와 무슨 상관이란 말인가? 랩이나 디스코 가수들도 우리는 전혀 몰랐다. 그들은 펠라 쿠티, 페미[11], 파투마타 디아와라[12], 베카[13] 같은 진짜 가수들에 대해서는 들어본 적도 없을 것이다. 한번은 내 카세트로 기타와 젬베[14]를 반주로 하는 파투마타의 노래, 늘어지고 뒤틀리고 구불구불한 목소리를 들려준 적이 있다. 그랬더니 중국, 어쩌면 그 비슷한 나라의 피가 섞인 혼혈아라서 내가 좋아했던 한 여자아이가 이렇게 말했을 뿐이다. "넌 이런 음악을 좋아하는구나!" 그렇다. 나는 그런 음악이 좋다. 하지만 그 애가 어떻게 그것을 이해할 수 있겠는가?

비비가 조금씩 엇나가는 걸 알 수 있었다. 몇 달에 걸쳐, 몇 년에 걸쳐 서서히 그렇게 되었다. 고등학생이 된 후에는, 방과 후 곧장 집으로 오는 대신 점점 더 늦게까지 밖에서 배회하기 시작했다. 바에 가서 적포도주를 마시기도 했다. 비

---

11 페미 쿠티(1962-). 펠라 쿠티의 아들. 영화배우이자 싱어송라이터.
12 파투마타 디아와라(1982-). 말리의 배우이자 음악가, 작곡가.
13 베카(1984-). 가나의 배우이자 싱어송라이터.
14 아프리카의 북.

비의 입에서는 술 냄새가 났고 머리칼에는 담배 냄새가 배어 있었다. 저녁에 술 시중을 드는 여종업원으로 일하기도 했다. 비비는 아직 열일곱 살도 되지 않았지만, 젖가슴 때문에 실제보다 더 나이 들어 보였다. 반면에 나는 미친년처럼 보이게 하는 덥수룩한 머리칼을 제외하면, 엉덩이도 작고 가슴도 없어 병약한 소녀처럼 보였다.

게다가 돈 문제가 있었다. 비비는 바두 씨에게 돈을 받았고 슈나즈 가족에게서도 선물을 받았다. 하지만 나는 그런 것들에 질투를 느끼지 않았다. 다만 우리 사이에 돈 문제가 끼어들었다. 왠지는 모르겠지만, 그것은 우리 둘을 갈라놓는 일종의 벽이었다. 아마도 그즈음에 비비가 알게 되었던 것 같다. 누군가가 내 어머니에 대해 알려주었을 것이다. 비비는 한 번도 그 사실을 입에 담은 적이 없다. 다만 한 번인가 두 번인가, 몹시 화가 났을 때 "네가 뭔데 그래?"라고 말한 적이 있을 뿐이다. 마치 내가 휴지통에서 주워온 물건인 것처럼, 뼈대만 남은 자동차 밑에 버려진 고양이나 뭐 그런 것처럼 말이다. "넌 내게 이래라저래라 할 수 없어. 넌 나에 대해 아무런 권리도 없다고." 이런 말을 하기도 했다. 그럴 때면 나는 정말로 마음이 아팠고, 아무 대꾸도 할 수 없었다. 그러다가 비비의 그런 생각에 익숙해졌다. 내가 먼저

선수를 치면서 말하기도 했다. "우리는 서로가 서로에게 아무것도 아니야. 우리는 친자매가 아니니까." 그리고 이런 말도 했다. "가서 엄마한테 일러. 나한테 그 여자는 아무것도 아니야. 그저 한 여자, 사모님일 뿐이지." 실제로 당시에 나는 '사모님, 사모님께서 말씀하시길, 사모님께서 부탁하시길' 이러면서 하녀 놀이를 했다. 굽신거리며 '사모님, 식사 준비가 다 되었습니다.'라고 말하기도 했다. 그런 태도는 바두 부인을 신경질적으로 만들었다.

살기 위해 나는 일을 했다. 비비는 바에서 일하는 것 외에는 아무 일도 찾지 않았다. 나는 비교적 잘해 나가고 있었다. 아마도 의지할 사람 하나 없고, 따라서 늘 거짓말하면서 살아야 한다는 사실을 너무도 잘 알았기 때문일 것이다. 나는 오를리 공항의 향수 가게 점원으로 일했는데, 면세 구역으로 들어가기 위해서는 이름표를 달아야 했다. 그런데 비비는 그 이름표까지도 샘냈다. 마음에 드는 일자리를 발견하면 나는 제일 먼저 응시했고, 사람들은 나를 고용했다. 그런데 돈을 벌게 해준 것은 몽소 공원 옆 부잣집 아이들이 다니는 폴란드 사립초등학교의 감독관 일이었다. 내가

지도한 그룹의 아이들 중에는 폴란스키[15]의 아들이나 볼탄스키[16]의 딸 등이 있었다. 다들 아주 귀엽고 아주 버릇없는 아이들이었다. 하지만 나는 비비와 지내면서 훈련되어 있었다. 그곳에서는 아무것도 묻지 않고 나를 고용했다. 내게는 여권도 추천서도 없었다. 하지만 나는 적당히 꾸며가면서 어떻게 나를 소개해야 할지, 어떤 옷을 입어야 할지, 어떻게 말하고 어떻게 걸어야 할지 너무도 잘 알고 있었다. 내 생각에 나는 부자들이 원하는 이미지를 비추어주는 거울이었던 것 같다.

혼란스러운 삶이었다. 소란하고 시끄러운 허망한 삶이었다. 영원히 그렇게 지속될 수도 있었을 것이다. 광장이건 거리건 지하철이건, 그런 곳들은 아무래도 상관없는 곳이기도 했고, 특별한 곳이기도 했다. 어느 날, 바두 부인은 떠나 버렸다. 우리를 그곳에 남긴 채, 임플란트와 성형시술 전문의로 유명한 라르테기 박사와 함께 살기 위해서였다. 부인은 박사와 함께 파리의 아파트에서 살았고, 비비는 일단 그들

---

15 로만 레이먼드 폴란스키. 폴란드의 영화감독. 1977년 캘리포니아에서 13세 미성년자 강간 혐의로 유죄가 인정돼 런던을 거쳐 프랑스 파리에 정착했다.
16 작가가 지어낸 인물로, 폴란스키라는 이름의 변형.

과 함께 살기를 거부했다. 그래서 라르테기 박사는 계속해서 크레믈린-비세트르의 아파트 임대료를 내주었다.

우리는 아무것도 보고 싶지 않았고, 아무것도 이해하고 싶지 않았다. 모든 것을 잊어버리고 싶었고, 뇌 기관 중에서 기억을 만드는 부분을 무감각하게 만들어 버리고 싶었다. 어느 날, 나는 아프리카에서 찍은 사진들, 친구들이 끄적거린 시 구절들이 담긴 공책들, 영화 티켓들, 유치원 축제 때 비비가 꼭 끼는 붉은색 원피스를 입고 빌리 할리데이와 아레사 프랭클린의 노래를 부르는 모습을 녹화한 오래된 비디오카세트까지, 모두 다 휴지통에 넣었다. 며칠째 비비는 집에 들어오지 않았다. 나는 너무 화가 나서 부르르 떨리기까지 했다. 종이란 종이는 다 찢어 버렸고, CD는 부수어 버렸다. 집게손가락을 베는 바람에 여기저기로 피가 튀었다. 하지만 나를 동정해 줄 사람은 아무도 없었다. 나는 그저 상처에 투명테이프를 붙이고 헝겊 쪼가리로 손가락을 꽉 누를 뿐이었다.

그때 비비가 돌아왔다. 그녀가 초인종을 눌렀을 때, 나는 문구멍으로 보이는 비비를 알아보지 못했다. "누구세요?" 하고 물었다. 왜냐하면 그녀가 자기 이름을 정확하게 발음하지 못했기 때문이다. 하지만 누구인지 아는 것은 어렵지 않았다. 비비였다. 게다가 그녀는 아비가일이라고 말하기까지 했다. 그녀는 벽에 기댄 채 층계참에 서 있었다. 그녀가 피를 흘리고 있다는 것밖에 다른 것은 아무것도 보이지 않았다. 입술은 퉁퉁 부어 있었고 온통 피투성이였다. 눈 주위에는 마치 석탄으로 동그라미를 칠한 것처럼 검은 원이 그려져 있었다. 하지만 마스카라 자국이 아니었다. 누군가에게 맞은 자국이었다. 머리카락은 눈물 때문인지 침 때문인지 뺨에 달라붙어 있었다. 나는 그녀가 소파까지 걸어갈 수 있도록 도와주었다. 그녀는 소파에 누워, 손으로 얼굴을 가렸다. 나는 눈과 얼굴을 닦기 위해 비비의 얼굴에서 손가락을 하나씩 하나씩 떼어내야 했다. 아무것도 묻지 않았다. 어쨌든 술을 너무 많이 마셔 말할 수 있는 상태도 아니었다. 입에서는 술 냄새와 대마초 냄새가 났다. 그녀가 눈을 떴을 때, 나는 비비의 눈동자가 옆으로 떠다니면서 나를 쳐다보지 못하는 것을 알았다. 경찰은 부르지 않았다. 이런 상태라면 그들은 분명 그 아이를 병원에 데려간 후 신문할 것이기 때문이다. 나는 그녀 곁에서 기다렸다. 비비는 온종일 잠만 잤다. 오후에도 딱 한 번 일어나 화장실에서 토했을 뿐이다.

이후 며칠 동안 나는 거의 온종일 비비 곁을 지켰다. 학교에 전화하여 아프다고 했고, 모든 약속을 취소했다. 나는 소파 옆 바닥에 앉아, 자고 있는 그녀를 바라보았다. 그녀가 밥 먹는 것을 지켜보았고, 일으켜주고 옷 입는 것을 거들었다. 그녀는 거의 아무 말도 하지 않았다. 아무것도 기억하지 못하는 것 같았다. 그녀는 길에서 넘어졌고, 그러면서 앞니가 부러졌다고 했다. 사타구니에는 내출혈로 생긴 멍 자국이 있었다. 그녀는 환각제를 먹었고 성폭행을 당한 것 같다. 아마도 그녀가 일하는 바의 지배인인 페론이라는 놈과 그의 친구들 짓일 것이다. 하지만 비비는 그들의 이름을 기억하지 못했다. 그것은 전쟁이었다. 비비와 나는 전쟁이 났던 나라에 있었다. 우리는 사람들이 끔찍한 이야기들을 해서 그곳을 떠났다. 그런데, 바로 이곳, 문명화된 도시, 멋진 건물들과 깨끗한 공원이 있고 지하철이 있는 이곳, 경찰이 모든 것을 감시하는 이곳, 바로 이곳에서 비비에게 그런 일이 발생했다. 바로 이곳에서 비비는 구타당하고 성폭행을 당했다. 그토록 순진하고 착한 내 동생 비비, 아비가일이 말이다. 나는 비비의 머리칼을 쓰다듬으면서 옛날이야기를 해주었다. 바로 이곳에서 그런 일이 발생했다.

바두 부인이 왔다. 그녀도 무슨 일이 있었는지 알고 있어야 한다는 생각에 내가 전화했던 것이다. 부인은 표범 가죽

바지와 모피 깃이 달린 재킷을 입고, 다시 말해 이 상황과는 전혀 어울리지 않는 엉뚱한 차림으로 왔다. 그녀는 내게는 눈길도 주지 않고 내 앞을 지나가더니 딸을 끌어안았다. "우리 아기, 내 사랑, 도대체 너한테 무슨 짓을 한 거니? 미안하다. 내가 있었어야 했는데, 아가, 내 사랑, 말 좀 해봐." 부인은 어쩔 줄 몰라 말을 더듬었다. 내가 그 사건의 목격자라도 되는 양 나를 몰아세웠다. "너는 왜 아무것도 하지 않았니? 네가 저 애를 어떤 상태로 만들었는지 좀 봐라!" 나는 차갑게 말했다. "제 생각에, 당신이 저 아이를 데려가야 할 것 같습니다. 여기에 있는 것은 저 애한테 안 좋아요." 슈나즈는 화를 냈다. "저만 아는 년 같으니! 너는 저 애를… 저런 상태에 있는 아이를 보면서도 아무것도 하지 않는구나. 너는 저 애도 나도, 우리 전부 아무 상관 없다는 거지. 복수하는 거냐?" 그녀는 거의 미친 것 같았다. 나는 그녀에게 당신은 미쳤다고 말했다. 비비는 울면서 나를 변호하려 했다. 그리고는 방에 들어가 처박혔다. 나는 신발과 모자들을 챙겼다. 그리고 집을 나왔다.

*

나는 되는 대로 여기저기에서 살았다. 부르-라-렌[17]의 아기 있는 친구 부부의 집에서도 살았고, 반대편 파리 변두리에 있는 직장 동료의 집에서도 살았다. 비비네 식구들 소식은 전혀 듣지 못했다. 자기들끼리 서로 죽도록 치고받고 싸웠을지라도 나는 몰랐을 것이다. 나는 연극 연습을 하러 종종 말로 청소년문화센터에 갔다. 엄밀히 말해 연극이라고는 할 수 없는, 일종의 춤과 아랍 음악이 어우러지는 공연 같은 것이었다. 에벤 섬의 공주가 남장한 바두르를 보고 사랑에 빠지는 그 이야기는 하킴 킹이 쓴 대본으로,『천일야화』「202번째 밤」이야기의 변형이었다. 나는 바두르 역을 맡았다. 내가 머리카락을 터번 속에 숨기면 남자 같이 보이기 때문일 것이다. 아니면 내 이름 때문인지도 모른다. 처음에 하킴이 그렇게 말했다. 그런 걸 바로 예정된 것, 숙명 같은 것이라 부른다고. 그것이 좋은 것인지 나쁜 것인지 잘 모르겠다. 하지만 나는 공연장의 어둠이 좋았고, 불이 환하게 켜진 무대가 좋았고, 흘러나오는 음악이 좋았다.

문화센터를 나와서는 광장 쪽을 피했고, 아파트 앞을 지

---

17 파리 교외 지역. 파리에서 남쪽으로 10km 정도에 위치함.

나가지 않기 위해 베르덩 길로 돌아서 올라갔다. 어느 날 저녁, 나는 창문 쪽을 흘깃 보았다. 차양이 내려져 있었다. 전화해도 받지 않았다. 분명히 전화선은 끊겼을 것이다. 순간 오른쪽 옆구리에서 이상한 통증을 느꼈다. 나는 마치 주먹질을 당한 것처럼 몸을 구부렸다.

내가 할 수 있으리라고는 생각조차 할 수 없었던 일도 했다. 어느 토요일 저녁, 나는 비비가 일하던 술집으로 갔다. 페론을 만나고 싶었다. 그에게 할 말은 아무것도 없었다. 그저 분노, 공허함과 분노였던 것 같다. 나는 바에 앉아 맥주를 한 잔 마셨다. 페론의 술집은 바텐더가 제안하면 여자들이 지하에 있는 방으로 남자들을 만나러 가게끔 속임수를 쓰는 것이 전문이었다. 물론 불법이었다. 하지만 그것을 모르는 사람은 없었다. 아프리카에서 이곳으로 왔을 때, 비비와 나는 이 술집에 온 적이 있다. 우리는 조용히 앉아 맥주를 마시고 있었다. 그런데 종업원이 50유로 지폐를 우리에게 건네면서 답을 기다린다고 했다. 우리는 그 돈을 받아 챙긴 후 막 뛰어 달아났다. 돈을 훔치기 위해서가 아니라, 돈이면 무엇이든 살 수 있다고 생각하는 그 건방진 놈들에게 교훈을 주기 위해서였다.

아무 일도 일어나지 않았다. 보통, 남자들이 관심을 가지는 것은 비비 쪽이었다. 기다렸지만 아무도 그런 제안을 하러 다가오지 않았다. 페론에게 내가 왔음을 알렸을 것이다. 그에게 무엇을 할 수 있었을까? 모든 사람이 다 듣도록 나쁜 놈, 네 놈이 내 동생을 성폭행했고, 때렸고, 앞니를 부러뜨렸지! 하고 목이 터지라고 소리 지를 수도 있었을 것이다. 비비는 왜 경찰에 신고하지 않았을까? 그녀는 왜 그것을 받아들였을까? 마치 자기는 아무것도 아닌 것처럼, 걸레 조각인 것처럼, 성 노리개인 것처럼, 자존심도 없는 여자아이인 것처럼 말이다. 그것은 내가 아파트를 떠난 이유이기도 하다. 더 이상 그녀를 바라볼 수가 없었다. 그 미친 슈나즈 때문이 아니라, 비비 때문이었다. 사람들이 자기한테 어떻게 하든지 그냥 당하고 있었기 때문이었다. 어쩌면 그녀는 어느 날엔가 그 술집으로 돌아가, 페론과 함께 외출하고, 그의 애인이 될지도 모른다. 나는 구역질이 났다. 음악이 내 머리를, 내 복부를 때렸다. 지하로 내려가려 했더니 종업원이 나를 가로막았다. "어디 가시려고요?" 나는 비비가 남자들 앞에서 술을 마시고 춤추는 모습을 상상했다. 현기증이 일었다. 화장실이 어디냐고 묻고는, 찬 물로 얼굴을 씻었다. 그리고는 밖으로 나왔다. 공허함, 분노.

우리를 갈라놓는 벽이 세워졌다. 일 년이 넘도록 아무 소식도 듣지 못했다. 전화를 했지만, 비비의 핸드폰은 언제나 자동응답기에 연결되어 있었고, 문자를 보내도 답이 없었다. 이제 그녀에 대해 아무것도 알 수 없었다. 나는 비비의 동정을 살피려고 프리앙에도 갔다. 얼마 후 나는 라르테기 박사의 집이 뇌이 쪽에 있다는 것을 알게 되었다. 슈나즈가 알려 주었다. 초인종을 눌렀다. 그녀는 문지방에서 나를 맞이했다. 그리고 안을 들여다볼 수 없도록 몸으로 문을 막아섰다.

"비비하고 이야기 좀 할 수 있을까요?
-그 아이는 지금 없다. 무슨 말을 하고 싶은데?
-언제 돌아오나요?
-모른다. 그 아이는 이제 여기 살지 않아.
-잘 있나요? 일을 하나요?"

슈나즈의 눈은 언제나 작았다. 그렇지만 작은 눈이 악의로 빛난다는 사실을 확인한 것은 처음이었다. 아마도 화장할 시간이 없었나 보다. 너무 짧은 그녀의 속눈썹은 마치 빗자루 털 같았다.

"잘 들어라. 그 아이를 가만 놔둬. 그 아이는 더 이상 너를 보고 싶어 하지 않아.

-비비한테서 직접 그런 말을 들었으면 하는데요.

-그런 일이 있었는데 어떻게….

-무슨 일이 있었는데요? 그게 내 잘못인가요?"

나는 앞으로 한 걸음 내디뎠다. 슈나즈는 위협을 느낀 듯 문을 닫으려 했다. 나도 모르게 신발 끝으로 문이 닫히는 것을 막았다.

"그만 해라. 아니면 경찰을 부를 거다."

화가 치밀었다. 나는 부들부들 떨었다. 그런데 이상하게도 눈물은 나지 않았다. 나는 이 나쁜 여자가 내게 상처를 입히는 데 성공했다고 생각하는 것이 너무도 싫었다. 불을 켜는 자동 타임스위치도 켜지 않은 채 계단을 내려올 때, 그녀의 날카로운 고함이 들렸다. "꺼져, 다시 오지 마. 비비와 나는 더 이상 널 보고 싶지 않다, 알았니? 다시는 절대로 나타나지 마."

비비는 모든 것을 다 가졌었다. 그녀는 모든 것을 다 가졌고, 나는 아무것도 가진 것이 없었다. 그녀에게는 엄마도, 아빠도, 돈도, 방도, 추억도 있었고, 어릴 때 입던 옷들도, 처음 글씨를 배울 때 쓰던 학습장도 남아 있었다. 그녀는 r 자를 잘 쓰지 못해서 거꾸로 쓰곤 했다. 구구법도 잘 몰랐고,

계산도 할 줄 몰랐다. 나눗셈도 뺄셈도 잘 못했다. 하지만 아무도 내 어린 시절에 대해서는 관심을 가지지 않았다. 나는 그것이 당연하다고 생각했다. 그녀는 어리니 내가 보호해야 한다고 생각했다. 타코라디에서 바두 부부와 함께 파티에 갔던 어떤 날을 기억한다. 대사관 정원에서 열린 파티였다. 부모와 함께 온 아이들이 많았다. 누군가 바두 씨에게 나를 가리키며 누구냐고 물었다. "저 아이요? 제 친구의 딸입니다." 그는 대답했다. 그때 나는 왜 아무 말도 못했을까? 그때까지도 나는 내 출생의 진실에 대해 아무것도 몰랐다. 바로 그날 알았어야 했다. '친구의 딸'이라고. 그는 "아무도 아닙니다. 신경 쓰지 마세요."라고 말할 수도 있었을 것이다. 그 말이 다시 떠올랐다. 멀리서 들려왔다. 어린 시절을 넘어, 악몽처럼 들리는 그 말. 그 한마디 말에 비하면 이후 슈나즈가 내게 했던 모든 말은 아무것도 아닌 것 같다. 차라리 '악마의 아이'라고 하는 편이 나았다. 적어도 그 말은 내게 웃음을 자아냈다.

나는 모든 것을 지우고 싶었다. 더 이상 아무것도 기억하고 싶지 않았다. 나는 일했고, 술집에 가서 술도 마셨다. 지금 내게는 애인도 있다. 자기가 예술가라 주장하는 문화센터의 바로 그 하킴 킹이다. 그는 키가 크고 몸이 말랐다. 그의 손, 다정한 태도, 가늘고 긴 눈, 거무스레한 피부가 좋다. 그는 타코라디에서 나를 좋아했던 혼혈아 자키를 연상케 했다. 그는 기타를 잘 쳤고 『천일야화』의 「202번째 밤」을 위한 노래를 작곡하기도 했다.

*

 술을 마시는 것은 깊은 우물 속으로, 지구 표면에서 아주 먼 곳으로 떨어지는 것이었다. 아주 깊은 그 우물 바닥은 부드러운 풀로 덮여 있었다. 하지만 그 풀 위에서 잠을 자는 것은 너무 달콤해서 토할 것처럼 속이 니글거리기까지 했다. 하킴은 디즈니 소공원 근처에 있는 자기 아파트로 나를 데려갔다. 처음으로 그는 나의 옷을 벗겼다. 그리고는 배를 깔고 누워 침대 매트리스에 입이 눌린 채 자고 있는 나를 바라보았다. 그는 내 몸에 손대지 않았다. 내가 코를 많이 골았다고 했다. "코를 골 때 참 예쁘더라. 고양이가 꿈꾸고 있는 것 같았어." 하킴이 말했다. 나는 그 말이 참 낭만적이라고 생각했다. 그가 만일 내가 잠든 상태를 이용해서 사랑하려 했다면, 다시는 그를 만나지 않았을 것이다. 잠이 깨었을 때, 그는 앰프에 연결하지 않은 채 약한 음으로 기타를 연주하고 있었다. 억눌린 음들은 부드러운 소리를 냈다. 마치 발라폰 소리 같았다. 그의 방은 반지하였는데, 채광 환기창이 하나 있을 뿐이었고 쇠창살에는 먼지가 가득했다. 땀 냄새와 곰팡내 때문에 오래 머물러 있을 수가 없었다. 그 이후 어느 날엔가 우리는 사랑을 했다. 아니 사랑 비슷한 것을 했다. 나는 한 번도 섹스 경험이 없었고, 그 역시 능숙하지 않았기 때문이다.

　시간이 흘렀다. 뜨거운 여름이 지나고, 텅 비었던 거리는 사람들로 채워졌으며, 닫혔던 커튼은 젖혀졌다. 나는 동굴 같은 반지하 아파트에 틀어박혀 있었다. 게다가 나는 많은 시간을 트로카데로의 수족관에서 보냈다. 그곳에서 일할 수 있었다면 참 좋았을 것이다. 하지만 사람들은 신분증이 없는 사람을 고용하려 하지 않았다. "출생지는 어디지요?" "여기죠 뭐." 대부분의 경우 사람들은 내 말을 믿지 않았다. "신분증이 있나요? 가족 수첩이 있나요?" 내게는 예방주사 접종확인서와 출생신고서밖에 없었다. 게다가 우기를 여러 번 지나면서 증명서들은 너덜너덜해졌다. 만일 신문당한다면 무슨 일이 생길까? 어디로 보내질까? 아프리카로 돌려보내 준다면 나쁘지 않을 것이다. 순간, 비비 행세를 하면 어떨까 하는 생각을 했다. 나는 비비의 열여섯 살 때 신분증을 가지고 있었다. 하지만, 거기 붙어 있는 사진이 세월과 더불어 희미해졌음에도 사진 속 비비와 나는 너무도 닮지 않았다. 그녀의 머리는 곱슬거리는 금발이었으며, 눈은 약간 처지고 맑았다. 반면 나는 덥수룩한 검은 머리에 가늘고 긴 눈이다. 나를 처음 만났을 즈음, 하킴이 이렇게 말한 적이 있다. "너는 베트남 여자 같아." 그래서 나는 말했다. "입양되었거든." 그리고 덧붙여 말했다. "난 내 부모가 누군지도 몰라. 어쩌면 베트남에서 온 사람들인지도 모르지."

수족관은 대체로 조용했다. 지하는 시원했고, 곰치들이 헤엄치는 저수조의 푸르스름한 불빛이 실내를 비추고 있을 뿐이었다. 나는 벤치에 앉아 불빛에 반사되는 희미한 영상들과 그림자들의 움직임을 바라보았다. 그것은 마치 내 꿈속의 세계 같았다.

나는 같은 장소를 맴돌았다. 배낭 안에는 내 모든 것이 들어 있었다. 낮에는 관광객처럼 거리를 돌아다녔고 공원에서 쉬기도 했다. 나 같은 사람들, 젊은이들, 그리고 외국인들은 수도 없이 많았다. 종종 직업적인 거지나 소매치기들을 만나기도 했다. 그들 특유의 삐딱한 발걸음 때문에 나는 멀리서도 그들을 알아볼 수 있었다. 그래서 그들이 보이면 얼른 다른 곳으로 갔다. 다른 사람들에게 나는 보이지 않는 투명인간이었다. 벽 사이로 지나다니는 것, 그것이 바로 내가 원하는 것이다. 오후 세 시경이 되면, 태양이 작열했다. 거리는 끝이 없어 보였고, 아스팔트 위의 공기는 열을 받아 진동했다. 수족관에서 너무 먼 곳에 있을 때는 공원 그늘을 찾아 잠깐 낮잠을 잤다. 낮에는 아무런 위험이 없음을 알고 있었다. 다만 종종 수작을 걸려는 놈들이 다가올 때가 있었다. *"유 스픽 잉글리쉬?" "왓츠 유어 네임?"* 그럴 때는 그저 아무 대답도 안 하던가, 아니면 계속 귀찮게 굴 경우 가게로 들어가 버리면 되었다. 보통 그런 놈들은 쉽게 물러난다.

하킴의 집에 얹혀살지 않을 때는 수녀들이 운영하는 기숙사 방을 구하거나 역 근처의 싸구려 호텔을 찾았다. 하지만 내가 폴란드 학교에서 번 돈은 빠른 속도로 바닥나고 있었다. 계산해보니 3개월 정도 버틸 수 있었다. 최대한 절약한다 해도 고작해야 6개월이었다.

나는 더 이상 담배를 사지 않았다. 40대가량의 남자를 만나면 그들에게 다가가 "담배 하나 얻을 수 있을까요?"라고 말했다. 공원 벤치에 앉아 있는 노인들에게도 그것이 통했다. 하지만 담배를 받자마자, 그들이 내게 잔소리를 해대기 전에 얼른 그 자리를 떴다. 가장 위험한 이들은 사복경찰이었다. 하지만 그들을 알아보기는 어렵지 않았다. 그들은 보통 부부처럼 두 명씩 다니지만, 언뜻 보기만 해도 그들이 연인 사이가 아니라는 것을 알 수 있었기 때문이다. 그런 경우를 대비해서 나는 언제나 지하철 표를 사가지고 다녔다. 그런데도 한 번은 커플에게 붙잡혔다. 그들은 나를 신문했다. 남자는 나를 놓아주려 했지만, 여자는 내 말을 믿지 않았다. 그들은 나를 호송차에 태워 파출소로 데려갔다. 그곳에서 한 경찰이 내 서류들을 확인했다. 아마도 학교 수료증과 비행기 탔을 때 작성했던 오래된 신고서로는 충분치 않았던 모양이다. "거주지는 어디지요?" 나는 라르테기 씨의 주소를 주었고, 그들은 그에게 전화했다. 그들은 자기들끼리 한참 대화했다. 그러고 나서 나를 놓아주었다. "당신에게는 다행스러운 일이지만, 몇 년 전부터 부랑죄가 없어졌어요." 그래도 그들은 내 지문을 채취하고 내 이름을 기록했다. 이런 일들이 내게는 코미디처럼 느껴졌다. 왜냐하면 아주 오래전부터 지금까지 나는 한 번도 공식적인 존재였던 적이 없었으며, 이제야 처음으로 공식 서류에 이름이 등록되었기 때문이다.

나는 유령이었다. 그렇게 말할 수밖에 없다. 이 도시에서 걷고 또 걷고, 미끄러지듯 벽을 스치며 지나가고, 절대로 다시는 볼 일이 없는 사람들과 마주치는 내 삶을 달리 뭐라 표현할 말이 없기 때문이다. 과거도 미래도 이름도 목적도 기억도 없었다. 나는 하나의 육체요, 눈과 귀가 달린 하나의 얼굴일 뿐이었다. 파도에 실려 흘러가는 대로 여기저기 떠다니는 것이 내 현실이었다. 대문 앞으로, 슈퍼마켓으로, 건물의 안마당으로, 파사주로, 교회로. 유령은 시간도 날씨도 초월한다. 비가 오건, 해가 나건, 구름이 몰려오건, 더운 바람이 불건, 찬바람이 불건, 아무 상관이 없다. 또 비가 온다. 빛 사이로 먼지가 춤을 춘다. 종종 날벌레들도 날아다닌다. 이런저런 소리가 터져 나오고 자동차 경적이 울린다. 부릉거리는 엔진 소리, 텅 빈 공원에서 들리는 아이들 울음소리. 경쾌한 고음 소리, 인조잔디 위에 설치된 전찻길을 질주하는 시끄러운 전차 소리, 하늘을 나는 헬리콥터 소리. 그렇다면 나는 마치 듣는 사람이 있는 것처럼 말하고 있나? 나는 어슬렁거리며 걷기 좋아하는 취미를 잃어버렸다. 하지만 그 습관을 다시 찾기 위해서는 내 작은 손으로 귀를 막기만 하면 된다. 그러면 아레사 프랭클린[18]이, 베시 스미스[19]가, 파투마타가, 베카가 들린다. "아 앰 낫 어 젠틀맨"을 연속적으로 불러대는 펠라의 목소리도 들린다.

  의미가 있는 말은 몇 개에 불과하다. 다른 말들은 다 죽었다. 죽어 버린 말들은 무엇이 될까? 하늘로 올라가 구름 사이에서 사나? 아니면 저 멀리 안드로메다 옆의 은하계에, 사람들에게는 보이지 않고 이름도 없는 별 위에서 사나? 유

---

18 아레사 프랭클린(1942-). 미국의 음악가, 싱어송라이터.
19 베시 스미스(1894-1937). 미국의 가수, 블루스의 여왕이라 불림.

령이 된다는 것은 눈으로 아무것도 보지 못하는 것을 의미하지 않는다. 그 반대이다. 나는 아주 세밀한 것까지 다 볼 수 있다. 주름 하나하나, 균열 하나하나, 보도에 눌어붙은 때까지 다 보인다. 저 앞 벽에는 가늘고 긴 자국이 있다. 저 곳에는 벽보 조각이, 찢겨나간 단어들이, 떠다니는 문장들이 있다.

블레

    옹

      피

숫자들,

  3077

    nx0t125Ibtac1212

날짜들,
이제는 아무 짝에도 쓸모없는 남은 시간들.

그리고 수많은 길들,

파테른

파스퇴르

퐁텐-뒤-뷔

륍코르프

발레트

에르네스틴

앙투안-카렘

에쿠프

그리보발

벨쥔스

발미

이 길들은 내 엉뚱한 이동 경로를 말해준다. 마치 아무 데나 갈 수 있었던 것처럼, 일생에 단 한 번일지라도 파사주와 통로와 대로를 온통 다 빌릴 수도 있었던 것처럼, 나는 마구 돌아다녔다.

나는 강변도로의 헌책방에서 산 지도를 손에 들고 걸어다녔다. 처음에는 관광객 행세를 하기 위해서, 박물관과 유명한 건물과 카페를 방문하는 것처럼 보이기 위해서였다. 그러다가 그런 이유 자체를 잊어버렸다. 그저 내가 가지 않을 길들의 이름을 열거했고, 큰 소리로 그 길들의 이름을 읽었다.

피라미드 밑 벤치에 앉아 있었다. 그곳이 비교적 시원했기 때문이다. 그곳에는 수천 명의 남자들, 여자들, 아이들이 텅 빈 시선에 지친 발걸음으로 성큼성큼 걸어가고 있었다. 나는 복잡한 여정을 짜보았다. 브롱샹 역에서 출발하여 무안 가를 건너 생트-마리 교회 앞을 지나, 르장드르 가에서 뒬롱 가까지 가서는, 대로를 건너 베른 가에 이르고, 콘스탄티노플 가에서 롬 가로 갔다가 생-라자르 역으로 가는 것이었다. 그곳에서 잠시 기다리면서, 관찰하고 듣고 어디로 갈까를 생각하기도 했다.

내 몸에서 열기를 느꼈다. 물론 햇빛 때문이었다.—하지만 아프리카에도 태양은 있었다.—거리를 걷고, 먼지가 가득한 공원을 돌아다니고, 광장을 가로지르고, 계단을 뛰어오르고, 돌 벤치 위에서 기다리며 그렇게 낮 시간을 보내고 난 후 저녁때가 되면, 얼굴과 팔과 다리에서 열이 나는 것을 느꼈다. 어딘가에서 오는 열기 같은 것이 피부를 통해 내 안으로 들어왔다. 카페 화장실에서 세수한 후 거울로 내 모습을 보면 검게 그은 얼굴과 붉게 충혈된 눈이 보였다. 나는 조금씩 괴물이 되어갔다. 여자들은 나를 피했다. 어떤 사람들은 나를 몰래 엿보았다. 한번은 거울 속에서 나를 쳐다보는 젊은 여자의 시선과 마주쳤다. 갑자기 화가 치밀었다. 나는 그 여자의 어깨를 부여잡고 외쳤다. "왜? 뭘 원하는데? 말해 봐, 뭘 찾는 거야?" 그녀는 뒤로 물러서더니 뛰어서 달아났다. 그녀가 욕을 퍼붓는 소리가 들렸다. 머리가 핑 돌았다. 슈나즈의 목소리가 들리는 것 같았다. "저 여자는 미쳤어요!" 카페 종업원이 내 배낭을 돌려주었다. "이곳에 오지 마세요." 커피값을 낼 필요도 없었다. 그런 일이 생긴 것은 처음이었다. 하지만 그 뒤로 그것은 거의 일상이 되었다. 카페, 싸움, 추방. 그런 상황은 그래도 아직은 내게 안심이 되었다. 사람들이 당신을 두려워한다는 것은 그들이 당신을 볼 수 있기 때문이다. 그러니까 당신은 존재한다.

나는 프리앙 가에 있는 라르테기 박사의 치과병원에 조금씩 가까이 갔다. 나는 파리 식물원과 그 온실에서 많은 시간을 보냈다. 늦여름이었고 비가 자주 왔다. 온실 창문 위로 비가 줄줄 흘러내렸다. 그곳에서 옛날 아프리카 땅의 냄새를 맡았고, 빗물이 떨어지는 소리를 들었다. 나는 습기 찬 공기를 들이마셨다. 그 모든 것에서 전율을 느꼈다. 옛날에 느꼈던 그 흥분을, 달콤한 동시에 고통스러운 격한 감정을. 눈물이 팽 돌았다. 나는 중얼거렸다. "비비, 어디 있니? 왜 나를 버렸니?"

비비가 열병으로 죽을 뻔했던 적이 있었다. 그랑-바상[20]에서 오는 대서양 해변도로에서였다. 오늘처럼 굵은 빗방울이 떨어졌고, 더위로 우리 머리카락은 흠뻑 젖어 있었다. 길에는 홈이 파여 있어 자동차가 앞뒤로 흔들렸다. 하늘은 시커먼 색이었다. 국경에서 우리는 두 시간 동안 기다려야 했다. 자동차등록증이 유효하지 않았고, 내게는 여권이 없던 것이다. 아빠는 장황하게 설명하면서 협상했고, 똘똘 만 가나화폐 세디를 벌금으로 지불했다. 우리가 집에 도착했을 때 비비는 아무 말도 하지 않았다. 더 이상 서 있지도 못했다. 밤새도록 나는 비비 곁을 지켰다. 기도하고 싶었지만, 그저 "하느님, 이 아이가 죽지 않게 해주세요."라는 말만 끝없이 반복할 뿐 아무 말도 할 수 없었다. 다음 날, 의사가 왔고 말라리아 치료주사를 놓았다. 하지만 며칠 동안 열은 떨어지지 않았다. 의사는 비비가 경련을 일으킬 수도 있고, 비정상이 될 수도 있다고 말했다. 비비는 몸을 부들부들 떨었

---

20 코트디부아르의 남부 도시. 옛 수도인 아비장에서 동쪽으로 40km 정도에 위치함.

다. 나는 잠시도 쉬지 않고 그녀의 상태를 살폈다. 냉장고에 넣어둔 찬 수건을 가져와 머리에 얹었고, 억지로라도 물을 마시게 했다. 용변을 보기 위해 양동이 위에 앉는 것을 거들었다. 나중에 생각해 보니, 바로 그 순간에 나는 비비로부터 멀어진 것 같다. 아마도 고통받고 싶지 않았기 때문이었을 것이다. 그뿐이었다. 게다가 그녀가 내 친동생이 아니라는 것, 그녀는 언제고 나를 버릴 것이고, 바두 가족 편에 서리라는 것을 알았다. 그녀는 자기 삶을 살 것이다. 그리고 실제로 그렇게 되었다.

하킴이 나를 자기 집에 받아주었다. 그는 나를 사랑했고 내가 자기 여자친구가 되기를 바랐다. 아니, 내 애인이 되고 싶어 했다. 애인이라는 단어는 그가 사용했다. 그는 동거하고 싶어 했다. 어른들처럼 말이다. 그는 가족을 멀리하고 살았다. 아버지는 난폭했고, 어린 시절엔 어머니와 보호소를 왔다 갔다 하면서 살았다. 그는 최악을 경험했다. 가출, 무단 거주, 마약도 했고, 밀거래와 불법 침입으로 먹고사는 부랑아 패거리에 속한 적도 있다. 그는 나보다 다섯 살밖에 많지 않았지만, 마치 큰오빠처럼 말했다. "이건 하지 마라." "저건 하지 마라." "넌 그 누구보다도 가치 있는 아이이다." 나는 그의 말을 들었다. 연극 수업도 들었고 모임에도 나갔다. 그는 나를 「202번째 밤」의 배우로 발탁했다. 내게 연기에 소질이 있다고 말하기도 했다.

하킴에게는 친구가 많았다. 그들은 모두 우리를 진짜 커플로 생각했다. 하지만 몇 주가 지나자 나는 다시 공허함과 분노를 느꼈다. 그래서 나는 배낭을 메고 모자를 귀밑까지 눌러쓴 후, 다시 집을 나왔다. 나에게는 침묵이 필요했다. 그러니까, 거리의 소음이, 군중과 팔꿈치를 맞대며 사는 것이 필요했다. 나는 비세트르 주변을 맴돌았다. 아니면 주시외나 파리식물원, 혹은 오스텔리츠 역 근처의 모든 길들, 생-메다르, 오르톨랑, 페스탈로치, 파트리알쉬, 그리고 당페르-로쉬로, 통브-이수아르, 알레지아, 브루세, 카바니에, 또한 생-탄 병원과 파스칼, 코르들리에르, 브로카, 크룰르바르브, 르퀼레트, 부생고까지 모든 길거리를 배회했다. 늘, 언제고, 특히 저녁나절과 아침나절에 그렇게 돌아다녔다. 그것은 멘대로와 샤티옹과 샹탱과 캥과 카르통, 쿨미에를 통해,—그런데 왜 그 이름들에는 C라는 글자가 그리도 많을까?[21]—결국 프리앙에 이르기 위해서였다. 흉측한 벽돌로 지은 건물

---

21 샤티옹(Châtillion)과 샹탱(Chantin)과 캥(Cain)과 카르통(Carton), 쿨미에(Coulmiers)는 모두 C로 시작한다.

들로 둘러싸인 프리앙의 안마당에는 상시로 오는 부랑아들, 어린 불량배들, 늙은 술주정뱅이들이 진을 치고 있었다. 그들은 이웃에 있는 슈퍼마켓 경비원이나 까다로운 수위들에게 쫓겨났던 것이다. 그들은 마치 깜빡하고 그곳에 무엇을 놓고 간 듯, 언제나 그 자리로, 금작화와 협죽도가 담긴 함지들 사이에 있는 더러운 통로로 돌아왔다. 그곳에는 부드러운 햇빛이 건물 앞면의 유리창에 반사되고 있었다. 그리고 그 창문 중에는 라르테기 박사와 구릿빛으로 그을린 그의 비서, 일명 슈나즈 바두의 창문도 있었다.

나는 유랑자 중 하나였다. 부랑아들, 거지들, 허기진 아이들, 소매치기들, 창녀들, 고독한 노인들, 정맥류의 암종 때문에 붕대를 감은 노파, 젊은 우울증 환자들, 남의 땅을 부쳐 먹는 농부들, 추방된 사람들, 아프리카 망명객들, 감수성이 예민한 사람들, 이슬람 성인을 찾아다니는 개종자들, 은둔한 카드 점쟁이들, 자살하려는 사람들, 양심의 가책을 느끼는 살인자들, 아이와 연락이 끊긴 엄마들, 추방된 여자들, 가출한 청소년들, 내색하지 않는 노출증 환자들, 기타 등등의 사람 중 하나였다. 게다가 나는 이름도 나이도 출생지도 없는 여자였다. 나는 마치 파도에 밀려온 쓰레기처럼 이 땅에 왔던 것이다.

여름에도 긴 외투를 입는 모리타니 노인이 책을 읽고 있었다. 그는 우선은 아랍어로 그다음에는 정확한 프랑스어로 아주 천천히 하디스[22]를 암송했다.

"인간은 태양이 뜨는 한 매일매일 모든 면에서 적선해야 한다. 두 사람이 서로 공평한 것은 적선이다. 말 타는 것을 도와주는 것도, 무거운 짐을 들어주는 것도 적선이다. 다정한 말 한마디는 적선이요, 기도하러 가는 한 걸음 한 걸음도 적선이다. 거리에 있는 장애물을 치우는 것도 적선이다."

나는 그가 하는 말을 잘 이해하지는 못했다. 하지만 그 말들은 내 마음을 편안하게 해주었다.

어느 날 노인은 나를 물끄러미 바라보면서 말했다. "마치 네가 신을 보고 있는 것처럼 신을 경배하라. 설사 네가 그를 보지 못한다 해도, 신께서는 너를 보고 계시니 말이다."

하지만 내가 찾는 것은 신이 아니라고 말하고 싶었다. 내가 찾는 것은 엄마라고. 나를 만들고, 자신의 피로 영양을 공급해주고, 배 속에 품었던, 그리고 이 세상에 던져버린 사람을 찾는다고. 그것 외에 내게 무엇이 중요할까? 전쟁이 일

---

22 예언자 마호메트의 대화록이나 예언자의 말을 전하는 이슬람 해설서.

어났고, 사람들이 굶어 죽었고, 범죄가 난무했고, 혁명이 일어났다. 그게 나와 무슨 상관인가? 그것은 모든 것을 다 본다는 당신의 신이 알아서 할 일이다.

하킴은 끊임없이 이 세상에서 일어나는 이런저런 일들에 대해 말한다. 그는 라디오를 듣고 텔레비전을 보면서 분노한다. 베이루트와 제닌[23]에서 일어난 무고한 사람들 학살 사건, 자살폭탄 테러, 이라크와 가자 지구와 아프리카에서의 폭격. 그에게는 그런 것을 언급할 여유가 있다. 아파트에서 친구들이나 청중들과 함께, 말로 청소년문화센터에서 사회운동가의 급료를 받으면서, 제멋대로 말할 수 있는 여유가 있다. 빌어먹을 연극. 그래도 그는 유리한 편이다. 늘 엄마가 있었으니까. 어느 날 그는 믈룅[24] 근처 도시 외곽에 사는 자기 엄마에게 나를 소개해 주었다. 그가 아파트 문을 두드리니 그녀가 나와 문을 열었다. 모피로 안을 댄 외투를 입은 그녀는 얼굴에 주름이 가득하고 등이 굽은 자그마한 노파였다. 손과 이마에는 푸른색 문신이 새겨져 있었다. 그녀는 프랑스어를 할 줄 몰랐기 때문에, 하킴이 말하는 중간중간 아랍어로 끼어들었다. 그녀는 우리에게 설탕이 들어간

23　팔레스타인 지구의 도시.
24　파리에서 동남쪽으로 41km 떨어진 센-에-마른 주에 위치한 도시.

차와 마른 대추를 내놓았다. 집을 나서면서 하킴은 어머니 머리에 키스했다.

라르테기 박사 치과병원의 초인종을 눌렀다. 나는 슈나즈가 나오리라 예상했지만 문을 연 사람은 젊은 아가씨였다. 그녀는 내게 질문지를 작성하라고 했다. 나는 속임수를 쓰지 않았다. 실제로 거의 모든 이가 다 아팠다. 그렇다. 나는 일생 처음으로 병원에서 진료라는 것을 받아 보았다. 나는 좋아하는 가수인 레베카 쿠티라는 가짜 이름을 댔다. 라르테기 박사가 아프로비트라는 말을 들어 보았을 리 없다고 확신했기 때문이다. 주소란에는 나이지리아의 라고스라고 쓰려 했다. 그러자 그 젊은 아가씨가 "파리 주소는 없어요?" 하고 물었다. 나는 하킴 킹의 주소를 댔다.

검사는 정말로 신속하게 끝났다. 의사는 내 입을 보고 난 후 마스크를 벗고 안경을 올리더니 판결을 내렸다. "아가씨, 당신 치아 상태가 너무 나빠서, 치료하려면 몇 달 걸릴 겁니다. 돈이 덜 드는 방법을 선택하시는 편이 나을 것 같습니다." "어떤 방법이죠?" "아픈 치아를 모두 다 뽑은 후 보철을 하는 것입니다. 돈을 낼 방법이 없다면 사회보장에서 비용을 댈 수 있습니다." 나는 웃음을 터뜨릴 뻔했다. 자기가 입양한 딸, 의과대학에 등록시켰던 귀여운 딸에게도 똑같은 말을 할까? 스물여덟의 나이에 이를 모두 뽑고, 마지막 어금니에 고정한 두 개의 금속 갈고리에 의치를 끼고 살라고? 그는 상단에 무늬가 있는 종이 위에 어떤 종합병원 치과의사 이름을 휘갈겨 썼다. 돈은 받지 않았다. 그저 어서 내가 떠나 주기를, 배낭을 메고 모자를 쓰고, 거리로 돌아가 주기를 바랄 뿐이었다. 문을 통해 나오는 소리에 귀를 기울이지 않았음에도, 자기가 사랑하는 여인에게 전화를 걸어 다시는 내가 병원에 나타나 자신의 시간을 낭비하게 하는 일이 없게 하라는 목소리가 들렸다.

*

불을 지르는 꿈을 꾸었다.

어디에다 어떻게 불을 질렀는지 모른다. 내가 아는 것은 오직 화염의 열기가 감미롭게 느껴졌고, 캄캄한 곳에서 섬광처럼 빛나는 오렌지빛을 보았다는 것뿐이다.

말로 청소년문화센터의 지하 입구는 한 번도 잠겨 있었던 적이 없다. 나는 검은 페인트를 칠한 극장의 내부, 복도, 벽에 걸린 사진들, 소도구들, 그리고 낙서 자국이 있는 화장 도구들을 상상했다. 불은 종이상자에 붙었고, 곧이어 바두르 공주 방의 장식으로 사용되었던 커다란 검은색 천으로 옮겨붙었다. 나는 옷감이 타는 냄새와 플라스틱이 녹는 냄새를 들이마셨다. 나는 불꽃 앞에서 춤을 추었다. 불이 번지는 소리가 들렸다. 옛날에 야오 아저씨가 정원에서 야자나무를 태울 때 나던 소리 같았다. 한번은 야자나무에 불이 붙은 적이 있었다. 비비와 나는 나무 꼭대기에서 날카로운 소리를 질러대며 필사적으로 뛰어 내려오는 쥐들을 두려움과 더불어 은근한 쾌락을 느끼면서 바라보았다. 밤이 오고 불꽃들이 별들과 뒤섞일 때 화염 앞에서 우리가 느꼈던 감정은 잔인한 쾌감이었다. 우리는 야오 아저씨가 야자나무 화염 덩어리에 마른 대추 줄기를 던지면서 낮은 목소리로 조용히 노래하는 것을 듣고 있었다. 그는 마법사처럼 보였다. 그의 몸짓은 컸고, 얼굴에는 매독으로 생긴 곰보 자국이 가득했다. 그리고 뺨의 상처는 핏빛으로 빛나고 있었다. 곧이어 아빠가 왔고 수문을 열어 불을 껐다. "저 사람은 미쳤어요. 더 이상 여기 있으면 안 되겠어요." 바두 부인은 제정신이 아니었다. 하지만 아빠는 야오 아저씨를 좋아했다. 아마도 아빠는 여자가 수없이 많았던 그가 부러웠나 보다. 그래서 야오 아저씨는 계속 머물러 있었다.

불길 때문에 지하에 있던 종이 박스는 뒤틀리고 플라스틱병들은 찌그러지면서 번쩍거린다. 붉은색, 초록색, 오렌지색 화염이다. 나는 땅바닥에 주저앉아 벽에 등을 대고 야오 아저씨가 부르던 노래를 머릿속으로 흥얼거린다. 노랫말을 따라 부르는 것이 아니라 그저 흠, 음, 우, 우, 흠! 하는 소리를 낸다. 나는 배낭을 열고 그 속에서 서류들을 꺼내 불 속에 던진다. 학교 성적표들, 편지들, 사진들, 그리고 하킴 킹의 이야기, 시나리오가 쓰인 종이들을. 나는 이제 남장한 바두르 공주가 아니다. 그 어떤 왕자도 블라우스의 가슴을 풀어헤치고 잠들어 있는 나를 발견하지 않을 것이다. 나는 에벤 섬도 알지 못할 것이다. 아빠가 서명한 내 출생신고서를 던진다. 그 종이는 내가 엄마도 모른 채 출생했음을 증명하고 있다. 당시에는 그런 식으로 쓰지 않았기에 그저 누군가의 아이로 태어났다고 기록되어 있다. 이 모든 것이 작은 골방의 휴지통 속에서 연기가 되어 사라진다. 나는 다른 사람이 되어야 한다.

나는 악마의 아이이다. 바로 그 여자, 슈나즈 바두, 드렉 바두의 다른 부인, 아비가일의 엄마가 그렇게 말했다. 그래서 나는 불을 좋아한다. 불꽃은 지하실의 작은 방에서 춤을 춘다. 불꽃은 으르렁거리고 점점 번지면서 더러운 벽을 아름다운 붉은 빛으로 환하게 밝힌다. 휴지통의 플라스틱이 녹기 시작하여 바닥에서 거품을 내며 부글거린다. 나는 한 번도 폭발하는 화산을 본 적이 없다. 하지만 아마도 지금 이 모습과 유사하리라. 나는 성폭행으로 나온 아이, 강제로 당한 여자의 자궁에 꼭 달라붙어 있던 아이, 초 하나가 비추는 불빛 아래 지하실 바닥에 깔린 매트리스 위에서 수캐가 덮친 암캐의 아이이다. 나는 분노와 질투와 찌푸린 얼굴의 아이이다. 악행의 결과 태어난 나는 사랑을 모른다. 증오를 알 뿐이다.

그런 일이 일어난 것은 그곳, 타코라디의 우리 집에서 들은 말 때문이라고 생각했다. 이 층으로 올라가 방 안에서 나는 소리를 듣기 위해 방문에 귀를 댔을 때, 나는 그녀가 하는 말을, 여러 차례 반복해서 하던 말을 들었다. 나는 악마의 아이라고. 나는 마치 연극 무대에서 그녀의 귀에 대고 그 말을 속삭이듯이, 쭈그리고 앉아 그녀에게 속삭였다. 그녀는 짜증스럽고 날카로운 목소리로 그 말을 반복했다. 마치 연극 무대에서 하킴이 내게 말하라고 시킨 대사, "나는 사막을 건너 사랑하는 남자에 가까이 가기 위해 남자로 변장한 바두르 공주다. 그는 나의 연인, 나의 사랑이 될 것이다."라는 대사를 읊었던 것처럼.

이제 나는 다 안다. 사람들이 내게 이야기해줄 필요가 없었다. 나는 서류 조각들을, 내 이야기가 적힌 찢어진 종잇조각들을 한꺼번에 다 집어넣었다. 나는 모든 것을 재구성했다. 이제 내 삶이 보인다. 바로 그곳에서 모든 것은 시작되었다. 굳이 내게 이야기해주지 않아도 안다. 그곳, 타코라디의 넓은 해변에서였다. 내 엄마는 바닷가에서 나를 가졌다. 나는 파도 소리를 들었다. 아직 태어나지 않았으니, 그때는 아직 죄악을 품고 있지 않았다. 나는 엄마의 좁은 배 속을 떠다니고 있었다. 엄마는 나를 저주했다. 왜냐하면 내가 엄마의 방광과 가슴을 짓눌렀기 때문이다. 엄마는 토했고, 나를 저주했다. 나를 토해낼 수만 있었다면 엄마는 해

방되었을 것이다. 나는 죄악의 결과 생긴 아이이다. 하지만 나는 엄마의 배 속에서 잔잔한 바닷소리를 들었다. 태어나고 싶지 않았을 것이다. 햇빛도 없고 복수도 없는 바다의 동굴 속에 숨어 있고 싶었을 것이다. 내가 그곳 아프리카에서 태어나자 엄마는 나를 버렸다. 엄마는 젖도 먹여 주지 않은 채, 남자가 와서 찾아가도록 나를 수녀들에게 맡겼다. 내 이름이 적힌 편지 같은 건 없었다. 그러니까 내 이름은 엄마가 지어준 것이 아니다. 내게 젖병을 물려주고 우유를 못 먹는 나를 위해 양젖을 먹이면서 나를 돌봐준 아프리카 수녀님이 주신 이름이다. 극적인 사건도 고통도 없었다. 그저 공허함뿐이었다. 아프리카 여인들이 나를 돌봐 주었고 나를 안아 주었다. 그러다 아빠가 와서 나를 집으로 데려갔다. 하지만 그것은 동물 한 마리를 데려가는 것과 다르지 않았다. 나를 영사관에 등록시키지도, 자신의 성을 물려주지도 않았다. 내게는 흔적 같은 것, 일종의 보이지 않는 표시, 배에 주름 같은 것이 있다. 오랫동안, 나는 배에 있는 상처, 배꼽 약간 밑에 있는 그 상처가 어린 시절 사고로 불에 덴 자국이라고, 아마도 펄펄 끓는 물을 엎었을 것으로 생각했다. 그러나 그것은 내 가슴의 상처였고, 그 상처를 통해 나쁜 바람이 들어갔던 것이다. 방문 앞에 웅크리고 앉아 방에서 나는 소리를 들을 때, 슈나즈의 입에다 그런 말들을 속삭이던 그 나쁜 바람 말이다.

불꽃이 으르렁거리며 춤춘다. 플라스틱 휴지통은 바닥에 녹아내렸고, 연기가 내 목을 조인다. 나는 현기증을 느낀다. 아직은 말할 수도, 뒤로 돌아갈 수도, 야오 아저씨처럼 웅얼거리면서 굴복시키고 고통을 주고 복종하게 하는 말들을 내뱉을 수도 있다. 늙은 야자나무들 사이에서 죽어가는 쥐들의 비명이 들린다.

나는 병원에 있다. 모든 것이 어떻게 끝났는지 모르겠다. 극장 수위가 경보를 울리자 하킴이 소방관들을 불렀다. 근사한 화재였는데! 쓰레기통은 바닥에 녹아내려 거대한 껌같이 되었다. 하킴은 너스레를 떨면서 이렇게 논평했다. "콘크리트 바닥에 노랗고 파란 무늬를 그렸으니 네가 진짜 예술작품을 창작한 거야." 경찰들 앞에서 그는 나를 두둔하려고 했다. "가엾은 것! 연기를 발견하고 불을 끄려다가 연기에 중독되었어요, 아시겠어요?" 하지만 사람들은 다 알아챘다. 아무도 속지 않았던 것이다. 그나마 페인트 용해를 돕는 알코올 병이 불을 피할 수 있었던 것은 기적이었다. 그리고 나서 이제는 침묵이다. 손해배상 청구 이전의 침묵. 나는 그것을 잘 안다. 전쟁이 일어나기 전 바두 씨 집에 있을 때 늘 그랬다. 나는 산교육을 받았던 것이다.

사람들은 나를 창문에 창살이 있고, 벽은 노랗게 칠한, 가구 하나 없이 철제 침대와 회전 테이블만 있는 독방에 집어넣었다. 팔에는 링거 주삿바늘이 꽂혀 있다. 나는 감시 대상이다. 아마도 내가 위험인물인지 아닌지를 결정하기 위한 것이리라. 나는 초록색 잠옷을 입고 있다. 내 옷과 배낭이 어디 있는지 알 수 없다. 내게는 아무것도 없다. 내 소지품에서 증거물이라도 찾으려는 것일까? 간호사는 갈색 피부에 몸집이 큰 앤틸리스 제도 출신의 사내이다. 약간 하킴을 닮았다. 그는 문을 열고 아름다운 미소를 지어 보인다. 그는 약간 악센트가 있는 발음으로 나를 '아가씨'라고 부른다. 그는 내게 아무 질문도 하지 않고 아무 설명도 하지 않는다. 언제부터 여기에 있었던 것일까? 이틀? 이 주? 오늘이 무슨 날인지도 무슨 요일인지도 모르겠다. 복도에서 사람들 소리가 들리는 것을 보니 아마도 일요일인가 보다. 방문객들이거나, 사고 난 아들을 보러 과일을 들고 찾아온 부모들이거나, 혹은 간호사들을 대신하여 주말에 근무하는 견습생들이겠지. 왼쪽 손에 붕대를 감고 있다. 불길에 넘어졌나 보다. 나는 파란 연기를 마셨는데, 불길이 파랄 때는 위험하다고 한다. 하지만 야오 아저씨가 신문과 광고전단과 종이상자를 태울 때, 불꽃은 잉크 색깔에 따라 여러 가지 색으로 변하곤 했다.

비비가 왔다. 슈나즈와 함께 왔다. 누가 그들에게 알렸는지 모르겠다. 아마도 하킴일 것이다. 우리가 말로 청소년문화센터에 함께 다니던 시절에 알던 비비의 전화번호를 그는 간직하고 있었다. 그가 지금까지 죽 비비와 연락해온 것은 아닌가 하는 생각이 든다. 어쩌면 그는 비비의 아름다운 금발 머리와 하얀 피부를 사랑했는지도 모른다. 그런 생각을 하는 것만으로도 웃음이 난다. 한 남자가 두 자매를 동시에 사랑하는 것, 그런 일은 종종 일어나는 일이 아닌가. 슈나즈는 잠시 머물러 있다가 장을 보러 가야 한다며 자리를 떴다. 비비가 나와 단둘이 있고 싶어 한다는 것을 눈치챘던 것이다.

"좀 괜찮아?

-괜찮아.

-정말이야? 손은 왜 그래?

-아무것도 아니야. 화상을 조금 입었어. 아무것도 아니야.

-왜 나를 부르지 않았어? 넌 한 번도 내게 전화하지 않더라.

-뭐하러?

-말하러.

-근데, 난 할 말이 없어.

-걱정했어… 어딜 가야 널 만날지 알 수 없었어.

-무슨 말을 하려고?

-그냥, 넌 내 언니잖아, 아냐?

-글쎄, 모르겠다… 아무 의미도 없는 말이야.

-옛날처럼 서로 이야기하며 지낼 수 있을 텐데….

-무슨 소용이야, 수다 떨어 뭐 해?"

나는 비비를 바라보았다. 삶 전체가 다 지나가 버린 것 같은 느낌이었다. 비비는 이제 정말 여자 같았다. 굵직한 허리와 엉덩이와 젖가슴, 목도 두꺼워진 것 같았다. 어떤 남자와 함께 살고 있는 게 분명해 보였다. 그녀가 말했다.

"난 병원에서 일해. 산파가 되는 공부를 하고 있어, 알고 있었어?

-아니? 어디에서?

-캉[25]에서."

그녀는 임신중인 것 같았다. 내게는 아무 일도 일어나지 않았다. 그래서 언제나 내 목은 이렇게 가는 것이다. 가는 목 때문에 나는 머리 무게를 지탱하기가 힘들었다.

"라셀.

-왜?

-네 엄마를 알아.

-그래?"

---

25 프랑스 서북부 바스-노르망디 지방의 칼바도스 현의 행정중심도시.

내 몸이 굳어졌다. 모든 신경과 모든 근육을 꽉 조였다. 절대로 흔들려서는 안 된다.

"너를 만나고 싶대.

-관심 없어."

비비는 침대 끝, 내 다리 옆에 걸터앉았다. 그녀에게서 향기로운 냄새가 난다. 나는 그것을 잊고 있었다. 그녀에게서는 항상 아기 냄새가 났다. 그 향기 때문에 머리가 약간 혼미하다.

"내 말 들어봐, 라셸. 난 네가 내 말을 들을 거라고 믿어."

이제는 그녀가 어른이고 나는 아기이다. 그녀의 말을 들을 수밖에 없다.

"네가 떠난 후… 우리가 헤어진 후, 나는 라르테기 박사 집으로 가서 엄마와 함께 살았어. 그리고 아빠와 이야기하려고 브뤼셀로 갔지. 아빠에게 물었어. 사실, 난 모든 것을 다 알고 있었거든. 넌 내가 아무것도 모르는 줄 알았지만, 난 다 알고 있었어."

심장이 마구 뛰는 것을 막을 길이 없다. 나는 눈을 내리깐다. 비비를 보고 싶지 않다. 움직이는 그녀의 입 동작을 따라가고 싶지 않다. 우리는 벽을 사이에 두고 각자의 삶을 살았다. 우리는 서로가 서로를 이해할 수 없다. 그녀가 있는 곳은 모든 것이 밝고 예쁘고 미래가 열려 있다. 그녀는 자유이다. 집이 있고, 애인이 있다. 직업도 가질 것이고, 아이도 낳을 것이다.

"우리는 왜 그런 이야기를 한 번도 하지 않았을까?

-무슨 이야기?"

변해 버린 모든 것을 나는 기억한다. 그전에 우리는 함께 웃었고 함께 울었다. 아무런 이유도 필요 없었다. 그저 무서워서, 아니면 바두 씨와 바두 부인이 싸웠기 때문에. 때로는 비비가 어디 간다는 말도 없이 밤에 나가 버린 후 내가 술집으로 찾아가 네 발로 기다시피 하면서 그녀를 부축해 데려오기도 했고, 그녀가 구토하면 머리를 잡아주며 화를 내기도 했다. 당시 우리는 비슷했다. 하지만 지금 그녀는 다른 세계에 산다. 그녀는 이제 내가 누구인지, 어떻게 사는지 아무것도 모른다. 그녀에게는 자유의 열쇠가 있고, 나는 감옥에 있다. 나는 그녀가 너무 미워, 그녀의 말을 듣지 않기 위해 귀를 막고 싶다. 하지만 그녀는 맑고 예쁜 목소리로 말한다. 술과 담배에 절어 깨진 냄비 소리를 내는 내 목소리와는 다르다.

"아빠가 내게 말했어.

-아빠?

-응, 아빠를 만나러 아빠가 일하는 식당으로 갔었거든. 아빠는 나를 보자마자 네 이야기를 했어. 아빠도 너를 걱정하고 있어. 아빠도 이제 늙었어."

　나는 실컷 비웃어주고 싶었다. 그 남자, 바람둥이 드렉바두, 머리에 물을 들이고, 수염을 기르고, 라이방 색안경을 꼈던 그 남자.

　"아빠는 살이 많이 쪘어. 머리 뒤쪽, 이 부분은 대머리가 되었고.

　-나랑 아무 상관도 없어. 무슨 이야기를 하는 거야? 그런 말 하려고 온 거야?"

　복도에서 사람들이 왔다 갔다 했다. 그들은 문을 빠끔히 열고 머리를 들이밀었다. 이제 곧 도뇨관 주사를 맞을 시간인가 보다. 벌써 졸음이 온다.

　비비가 나를 안아주었다. "내일 다시 올게. 아무 말 없이 가버리면 안 돼. 이제 다시는 너를 잃고 싶지 않아."

　나는 아무 대답도 하지 않았다. 나는 벌써 꿈속에 있었다. 사방에서 오는 열기, 벽에서, 문에서, 얼룩진 천정에서, 플라스틱으로 된 바닥에서까지도 몰려오는 부드러운 열기가 나를 에워쌌다. 다리뼈에서 열기를 느낀다. 열기는 살 속까지 스며든다. 기분 좋은 화상이다. 이렇게 행복한 열기가 이 땅에 존재할 수 있을까? 그것은 이름을 가지고 있을까?

"네 생물학적 엄마가 너를 보고 싶어 해. 아빠한테 그걸 알려왔어. 네가 자기를 증오할까 봐 어떻게 해야 할지 모르겠대. 그녀는 언제나 네 소식을 듣고 있었어. 그동안 양육비도 보냈대. 하지만 사람들에게 알려지는 것을 원치 않아. 결혼도 했고, 아버지는 다르지만 너한테 동생이 되는 아이들도 있거든. 그녀는 다른 삶을 살고 있지만, 한 번도 너를 잊은 적이 없대. 널 한 번도 만난 적은 없지만, 힘들었던 시절에도 항상 너를 생각했대. 꿈속에서 늘 너를 만나고 네 이름을 수도 없이 불렀대. 네가 태어났을 때 이름을 지은 사람도 네 엄마라더라. 너를 맡기는 서류를 작성할 때, 봉투에 네 이름을 쓰게 했대. 그녀는 너무 어렸대. 가족을 떠나 너를 낳았지만, 너를 키울 수가 없어서 너를 맡겼대. 지금 너를 만나보고 싶어 하셔. 딱 한 번만 보고 싶대. 여기건 캉이건 어디라도 네가 원하는 곳에서 너를 만날 준비가 되어 있어. 아빠는 다시 보고 싶지 않대. 아빠를 너무나 증오해. 하지만 너를 보기 위해서라면 어디라도 갈 거야. 아빠한테 그렇게 말했고, 아빠가 내게 말해주었어. 다만 다른 사람은 아무도 없이 너하고 둘이서만 만나고 싶대. 나도 다른 그 누구도 보고 싶지 않대. 너하고 단둘이, 딱 한 번만."
 그런 말을 비비가 한다.

*

만남은 크레믈린-비세트르에서 이루어졌다. 하킴은 디에프의 바닷가를 제안했다. 그것이 낭만적이라는 것이다. 바로 그런 점 때문에 가끔 그가 싫다. 그렇게 멍청하고 엉뚱한 생각을 떠올린다. 마치 이 세상 전부가 그 빌어먹을 연극 공연이기나 한 것처럼 말이다. 일요일의 광장은 생기가 없다. 일요일 오후의 광장처럼 텅 빈 곳은 없다. 벌써 쌀쌀했다. 회색빛 광장에는 사람이 거의 없었다. 아이들을 데리고 나온 몇몇 사람들과 풀밭 위를 뒤뚱거리며 걷는 비둘기들뿐이었다. 이 무렵의 타코라디 해변을, 초록 바다와 밀려오는 파도, 웅웅거리는 선박의 모터 소리와 훈훈한 바람, 그리고 펠리컨을 상상했다. 아무 느낌도 없었다. 분노도 고통도 없었다. 그곳에서 거대한 바다에 다가갈 때마다 느꼈던 전율은 더더욱 없었다. 잠바 깃을 올리고 모자는 눈까지 눌러쓴 채 벤치에 앉아 있었다. 약속 시간이 지나 막 자리를 뜨려고 할 때 한 사람이 광장에 나타났다. 그녀는 어디인지도 모르는 곳에서 나타난 것처럼 옆으로 비스듬히 걸으면서 천천히 내게로 다가왔다. 가로등 불빛 때문에 눈을 찌푸리면서 그녀를 바라보았다. 내가 생각했던 것과는 다른 모습이어서 놀랐다. 그녀는 무척이나 작고, 가냘프고, 어깨도 좁다. 다리만 좀 휘었을 뿐 마치 어린아이 같다. 휜 다리 때문에 그녀는 광장의 울퉁불퉁한 콘크리트 바닥 위로 두 팔을 벌린 채 힘들게 걸어오고 있다. 그녀는 검은색 바지와 재킷을 입었고, 짧게 자른 머리 역시 검은색이다. 얼굴은 보이지 않지만 나를 보고 있는 것만은 느낄 수 있다. 그녀는 나를 금방 알아보았다. 열기가 물결치듯 내 몸과 혈관에 흐르고, 가슴으로 번진다. 그것이 분노인지 사랑인지 모르겠다. 말하고 싶고, 자리에서 일어나고 싶고, 그녀에게 다가가 그녀를 만지고 싶지만, 꼼짝할 수가 없다.

꿈을 꾸고 있는 것일까? 그녀는 더 이상 내게 다가오지 않은 채, 내 앞에 서 있다. 그녀는 말한다. 내 몸 안에서 그녀의 목소리가 들린다. 그녀의 목소리는 맑고 젊고 약간 높다. 아주 어색하게 음절을 끊어서 또박또박 발음하는가 하면, 단어들의 마디를 잘못 끊어 이상한 억양으로 말하는 소녀의 목소리, 말을 할 줄 모르는 사람, 오랫동안 아무 말도 하지 않았던 사람, 배운 것을 암송하는 사람의 목소리이다. 내 엄마라고 주장하는 여자가 바로 이 여자일까? 이 여자 역시 타코라디에서 바두 가족의 주위를 배회하던 사람들, 과거에 존재했던 온갖 사람들처럼 사기꾼이 아닐까? 나는 아무 대답도 하지 않은 채 그녀의 말을 듣는다. 어찌나 힘을 주면서 그녀를 바라보았던지 목 근육이 아플 지경이다. 말로 청소년문화센터에서 멀지 않은 광장에서는 한 무리의 아이들이 공놀이를 하고 있다. 그들은 서로 욕을 하면서 소리 지른다. 공이 자동차 몸체에 부딪히면서 쿵 소리를 내자 비둘기들이 푸드덕 날아간다. 어딘가의 발코니에서 개 짖는 소리가 들린다. 마치 슈나즈가 키우던 강아지의 요란한 소리 같다. 순간, 어떤 소녀가 우리에게 다가왔다. 열한 살이나 열두 살 정도 되어 보이는, 통통하고 얼굴이 동양적인 소녀이다. 아이는 숱이 많은 곱슬머리를 뒤로 묶고 있다. 아이는 나를 뚫어지게 바라본다. 나는 심술궂게 소리 지른다. "뭘 봐? 꺼져. 귀찮게 하지 말고." 그 계집아이는 얼마 동안 꼼짝 않고 있더니, 돌아서 가버린다. 아이는 광장을 지난다. 그러다가 나무 뒤에 숨어 다시 우리 쪽을 바라보기 시작한다. 아이의 시선은 교활하기 짝이 없다. 나는 아이에게 돌을 던지고 싶지만 내 발밑에는 아무것도, 하다못해 자잘한 자갈조차 없다.

검은 옷을 입은 여인은 움직이지 않았다. 내가 그 아이와 승강이하는 몇 분 동안, 그녀는 말을 멈추고 아무 말도 하지 않았다. 그 아이를 쳐다보지도 않았다. 시선을 내게 고정한 채 눈을 깜박거리지도 않았다. 처음에 생각했던 것만큼 젊지는 않다. 얼굴은 지쳐 보이고 눈은 움푹 파였다. 어떻게 해도 가려지지 않는 입가의 잔주름 때문에 나이든 티가 난다. 하지만 목에는 주름이 없다. 얼마 전에 리프팅을 했나 보다. 우리가 서로 닮았다는 사실이 너무 싫다. 아마도 바두 씨가 비비한테 내 이야기를 하면서 여러 차례 그런 말을 했나 보다. 라셀처럼 굉장히 예쁘다고. 하긴 그녀도 머리숱이 많고 머리색도 매우 검다.—아마도 염색을 했으리라.—그리고 몸이 아주 마르고 야위었다. 이 모든 것은 말도 안 되는 장난이 아닐까? 바두 씨가 엄마 연기를 해줄 사람을 찾으려고 광고를 낸 것이 아닐까? 하지만 그렇게 해서 그가 무슨 이득을 얻겠다고? 이것은 음모일까? 유산 상속을 위해 생모를 찾아야 하나?

그녀는 내 옆에 와서 앉았다. 내 손을 잡고 싶어 하지만 나는 허락하지 않는다. 그녀의 손을 보았다. 절대로 내 손과 닮지 않았다. 그녀의 손은 작고 메마르고 거무스름하다. 내 손은 매우 크고, 나는 이 큰 손이 좋다. 손가락을 벌리면 피아노의 한 옥타브 반은 커버할 수 있다. 대부분 남자아이들 손보다도 내 손은 크다. 그래서 바두르 공주 역할을 할 수 있었던 것이다. 하지만 그녀는, 그녀의 이름이 뭐더라? 비비가 미셸인지 마틸드인지 하는 이름을 말해 주긴 했다. 성은 뭐지? 어디에 사나? 직업은 무엇이고, 아이들은 있나? 아이들이 있다면 아버지가 다른 내 형제 자매들일 터이다. 그런 생각만으로도 구토가 난다. 알고 싶지도, 듣고 싶지도 않다. 나는 벤치에서 반쯤 일어난다. 하지만 그 여자는 내 팔에 손을 얹고 살짝 잡는다. 고통으로 내 몸은 마비되는 것 같다.

"내 말 좀 들어주렴. 한 번도 너를 잊은 적이 없단다. 너를 보고 싶었고 너를 알고 싶었어. 네가 태어났을 때, 내 팔로 너를 안았는데 너는 아주 작고 가벼웠어. 8개월 반 만에 태어났거든. 고양이 새끼처럼 가벼웠지. 너를 바라보았어. 병원에서 잠이 깬 후, 신생아실로 가서 너를 찾았다. 내 팔로 너를 안고 싶었거든. 하지만 그것은 금지되어 있었어. 아침까지 기다렸지. 병원에서 주는 옷을 입은 너를 데려왔어. 나는 너를 내 곁에 데리고 있고 싶었단다. 너는 너무도 작고 부드러웠지. 너의 눈은 나를 바라보았어. 태어난 지 몇 시간밖에 되지 않았는데도 너는 나를 보고 웃었어. 너를 잃고 싶지 않았다. 너를 빼앗기고 싶지 않았어. 네 이름을 지어주었어. 내가 그 이름은 지은 거야. 그리고 나서 그들이 너를 데려갔어…. 너한테 못 할 짓을 했다. 나한테도 못 할 짓을 했고. 나한테서 너를 빼앗아갔어. 나한테 너를 심어놓고 나서는 너를 빼앗아갔어…"

나는 숨을 죽이고 듣고 있다. 일어나고 싶다. 그녀와 함께 광장을 걷고 싶다. 바두 가족과 함께 살던 곳을 그녀에게 보여주고 싶고, 내가 불 질렀던 극장을 보여주고 싶고, 쓰레기통이 바닥에 파랗고 노란 자국을 만들었던 지하창고를 보여주고 싶다. 그녀와 함께 해변의 단단한 모래 위를 걷고, 발밑의 차가운 바닷물을 느끼고, 우리 발자국이 지워지는 것을 바라보고 싶다. 그녀는 벤치에 똑바로 앉아 있다. 대부분 여자처럼 등받이에 등을 기대지 않고 활처럼 휜 허리를 꼿꼿하게 세운 그녀의 모습이 맘에 든다. 그녀는 발목이 드러나는 반짝거리는 구두를, 아니 구두라기보다는 가는 가죽끈으로 된 굽이 높은 샌들 같은 걸 신고 있다.

"네 출생에 관한 이야기를 해줄게. 지금 너한테 그 이야기를 하지만, 듣고 나서는 곧 잊어버려야 한다. 왜냐하면 내가 지금 하려는 이야기는 너한테 아무 도움도 되지 않으니 말이다. 게다가 아무도 이 비밀을 모른단다. 네가 태어났을 때 나는 열일곱 살이었다. 인생에 대해 아무것도 몰랐지. 아프리카 해변에서 우연히 네 아빠를 만났다. 우리 부모님이 그곳에 집을 하나 빌렸거든. 그는 멋진 차를 가지고 있었다. 우리는 해변을 거닐곤 했지. 안개 낀 해변이 기억난다. 모래언덕 가까이에 멈추어 설 때 안개가 우리를 뒤덮는 것이 좋았단다. 어떤 사랑 이야기를 경험하는 느낌이었어. 부모님께는 아무 이야기도 하지 않고, 밤이면 몰래 밖으로 나왔지. 그러던 어느 날 저녁, 그날도 모래언덕에서 멈추었어. 그런데 그가 나를 만지기 시작했어. 나는 원치 않았지만 그는 나보다 힘이 셌다. 그는 난폭해졌고 목소리도 사나워졌어. 나는 자동차에서 나와 도망치려 했어. 하지만 그는 나를 붙잡아 뒷좌석에 눕혔어. 소리치고 싶었지만 무서웠다. 나는 죽는 줄 알았어. 그래서 그가 하도록 내버려 두었어. 그는 그짓을 했고, 나를 아프게 했다. 손으로 내 입을 막아 숨을 쉴 수도 없었지. 그러고 나서 나를 집에 데려다주었어. 나는 너무 수치스러워 아무 말도 할 수 없었다. 샤워기 밑에서 오랫동안 몸을 씻었지. 우리 아버지가 문을 두드리더라. 아버지는 내가 목욕탕에서 기절이라도 한 줄 알았던 게야."

더 이상 아무 말도 듣고 싶지 않다. 다른 누구의 이야기가 아닌 바로 내 이야기이다. 그 누구도 나에 대해 이야기할 권리는 없다. 나는 사랑 이야기, 아름다운 사랑 이야기를 듣고 싶었다. 슈나즈에게는 사랑 이야기가 있었고, 아비가일의 탄생은 그 사랑 이야기의 결과였다.

사랑이라는 행위는 모두 외설적일지라도 그 결과는 아이의 탄생이라는 기적을 만들어내니, 나도 그런 기적의 아이였기를 바랐다. 더 이상 전쟁이니 증오니 나를 훔쳐갔다느니 하는 말을 듣고 싶지 않다.

"그만, 그만해!" 소리 지르는 내 목소리는 거칠고 상스럽다. 비비에게 수작 거는 남자들에게 고함지를 때에도 나는 그렇게 상스러운 목소리로 소리쳤다. 나는 일어서서 다시 말한다. "그만해. 더 이상 아무 말도 듣고 싶지 않아." 하지만 그녀는 일어나서 종종걸음을 치면서 내 옆으로 온다. 바닥에서 달그락거리는 신발 굽 소리가 들린다. 그것은 겁에 질려 서두르는 작은 여자아이 소리이다. 비비가 슈나즈의 반짝이는 구두를 신고 거실을 달려갈 때 타일 바닥에서 나던 달그락거리는 구두 굽 소리가 기억난다. 방울이 굴러가는 듯한 비비의 웃음소리도.

"거짓말, 나를 버린 건 당신이야. 당신은 나를 버리고 가버렸어. 나는 당신 팔에 안겨 보살핌을 받았어야 했어. 그런데 당신은 내가 마치 걸레 조각이라도 되는 양 나를 쓰레기통에 버렸어!"

그녀는 다시 무엇인가 말하고 싶어 한다. 하지만 나는 그녀가 아무 말도 못하도록 소리 지른다. "거짓말이야! 거짓말이야!" 그러자 그녀는 단조로운 목소리로 아무 감정도 없이 그 말을 반복한다. "나는 강간당했어. 그가 억지로 그 짓을 했어. 그가 나를 성폭행했어!" 나는 다시 소리 지른다. "거짓말쟁이! 당신은 나를 버렸어. 나를 버려놓고 이제 와서 엉터리 같은 이야기를 꾸며대면서 추잡한 이야기를 하는 거야. 당신 말을 듣고 싶지 않아. 가버려. 당신 남편에게, 당신 아이들에게 돌아 가. 당신을 기다리잖아. 그들한테 가버려. 다시는 나에게도 내 동생에게도 바두 씨에게도 아무 말도 하지 마. 더 이상 나를 보러 오지 마. 나를 그냥 내버려 둬…."

목소리가 갈라졌다. 나는 광장을 가로질러 막 뛰어간다. 뒤를 돌아보니 그녀는 사라지고 없다. 공놀이하는 아이들과 나를 엿보는 엉큼한 뚱보 계집애만 남아 있다. 그 아이도 내가 협박하는 몸짓을 하니 도망가 버린다. 길 끄트머리에서 아직 그 여자 모습이 보인다. 그녀는 큰길을 향해 작은 언덕을 내려가고 있다. 마치 기어가는 개미처럼 보인다.

*

 몸이 아프다. 숨을 쉴 때는 너무 아프다. 연기의 독기가 아직 완전히 빠지지 않은 것 같다. 여전히 내 몸속의 열기를 느끼고, 말로 청소년문화센터와 디즈니 소공원, 그리고 온 동네에 밴 탄 냄새를 맡는다.

*

 우리를 가로막고 있는 벽이 무너지기를 꿈꾸었을 것이다. 이 세상에 존재하는 모든 벽. 나와 비비 사이에 놓인 모든 것, 온갖 장애물, 망설임, 가시덤불, 철조망, 매일매일 우리를 삼켜버린 이 모든 더러운 것들, 험담, 비열함, 부당함 같은 것들이 무너지기를. 바다의 거친 바람이 그 모든 것을 쓸어가 버리기를 꿈꾸었을 것이다. 그러면 우리는 다시 옛날처럼 세상에 둘도 없는 친구가 될 수 있었을 것이다. 나는 정말로 그렇게 되기를 바랐다.

 나는 머리가 텅 빈 것처럼 아무 생각도 할 수 없었다. 병원에서 퇴원한 후 말로 청소년문화센터로 돌아가고 싶지 않았다. 스퀘어, 비둘기들이 모여 있는 공원, 디즈니 소공원의 노인들, 수많은 창문이 달린 건물들, 그 모든 것은 이제 더는 내게 존재하지 않았다. 사실 그런 것들은 한 번도 존재한 적이 없었다. 단지 도시에서 보이는 현실 조각에 불과했다. 그것들은 우리가 바라볼 때에만 그곳에 있다. 돌아서는 즉시 환영처럼 연기 속으로 사라진다.
 하킴 킹에게 〈202번째 밤〉 공연을 계속하지 않을 것이고, 다시는 말로 청소년문화센터에도 가지 않겠다고 했다.

그는 별로 놀라지 않았다. 수화기에 잠깐 침묵이 흘렀다. 그가 결론지었다. "알았어. 좋아, 내가… 우리가 너 없이 알아서 할게." 예상했던 바이다. 가능하지도 않은 일을 약속하면서 유혹할 수 있는 이민자 여자아이들은 널렸으니 말이다. 그래도 나처럼 아름다운 머리카락을 가진 여자는 찾지 못할 것이다. 그는 더 이상 나를 보지 않는 것에 안도하는 것 같았다. 허구 속의 미친 짓을 상상하는 것은 좋아했지만, 실제로 그런 일이 일어났으니 여간 성가시지 않았던 것이다. 그는 내가 다시 극장에 불을 지를까 봐, 아니면 자신이 수집한 밴 모리슨[26]의 〈문댄스〉 레코드판이나 검은 가죽 잠바를 망가뜨릴까 봐 겁이 났을 것이다. 확인해 보지는 않았지만, 그는 분명 아파트 자물쇠를 바꿨을 것이다.

나는 주거지를 서쪽으로 옮겼다. 비비와 좀 더 가까이 있기 위해, 아로망쉬[27]에 있는 빌라에 가구 딸린 방을 하나 얻었다. 엄밀히 말해 바닷가라고는 할 수 없지만, 노르망디 상륙작전이 있었던 해변으로부터 걸어서 삼십 분 정도의 거리밖에 되지 않는 곳이다. 타코라디도 그랑-바상도 아니지만, 그곳은 하늘이 열려 있고 초록빛 바다가 멀지 않은 텅 빈

---

26 밴 모리슨 (1945-), 북아일랜드의 싱어송라이터.
27 노르망디의 칼바도스 주에 있는 도시, 캉에서 북서쪽으로 약 30km 거리에 있다.

장소이다. 집주인인 크로슬리 부인은 영국 할머니이다. 그녀는 오버로드작전[28] 당시 해안에 상륙했다가 몇 년 후 죽은 남편 가까이 남아 있기 위해 그곳에 정착한 것 같다. 적어도 그녀가 이야기한 바로는 그렇다. 그녀는 내게 전쟁과 연합국의 노르망디 상륙작전에 관한 역사책을 빌려주었다.―그런데 독일어로는 그것을 '침략'이라 부른다니 특기할 만한 사실이다.―그녀는 나보고 영어를 모국어처럼 잘하니, 이곳을 순례하러 찾아오는 사람들을 위한 가이드가 되라고 거듭 말한다. 이미 말했듯이 나는 일자리를 찾는 데 애를 먹어본 적은 한 번도 없었다.

내가 자기와 가까이 있고 싶어 한다는 것을 알게 된 비비는 남자 친구와 함께 캉의 자기 집에서 같이 살자고 했다. 그는 대학에서 의학을 전공하고 있었다. 이름은 미카엘 랑이었다. 참 좋은 사람인 것 같았다. 하지만 그가 매일 나와 함께 아침 먹는 것을 좋아할 것 같지 않았다. 그건 비비도 마찬가지일 것이다. 다른 사람이 나를 얼마나 이해할 수 있을까를 기대하지 않는 편이 낫다. 사랑이라는 거창한 말도 필요 없다. 그저 얼마나 견딜 수 있느냐의 문제이다. 아마도

---

[28] 2차 세계대전 당시 1944년 6월 6일 노르망디 상륙을 시작으로 프랑스를 탈환하기 위한 연합군의 작전 이름.

그것은 이 모든 이야기가 남긴 교훈이리라. 만일 이야기에 어떤 교훈이 있어야 한다면 말이다. 하지만 이야기에 교훈이 꼭 필요할까?

가장 기막히고 웃기는 사실 하나를 잊어버리고 이야기하지 않았다. 씁쓸하고 우울한 면이 없지 않지만 말이다. 너무 엉뚱해서 비비가 그 이야기를 해주었을 때, 바두 가족에 대해, 특히 내 생물학적 아버지에 대해 내가 아는 한, 그런 일이 있었다는 것을 믿을 수가 없었다. 아버지, 미남의 드렉 바두가 너무 궁핍했던 나머지, 내 생물학적인 어머니—지난번 크레믈린-비세트르에서 만났던 바로 그 여인—에게 태어난 나를 버리고 그에게 아버지임을 인정하게 함으로써 자신에게 끼친 피해를 보상하라며 그동안의 양육비를 요구했던 모양이다. 교활한 늙은이가 찜닭 요리와 앙디브 샐러드를 파는 식당 뒷방에서 눈물과 회한에 젖어 편지 쓰는 모습이 보이는 듯하다. 그는 편지 말미에 자기 은행 계좌번호를 써넣는 것을 잊지 않았을 것이다. 그다지 내키지는 않으면서도, 친자 확인을 통해 친권을 회복하고자 소중한 머리카락 몇 가닥을 봉투 안에 집어넣는 그의 모습을 상상해본다.

*

나는 쿨쿠론[29]으로 왔다. 비비가 엄마 이름과 주소를 가르쳐주었다. 비비는 내가 엄마와 다시 관계를 맺거나, 내 뿌리를 찾는 것을 원한다고 생각했다. 그 사실이 그녀를 감동하게 했다. "그래, 잘 생각했어. 이렇게 말하고 싶지는 않지만, 과거를 지우려면 다른 방법이 없어. 과거와 마주하고 그것을 극복해야 해." 하지만 내가 지우고 싶은 것은 과거가 아니다. 그 인간이다. 이상하다. 갑자기 비비는 어른이 되었고, 나는 어린아이가 되었다. 슬퍼할 때 달래주고, 자기 전에 자장가를 불러주어야 하는 그런 어린아이가 되었던 것이다. 그녀는 나를 꼭 안아준다. 배 속의 아기 때문에 벌써 그녀의 젖가슴이 부풀어 오른 것이 느껴진다. 옛날 같았으면 눈물이 났을 것이다. 하지만 지금 나는 냉정하고 넋이 빠져 있다. 아무것도 느끼지 못한다. 평평한 내 가슴 위로 그녀의 볼록한 가슴이 느껴질 뿐이다. 그 상황이 나를 슬프게 한다.

나는 기차를 타고 들판과 아파트 단지들 사이에 있는 그 도시로 갔다. 철도 가까이에서 처음으로 난민촌을 보았다.

---
29 파리에서 남쪽으로 27km 지점에 있는 도시.

그곳은 사람이 살 만한 곳이라 할 수 없었다. 어느 순간 한 무리의 아이들이 보조의자 부딪히는 소리를 내면서 열차 안을 뛰어다녔다. 그들 중 열두 살이나 열세 살쯤 되어 보이는 눈동자가 까맣고 귀엽게 생긴 한 녀석이 내 앞에 앉아 나를 쳐다보았다. "이름이 뭐야?" 나를 겁먹게 하려는 수작임이 뻔했다. 다른 아이들이 왔다. 치마 밑에 바지를 입은 여자아이도 있었다. 그들은 자기들끼리의 언어로 말했고, 사내녀석들은 나에게 바싹 다가섰다. 그러나 내가 자기들을 무서워하지 않는다는 것을 알아채자 멀리 가버렸다. 기차가 멈추었을 때, 나는 아이들을 다시 만났다. 우리는 함께 난민촌으로 향했다. 그곳은 고속도로 교차로 사이에 있는 외딴곳에 있었다. 오두막집들은 나무판자 조각이나 철판으로 아무렇게나 지어져 있었다. 계속해서 붕붕거리는 자동차 소리가 들렸다. 마치 아로망쉬의 바닷소리 같았다. 나는 난민촌 앞에 서 있었다. 바로 그때 젊은 여자 하나가 다가와서 무엇을 찾느냐고 물었다. 그녀는 약간 뚱뚱했고 거칠어 보였다. "살 곳을 찾는데요." 그녀는 나를 아래위로 훑어보더니 오두막집 하나를 가리켰다. "여기야. 우리 집에서 살아도 돼. 매트리스가 하나 있거든." 오두막집 안으로 들어가자 그녀는 내게 손을 내밀었다. "내 이름은 라다야. 그래도 집세는 내야지." 나는 내 이름을 말하고 돈을 조금 주었다. 그러고 나서 우리는 더 이상 아무 말도 하지 않았다.

그렇게 하여 나는 난민촌으로 들어왔다.

나는 총을 한 자루 가지고 있다. 에마 크로슬리 부인 방에 있는 서랍에서 속옷 밑에 있던 그 총을 훔쳤다. 어느 날, 부인은 공군대령이던 남편 이야기를 하면서 그 총을 보여주었다. 남편이 가지고 있던 장교용 권총으로 작고 다부진 모양의 38구경 권총이었다. 탄창 구멍마다 총알이 들어 있었다.

매일같이 나는 난민촌을 나와 고속도로에서 멀리 떨어진 조용한 길을 걷는다. 쥐똥나무 울타리를 친 작은 정원이 있는 깔끔한 집들이 늘어선 동네를 지난다. 길이 끝나는 곳에 바다가 없을 뿐, 이 동네는 아로망쉬와 비슷한 느낌을 준다. 가을이다. 하루하루 날이 조금씩 짧아진다. 하늘에는 구름이 떠다니고 종종 비가 내린다. 나는 손과 얼굴에 차가운 빗방울이 떨어지는 것을 좋아한다. 비에 젖은 머리칼은 무거워지고, 어렸을 때 비비의 머리칼이 그랬던 것처럼 약간 곱슬머리가 된다. 이상하게도 비비의 머리칼은 나이가 들면서 색이 짙어지고 반들반들 윤이 났다. 머리를 아주 짧게 자르기로 했다. 내일이나 모레. 여자아이들은 인생을 바꾸기로 하면 머리 자르기를 좋아한다. 마을에서 역으로 가는 길에 있는 미장원을 하나 보아두었다. 영화 〈사브리나〉에 나온 오드리 헵번처럼 사내아이같이 아주 짧게 자르고 싶다. 미용사가 잘할 수 있을지 모르겠다. 그저 할머니들을 위한 파마나 보라색 머리염색 같은 것을 주로 할 테니 말이다. 아무튼 나는 변할 것이다. 다른 사람이 될 것이다.

나더러 양녀가 되어 달라는 크로슬리 부인의 제안을 받아들일 것 같다. 어쨌든 라셀 크로슬리라는 이름이 그리 나쁘진 않다. 내가 열 살 정도 되었을 때, 어떤 부인이 타코라디의 집에 왔다. 슈나즈의 친구였는데, 코가 크고 피부가 매우 흰, 키 큰 여자였다. 그녀가 나를 보더니 "이 꼬마 너무 귀엽네요. 나 줄래요?" 슈나즈가 뭐라고 대답했는지는 모르겠다. 나는 막 뛰어서 달아났고 정원에 숨어 있었다. 그 여자가 떠나기 전에는 나타나기 싫었다. 그 여자가 나를 데려갈까 봐 너무 두려웠던 것이다.

나는 방풍복 주머니 속 권총을 오른손으로 꽉 쥐고 있다. 난민촌에 들어온 후 늘 권총을 가지고 다녔다. 잠을 잘 때도 그것을 베개 밑에 놓고 언제나 만일에 대비했다. 나는 아무에게도 권총을 보여주지 않았다. 라다나 남자아이 중 누군가 본다면, 분명 그것을 갖다 팔아버릴 것이다. 어쨌든 그들이 가진 단추를 누르면 칼날이 튀어나오는 칼이나 커터보다는 더 값진 물건이다. 게다가 공군대령의 장교용 권총을 잃어버려서는 안 된다. 반드시 아로망쉬의 서랍 속 속옷 밑에 다시 가져다 놓아야 한다. 아마도 부인은 권총이 사라진 적이 있다는 사실조차 모를 것이다. 만일 부인이 알게 된다면 적당히 꾸며댈 것이다. "권총이요? 아, 네, 죄송해요. 누가 텔레비전 드라마 촬영에 필요한 사진을 찍겠다고 해서 빌려줬어요. 플라스틱 장난감이 아닌 진짜 총을 원한다고 해서요." 크로슬리 부인은 텔레비전 드라마를 너무나 좋아하니 그 말에 넘어갈 것이다. 부인은 특히 〈로시 살바헤〉[30]를 좋아한다. 그뿐만 아니라 〈마지막 사랑〉, 〈검은 목련〉, 〈에마 글룩〉 등의 영화도 비디오카세트에 저장해 놓는다. 비세트르에 있을 때도 그랬다. 슈나즈 바두와 비비는 몇 시간이고 텔레비전을 보면서 시간을 보냈다.

난민촌에는 텔레비전도 DVD 플레이어도 없다. 수용소 소장에게는 컴퓨터가 있지만, 경마 결과나 럭비 경기를 볼 때만 사용한다. 축구는 좋아하지 않는다. 발길질 한 번 당

---

30 1987~1988년에 방영된 멕시코 텔레비전 드라마.

했다고 계집아이처럼 땅바닥에 뒹구는 것, 그것은 웃기는 속임수라는 것이다. 난민촌에는 오락거리가 없다. 저녁 아홉 시면 모두가 불을 끈다. 나는 권총을 손에 꼭 쥐고 침대에 누워 있다. 라다의 숨소리가 들린다. 나는 그녀가 나를 원하는 것을 안다. 하지만 아직은 감히 아무 짓도 못한다. 당연히 그래야지. 아주 오래전부터 나는 밤 새 푹 잔 적이 없는 것 같다.

그 거리에 다다르면 나는 천천히 걷는다. 울타리를 따라 그늘진 쪽으로 걷는다. 식물이나 꽃 이름을 딴 이 동네의 다른 길들처럼 이 길도 어떤 이름이 붙은 그저 하나의 길이다. 장미나무 길, 무화과나무 길, 위성류 대로, 사시나무 길, 수양버들 길. 처음에는 길을 잃기도 했다. 미로 속에서 길을 못 찾고 헤매고 다녔다. 하지만 몇 주가 지난 지금, 나는 구석구석 후미진 곳과 모퉁이까지 다 안다. 작은 언덕을 올라 돌아서 작은 건물들 앞을 지나 분양용으로 정비된 토지를 따라가면 바로 그곳에, 바로 그 앞에, 약간 경사진 세 개의 길이 만나는 교차로에 있는 작은 길인 카퓌신 로에, 그 집이 있다. 초록색 플라스틱 덧문이 달리고 울타리가 있고 현관은 하얀색인 노란 집이 있다. 그늘에는 조그만 길도 나 있다. 울타리 구멍에 난 길인데, 아마도 야생고양이들이 지나다니는 길일 것이다. 그 길을 통해 나는 안으로 들어간다. 작은 관목들 사이에 앉는다. 나는 모자 달린 초록색 재킷을 입어서 남들의 눈에 거의 띄지 않는다. 그곳에서 기다린다. 날벌레들과 모기들과 벽을 따라 열을 지어 행진하는 개미들이 있다. 작은 새들이 있다. 그 새들은 내가 울타리 안에 자리 잡을 때면 짹짹거리다가 이내 조용해진다. 다른 곳으로 날아가 버리기도 한다. 다행히 이 집에도 이웃에도 짖어대는 개들이 없다. 슈나즈가 키우던 잡종 암캉아지였더라도 내 냄새를 맡고는 짖었을 것이다. 울타리 안에서 나는 숨을 죽이고 그 집을 염탐할 수 있다.

  흥미로운 것은 아무것도 없다. 아침 일찍, 한 남자가 나와 휴지통을 비우고는 정원에 서서 한참 동안 허공을 바라본다. 그는 약간 뚱뚱하다. 회색 운동복을 입고 있으며 머리카락도 회색이다. 그는 햇빛이 있는 곳에 서서 담배를 피운다. 마치 그것이 아침나절에 하는 가장 중요한 일인 것처럼 말이다. 그러고 나서 집으로 들어간다. 그 이후로는 그를 보지 못한다. 텔레비전을 보거나 부엌에서 고장 난 것을 고치나 보다 생각한다. 그녀는 12시 전에는 밖으로 나오지 않는다. 그녀는 파란색 낡은 르노 5를 타고 울타리를 지나간다. 그녀는 무심하게 앞만 바라본다. 그리고 쿨쿠론이나 쇼핑센터가 있는 에브리를 향해 간다. 어쩌면 길을 가다가 고속도로와 연결되는 도로에서 난민촌 아이들, 더러운 넝마쪼가리 옷을 입고 물병을 들고 있는 여자아이들을 만날지도 모른다. 어쩌면 그 아이들이 누더기로 자동차 앞 유리창을 더럽힐까 봐 아이들에게 동전 한 닢을 줄지도 모른다. 아니면 입술을 꽉 물고 아이들을 차갑게 쳐다보면서 유리 창문을 올리고 자동차 문을 잠그는지도 모른다. 아무튼 그녀는 내가 그곳에, 나 역시 누더기 옷을 입고 물병을 들고 그 여자아이들과 함께 있을 수 있다고는 절대로 생각하지 못할 것이다. 아이를 버릴 때, 사람들은 그 아이가 나중에 어떻게 될지에 대해 생각하는가?

오후에 그녀는 정원으로 돌아온다. 아직은 날이 좋고 춥지도 않기에, 그녀는 풀밭에 긴 의자를 펼쳐놓고 책을 읽는다. 햇빛을 받으며 졸기도 한다. 나는 그녀가 무슨 책을 읽는지, 어떤 생각을 하는지 상상해보려 한다. 가끔은 그녀가 말하는 소리가 들리는 것 같다. 그녀의 목소리. 찍찍거리는 잡음이 들릴 정도로, 현기증을 일으킬 정도로 머릿속을 뱅뱅 도는 그녀의 말들. '진실', '방해', '폭력' 같은 말들, 혹은 '오늘', '가루를 흩뿌리다'처럼 보다 평범하고 무의미하고 쓸데

없는 말들, 아니면 '엘렌', '마르셀', '멜라니', '모리스', '모리세트'처럼 아마도 남편이나 아이들 이름이 분명한 내가 모르는 사람의 이름들… 그래서 나는 귀를 막는다. 있는 힘을 다해 손으로 귀를 틀어막는다. 귓속이 아프다. 고막이 터지도록 귀를 누른다. 아주 오래전부터 그 이름들을 들었던 것만 같다. 어렸을 때부터 그들은 언제나 그곳에, 타코라디에, 학교에, 크레믈린-비세트르에, 말로 청소년문화센터에 있었다. 그들이 내 인생을 침몰시키고, 나를 서서히 지치게 하고, 내 모든 에너지와 목숨을 다 빨아먹었다. 그들은 나를 둘로 셋으로 열로 갈라놓았다.

나는 오른손으로 모자 달린 재킷 주머니에 있는 권총의 손잡이를 잡는다. 홈이 파인 쇳조각과 안전장치를 가볍게 만지면서 장전하기도 하고 탄환을 빼기도 한다. 하킴이 내게 권총 다루는 법을 가르쳐 주었다. 어느 날 그는 라 가렌[31] 쪽에 있는 사격장으로 나를 데려갔다. 나는 과녁을 향해 총을 쏘았다. 그런데 총알이 박힌 종이를 가져온 것을 보니 내가 쏜 총알이 모두 과녁 가운데 박혀 있었다. 심지어 두 개의 총알은 같은 자리에 구멍을 냈다. 따라서 여기에서 쏜다

---
31 일드프랑스 오드센 주에 있는 도시. 파리에서 북서쪽으로 9.6km 거리에 있다.

면 언제고 과녁에 명중할 수 있을 것이다. 한 발, 단 한 발이면 모든 것은 지워지리라. 두 개의 소음이 들릴 것이다. 가루가 폭발하는 소리, 그리고 거의 동시에 몸속으로 들어가는 총탄의 충격 소리를 나는 분명히 들을 수 있을 것이다. 비명은 없을 것이다. 원망은 더더욱 없을 것이다. "오!"라는 탄식조차 내지 않을 것이다. 왼쪽 가슴을 명중하고 대동맥에 구멍을 뚫은 총탄의 강렬하고도 둔탁한 소리만 들릴 것이다.

나는 이제 그 집 구석구석을 다 안다. 정원, 자갈밭길, 아치형 화단과 꽃으로 된 작은 숲, 가시덤불, 나무들, 벌레 먹은 수양버들, 그리고 나뭇잎이 은빛으로 빛나는 자작나무까지. 마치 아주 오래전, 타코라디에 살던 시절에 여기 살았던 것처럼, 마치 내가 다른 아이들과 더불어 이 집의 아이인 것처럼 말이다. 하지만 그 아이들은 나를 보지 못했다. 슈나즈 바두에게 그랬던 것처럼 나는 그들에게 투명인간이었다. 도대체 왜 여기에 왔는지 모르겠다. 도대체 무엇을 바라는지 모르겠다. 쿨쿠론의 난민촌에 정착한 후 나는 매일 이곳, 울타리 구멍 안으로 온다 "어디 가니, 일하러 가니?" 라다는 의심하는 눈초리로 나를 쳐다본다. 한참 동안 난민촌 아이들이 나를 따라온다. 라다가 아이들에게 나를 감시하라고 했을 거다. 나는 아이들이 지칠 때까지 이 길 저 길을 한없이 돌아다닌다. 그러면 아이들은 돌아간다. 뛰어가며 내지르는 아이들의 커다란 소리는 텅 빈 동네에 울려 퍼진다. 한 번은 아이들을 쇼핑센터까지 데려갔다. 공작 도구를 파는 가게 주인이 미처 보지 못한 사이, 아이들은 이미 가게 안으로 들어와 인디언처럼 고함을 지르면서 진열대 사이를 뛰어다녔다. 가게 주인은 내게 무엇인가 말하려고 했다. 그래서 나는 그에게 아주 큰 소리로 외쳤다. 이제까지 아무에게도 그렇게 큰 소리를 지른 적이 없었을 만큼, 나는 이를 악물고 말했다. 그는 내가 무기를 가진 걸 알았는지 멈칫했다. 나는 외쳤다. "뭐요, 뭐? 저 아이들이 뭘 했는데요? 저들이 뭘 훔쳤어요? 말해 봐요. 저들이 뭘 훔치는 것을 보셨어요?" 아이들은 이 층으로 뛰어 올라가면서 큰 소리를 질렀고, 매장 사이를 휘젓고 다녔다. 몇 안 되는 손님들은 너무 놀라 꼼짝도 못하고 그 자리에 서 있었다. 내가 가게에서 나오자 아이들도 내 뒤를 따라 나왔다. 그리고 길거리에서 자동차들 사이로 사라졌다. 고속도로 한가운데 있는 그들만의 고립된 섬으로. 그때 나는 아이들에 대한 책임이 있다는 사실을, 아이들은 내게 일종의 가족이라는 사실을, 내게는 다른 가족이 없으니 필연적으로 그렇다는 사실을 깨달았다. 아이들도 나처럼 이름도 집도 없었고, 아무 데서나 태어났다. 아이들에게도 과거나 미래는 없었다.

　라다와는 별로 이야기를 하지 않았다. 그녀는 사실 이 난민촌 사람이라고 할 수 없다. 어쩌다 우연히 이곳에까지 이르렀는데 난폭하고 둔하다. 말투도 아주 거칠다. 어쩌면 감옥에 있었는지도 모른다. 아마도 경찰의 끄나풀일 것이다. 그래서 아이들과 함께 이곳에 머물 수 있는 것이다. 하지만 나는 아무런 의무도 없고, 아무것도 결정된 게 없는 것이 좋다. 나는 일생 처음으로 자유를 느낀다.

　아침 일찍 카퓌신 로에 왔다. 하늘이 아주 맑은 청명한 가을날이다. 고속도로를 가로지르는 바람과 함께 거리에서는 벌써 겨울 추위가 느껴진다. 나는 모자 달린 재킷 주머니에 손을 집어넣은 채 빨리 걷는다. 등에 진 배낭 무게 때문에 몸은 약간 앞으로 굽었다. 난민촌을 나올 때면 늘 그렇듯이 나는 모든 소지품을 다 가지고 나왔다. 그런 곳에서 살면, 일단 밖으로 나갈 때 다시 그곳으로 돌아간다는 보장이 없다. 소지품 전부라야 속옷과 세면도구, 수건, 패드 한 상자, 중요하지 않은 종이 몇 장, 그리고 어디를 가나 들고 다니는 내가 가진 유일한 책 한 권뿐이다. 파손되고 얼룩진 그 책은 지브란[32]의 『예언자』였는데, 하킴의 허락도 받지 않고 그의 선반에서 가져온 것이다. 하필이면 왜 그 책이냐고 묻지 마라. 나는 그 책을 한꺼번에 읽는다기보다 띄엄띄엄 읽는다. 그 책은 마치 노래 같다. 그 책을 읽으면서 잠이 들기도 한다. 한 번은 경찰의 검문에 걸린 적이 있었다. 경찰들은 그 책을 쳐다보았다. 여자 경찰은 내게 "너 무슬림이냐?" 하고 물었다. 나는 아무 대답도 하지 않고 웃기만 했다. 도대체 언제부터 사람들이 내 종교에 관심을 가졌나? 그때는 아직 크로슬리 대령의 권총을 가지고 있지 않았다. 만일 총이 있었다면, 경찰서에서 나오지 못했을 것이다. 나는 손 안에 있는 이 쇠붙이 조각을 꽉 쥔다. 그리고 카퓌신 로를 성큼성큼 걸어간다. 오늘은 모든 것이 결정될 것이다. 다른 겨울로 미룰 수는 없다.

그 집은 무기력한 침묵 속에 있다. 새들마저 조용하다. 나는 자갈길에 서서 닫힌 창문들을 바라본다. 그들은 결국 나를 볼까? 아니, 미셸인지 가브리엘인지 하는 그 여자는 이미 나를 보았는지도 모른다. 그리고 경찰에게 도움을 요청하고

---

[32] 칼릴 지브란(1883-1931), 레바논계 미국인. 예술가, 시인, 작가. 『예언자』는 영어로 쓴 철학적 에세이 연작 중 하나이다.

있는지도 모른다. 빨리 와 주세요. 그 여자는 무기를 가지고 있는 것 같아요. 무서워요. 나를 협박해요. 그녀는 이미 정신병원에 갔다 온 적이 있어요. 병원에서 그냥 놔주었는지 아니면 자기가 도망쳤는지 모르겠지만, 그녀는 위험해요. 아니요, 아니요, 나는 그 여자를 몰라요. 한 번도 본 적이 없어요. 이름도 몰라요. 미친 여자, 아니면 유랑민 같아요. 고속도로변에 있는 난민촌에 살거든요. 그녀는 거지들, 집시들, 소매치기 아이들을 데리고 이 도시 여기저기를 돌아다녀요.

갑자기 피곤이 몰려온다. 그저 그림자가 지나는 것을 보려고 매일같이 문 닫힌 집 앞으로 오는 것은 사람을 참 지치게 한다. 나는 자갈길 바닥에 주저앉아 배낭을 벗어 옆에 놓는다. 오늘은 거짓에 종말을 가해야 한다. 오늘은 모든 것이 명확해져야 한다. 마지막 전구의 불빛이 사라진 후에는 암흑만 남는 것처럼 모든 것은 다 사라져야 한다.

너무도 중요한 순간에는 시간이 흐르지 않는다. 아니 시간은 그 조각들과 파편들을 잘게 부순다. 나는 개미의 인생을 사는 것 같다. 빙해의 얼음조각처럼 직각으로 깨진 하얀 자갈 하나하나가 보인다. 낙엽과 제초제를 피한 풀잎들,

깨진 돌 조각과 깨진 유리 조각들이 보인다. 맑은 하늘에서 구름이 서서히 다가온다. 마치 돛단배들이 떠 있는 모습 같다. 그것들은 이 땅에서 너무도 멀리 있다. 옛날, 타코라디에서 나는 땅에 누워 구름이 정원 주위를 지나가는 것을 바라보았다. 구름은 오랫동안 천천히 바닷바람을 따라 지나가곤 했다. 비비와 나는 그 구름에게 이름 붙이는 놀이를 했다. 고래, 큰부리새, 하얀 식인귀, 회색 식인귀, 마귀할멈, 명주원숭이. 그때나 지금이나 나는 나이다. 여전히 지구 반대편, 아프리카의 정원에 누워 있는 여자아이이다. 이제 꿈속에서의 삶을 끝내려면 무슨 일이든 일어나야 한다. 내 인생의 다른 쪽으로 들어가야 한다.

모두 추방하기 위해 그들은 우선 난민촌으로 갔다. 그들은 쿨쿠론 시가 더 이상은 유랑민들을 원치 않는다고 난민촌 사람들에게 미리 알렸던 모양이다. 라다가 출발을 준비했다. 그들은 소지품을 챙겼다. 아이들과 함께 경찰차를 타고 깨끗한 화장실과 방이 있는 수용소로 떠났다. 그러고 나서 그들은 나를 찾으러 왔다. 그들은 아무 소리도 내지 않고 다가왔다. 사이렌 소리도 자동차의 부릉거리는 소리도, 고함도 없었다. 마치 모래 위를 걷듯이, 이끼로 덮인 길을 걷듯이 조용히 왔다. 여자 둘과 남자 둘이었다. 그들은 요리조리 피해 다니는 부랑아들을 잡으러 길거리를 돌아다니는 가짜 커플같이 생기지 않았다. 그들이 말한다. 그들이 질문한다. 그들은 무엇을 원하는가? 아, 그렇지. 내 장난감. 그들은 바로 그것을 요구한다. 모든 사람이 다 내 장난감을 가지고 싶어 한다. 나는 그들에게 미소 짓는다. 내 앞에 있는 젊은 여자에게 미소 짓는다. 태양이 그녀의 구릿빛 얼굴을 비춘다. 그녀의 눈은 다정해 보인다. 라다의 눈과는 다르다. 그녀는 바로 그곳, 내가 살던 도시, 타코라디의 거리, 케이프코스트의 거리, 엘미나의 거리에서 왔다. 나는 기억한다. 숙모가 비비와 나를 데리고 노예들이 있는 감옥을 방문하러 갔을 때, 그곳에서 그녀를 만난 적이 있다. 성채 옆에, 길들은 매우 좁았고 벽돌과 양철로 된 집들이 있었다. 그녀는 지붕 밑 그늘에 서서 나를 바라보고 있었다. 그녀는 아주 작았다. 입술은 부어 있었고, 두려움 때문에 눈이 휘둥그레진 아이였다. 나는 그 아이에게 사탕을 주었다. "두려워하지 말아요, 아가씨. 내 이름은 라마타예요. 우리는 당신을 도와주러 왔어요. 자, 이제 무기를 이리 줘요." 나는 두렵지 않다. 그녀에게 미소 짓는다. 마치 오랜 이별 후에 이제야 드디어 만난 것처럼 그녀의 팔에 꼭 안기고 싶다. 라마타라는 그녀의 이름, 그 아프리카의 이름이 좋다. 나는 천천히 그녀에게 총을 건넨다. 그녀는 그 총을 옆에 있는 동료 경찰에게 건넨다. "우리와 같이 갈 거예요. 우리가 당신을 보살펴 줄게요. 두려워하지 말아요." 나는 라마타와 함께 간다. 그녀는 내게 수갑을 채우지 못하게 했다. 조그만 노파처럼 나는 그녀의 팔에 기대어 조금씩 천천히 걷는다. 신발 바닥에서 조약돌이 삐걱거리는 소리가 난다. 그것은 바닷가의 모래 소리다.

*

 나는 돌아왔다. 절대로 가능하지 않을 거라고 생각했다. 다시는 아프리카로 돌아갈 수 없을 거라고 생각했다. 다시는 이 땅과 이 햇빛을 못 보고 죽을 거라고, 다시는 이 공기도 이 물도 마시지 못하고 죽을 거라고 생각했다. 나처럼 거지가 되어 신원증명 서류도 가방도 없이 떠날 경우 다시 돌아올 생각을 할 수 있을까? 그렇게 떠난 후에는 절대로 관광객이 되어 태어나고 자라고 배신당했던 나라로 돌아올 수 없다. 그것이 가능하리라고는 생각하지 못했다. 한 번도 그렇게 생각해보지 않았다.

 무엇보다도 신원이 필요했다. 나에게는 아무것도 없었기에 출생지와 출생연월일을 만들어내야 했고, 증인과 명의를 대여할 사람도 찾아야 했다. 그런 일을 라마타가 다 해주었다. 그녀는 크로슬리 부인에게, 그다음에는 타코라디의 미혼모 보호소 수녀들에게도 연락했다. 그녀는 슈나즈와도 이야기했고 벨기에에 있는 바두 씨에게도 전화했다. 내가 그 이름을 원치 않았기 때문에 그녀는 입양 절차를 기다리면서 크로슬리라는 이름으로 나를 등록했다. 모든 절차는 허술했다. 서류의 날짜들은 실제보다 늦게 기록되었고, 서명도 없었다. 숫자도 틀렸다. 하지만 바퀴들이 하나씩 둘씩 돌아가기 시작하듯이 담당 지역의 판결에서부터 상급 재판소의 마지막 결정까지 모든 것이 해결되었다. 내가 아프리카로 돌아갈 방법을 찾아준 것은 비비였다. 타코라디에 있는 보건진료소에 보조 간호사로 지원하게 해준 것이다. 그리하여 나는 떠났다.

지원자들의 국적은 다양하다. 프랑스인들, 영국인들, 한국인들, 미국인들이 있고, 오스트레일리아에서 온 여자도 있다. 대부분 나처럼 병원 경험이 없다. 우리는 초록색 나일론 셔츠를 입고, 똑같은 헝겊 모자를 쓰고, 투명한 실내화를 신는다. 우리는 지나치게 난방이 잘 되는 정육면체의 콘크리트 방에서 네 명이 함께 산다. 샤워실은 공용이다. 저녁이면 우리는 잔디밭에 모여앉아 모기를 쫓으려고 담배를 피우면서 대화를 나눈다. 서로를 소개한 후에는 아무도 "왜 여기 왔어? 전에는 무엇을 했어?"라고 묻지 않는다. 마치 감옥에서 나온 사람들 같다. 데조라는 이름의 외과 의사는 가나인이다. 내가 이곳에서 태어났다고 했더니 농담이라도 들은 것처럼 나를 쳐다보았다. 그는 영국식 발음의 완벽한 영어를 구사한다. 그런데 그의 얼굴에는 자국이 있다. 나는 그가 가족[33]일 거라고 생각한다. 어쩌면 아칸족[34]일 수도 있다.

병원은 바다에서 먼 타르쿠와 거리에 있다. 일요일, 시간이 나면 우리는 버스를 타고 시내로 간다. 다른 여자들은 시내를 돌아다니지만 나는 택시를 타고 해변으로 간다. 옛날에 살던 우리 집을 애써 찾으려 하지 않았다. 전쟁이 끝난 이후라 모든 것은 사라졌다. 해변은 더 이상 내가 알던 해변이 아니다. 아니면 내가 기억을 잘 못하는지도 모른다. 옛날에는 파도 거품이 스쳐지나간 하얀 모래톱이 길게 펼쳐진 넓은 곳이었다. 그러나 지금 그곳은 멋진 리조트를 흉내 내어 양철 지붕에 시멘트 블록을 쌓아 지은 온갖 종류의 오두막들이 즐비하다. 어부들의 카누가 없어진 대신 곤돌라와 페달보트들이 떠다니고, 쇠로 된 판자다리 하나가 마지막 남은 펠리칸들의 피난처 역할을 해주고 있다. 나는 겨울바람을 맞으면서 물렁물렁한 모래 위를 걷는다. 구름이 낮게 드리워 수평선을 가린다. 타코라디의 전성기는 끝난 것처럼 보인다. 이제 바다를 찾아 카이트서핑을 하려는 관광객들은 코크로비트나 아모나부로 간다.

---
33 가나 등의 서부 아프리카에 사는 민족 중 하나.
34 가나, 아이보리코스트 등의 서부 아프리카 지역에 퍼져 있는 민족.

나는 타르쿠와로 돌아갈 시간을 기다리면서 바다를 바라보려고 모래 위에 앉는다. 파도 밑 부분이 누런색이고 거품은 별로 희지 않은 것으로 보아, 얼마 전에 폭풍우가 지나간 모양이다. 하지만 나는 이 냄새를 기억한다. 냄새를 맡으니 몸이 부르르 떨린다. 그것은 내 안으로, 내 머리 한가운데까지 들어간다. 달콤하지만 쓰라린 냄새, 평온하지 않고 세련되지도 않은 냄새, 이해할 수 없는 폭력의 냄새이다. 그것은 내가 엄마 배에서 나올 때 처음으로 맡은 냄새이다. 눈도 뜨기 전이었지만, 그때 나는 콧구멍을 크게 벌리고 바다 냄새를 맡았다. 그 이후 일생 동안 그 냄새를 간직하기 위해서였다. 내가 수태된 곳이 어디인지, 엄마가 아빠의 정자를 받은 어두컴컴한 오두막집이 어디인지 알려 하지 않았다. 필시 흉측한 저 방갈로 중 하나에서가 아니었을까? 시멘트로 만든 호텔 무대에서는 엉성한 악단이 레게음악을 엉망으로 연주하고 있었겠지? 그게 뭐가 중요한가? 하지만 내가 어디서 태어났는지는 안다. 지금 내가 일하는 보건진료소에서이다. 당시에는 〈세계의 의사들〉이라는 단체의 인도주의적 활동이 공식적으로 이루어지던 곳은 아니었고, 단지 아일랜드와 나이지리아의 무염수태회 수녀 몇 명과 은퇴한 영국 의사가 운영하는 시골의 작은 병원일 뿐이었다. 나는 병실들을 다 돌아보았다. 가장 오래된 병실은 목캔디 상자, 주사기, 링거병, 혈장 주머니 등의 의료용품들을 보관하는 창고로 사용되고 있다. 손잡이에 녹이 슬고 가르랑거리는 소리를 내는 아주 오래된 커다란 냉장고도 하나 있다. 간혹 엔진이 멈추기도 한다. 창문은 왕래가 잦아 땅이 다져진 안마당을 향해 나 있다. 안마당 가장자리에는 레몬나무가 심어져 있다. 물론 나는 태어나면서, 여기에서건 해변에서건, 아무것도 보지 못했다. 바두 집안의 누군가가 나를 찾으러 와서 그들의 집으로 데려가기 전까지, 나는 주먹을 꽉 쥐고 가슴을 닫은 채 그저 젖을 빨고 기저귀만 적시면서, 이인용 요람에서 버려진 동물 새끼처럼 살았다. 그게 뭐가 중요한가?

보건진료소에서는 아기들을 잘 받지 않는다. 버려진 여자아이들은 수도에 있는 보육원으로 보낸다. 타르쿠와에는 심각한 케이스만 있다. 어제는 음낭에 있는 종양 제거 수술에 참여했다. 환자는 60세 정도의 남자였는데, 우여곡절이 많은 삶 덕분에 그보다 더 나이가 들어보였다. 그는 무엇보다도 앞으로 남자 구실을 못할까 봐 이만저만 걱정이 아니었다. 마취 주사를 놓기 전, 그는 나를 붙잡고 투덜대면서 몇 번이고 물었다. "그게 망가지는 건 아니죠, 그걸 잘라버리는 건 아니죠?" 나는 그저 이렇게 말해주었다. "그럼 이제 당신은 훨씬 분별력 있는 사람이 되겠지요." 종양 제거 수술은 그야말로 도살 행위였다. 사방에, 장갑이고 초록색 셔츠고 플라스틱 실내화에까지도 피가 튀었다. 잠시 후 나는 다른 자원봉사자들과 함께 담배를 피우려고 안마당으로 나갔다. 햇빛은 머리가 돌 정도로 강하게 내리쬐고 있었다. "어땠어?" 차마 수술실에 들어오지 못했던 어떤 여자가 물었다. 나는 피식 웃었다. 아마도 33년 전 이곳에서 내게 일어났던 일이 생각나서였을 것이다.

"글쎄, 분만보다는 나쁘지 않았어."

나는 줄리아를 찾았다. 그녀의 성이 무엇인지는 모른다. 그저 이름만 알 뿐이다. 병원에서 일하는 노인들을 통해 그 이름을 알게 되었다. 그녀는 무임수태 수녀들이 이 병원을 운영하던 시기에 산파로 일했다. 그녀는 수녀가 아니다. 오래전에 산과 병원을 떠났지만 많은 사람이 그녀를 기억하고 있었다. 왜냐하면 그녀는 최고의 산파였기 때문이다. 아기가 제 자리에 있지 못할 때, 산모의 근육이 잘 팽창되지 않을 때 등 난산일 경우 사람들은 그녀를 불렀다. 그녀는 처방하고 탕약을 먹이고 기도했다. 산모의 불안을 잠재울 줄 알았고, 갓난아이 머리의 숫구멍을 마사지할 줄도 알았다.

  이것저것 물어본 덕분에 나는 그녀의 주소를 알 수 있었다. 그녀의 집은 시장 옆, 서머 로드의 켄리치 약국 바로 옆에 있었다. 어느 일요일, 그녀의 집을 찾아갔다. 그래야 반드시 그녀를 만날 수 있을 것 같았기 때문이다. 콘크리트 덩어리들 사이에 있는 그 집은 아주 작았다. 지나치리만큼 하얀 인공치아들 가운데 남아 있는 누렇게 상한 이빨처럼, 새롭게 수리된 주변 건물들 사이에서 그 집만 용케 살아남아 있었다. 철문을 두드리자 열다섯 살쯤 되는 소년이 문을 열어주었다. 그는 내게 의심의 눈길을 보냈다. 아마도 집을 압류하려고 공문서를 내미는, 은행이나 뭐 그런 곳에서 보낸 사람으로 생각하는 것 같았다. 내가 할머니의 이름을 말하자, 그는 뒤돌아서지도 않은 채 할머니를 불렀다. 그는 계속 나를 주시했다. 가짜 래퍼 모자를 쓰고 운동화를 신은 그의 시선은 도발적이었다. 줄리아가 나왔다. 그녀는 내가 생각했던 모습이 아니었다. 그렇게 작고 그렇게 보잘것없는 여인일 거라고는 생각지 못했다. 앞치마를 두르고 해변용 샌들을 신은 그녀는 시골 아낙 같았다. 어린 소녀처럼 회색 머리카락을 땋아서 올려붙였다. 나는 아무 말 없이 그녀를 바라보았다. 그러나 결국 참지 못하고 이렇게 말하고 말았다.

"라셀이에요. 저를 기억하세요? 라셀이요." 정말 웃기는 일이다. 그녀는 여러 명의 라셀과 주디트와 노르마 등 수천 명의 아이가 태어나는 걸 지켜보았을 테니 말이다.

그러나 그녀는 나를 쫓아내지 않았다. 반대로 내 손을 잡고 집으로 들어갔다. 어두컴컴한 방 한 칸짜리 집으로, 소파와 텔레비전이 놓인 테이블 하나로 꽉 찬 느낌이다. 문에는 커튼이 쳐져 있다. 그곳은 아마도 그녀의 침실, 아니 그림자가 진 것으로 보아 벽을 파서 침대를 들여놓은 알코브인 것 같다. 소년은 보이지 않았다. 거실에 우리를 남겨놓고 친구들을 만나러 갔을 것이다. 줄리아와 나는 아무 말도 하지 않고 앉아 있다. 초록색 벽과 커튼, 붉은 타일 바닥, 카펫과 식탁보, 벽에 걸린 사진액자, 이런 것들이 주는 무겁고 어색한 분위기 속에서 우리는 아무 말도 하지 않는다. 그렇다고 완전한 침묵 속에 있는 것은 아니다. 거리의 소음, 공동 택시의 경적, 이웃 술집에서 나는 카세트 라디오 음악 소리 등이 들렸기 때문이다. 30년 전에 나를 이 세상에 나오게 하고, 내게 젖병을 물려주고, 나를 돌봐 준 사람이 바로 줄리아 당신이라고 말하자 그녀는 아무 대답도 하지 않는다. 그저 머리를 끄덕이고, 소파에서 몸을 좌우로 흔들면서 아-아 하는 소리를 낼 뿐이다. 그녀는 영어를 잘한다. 학교

교육을 받았을 것이다. 나는 가지고 있던 서류들, 라셸 크로슬리라는 이름의 새로운 여권을 제외한 과거의 삶에 대해 간직하고 있던 모든 서류들, 출생신고서, 예방주사접종 증명서, 학교 성적표 등을 그녀에게 보인다. 그녀는 그 서류들을 하나하나 유심히 바라본다. 나는 이성을 잃었을 때조차 결코 잃어버릴 수 없었던 오래된 사진도 보여준다. 내가 비비와 함께 타코라디 해변에 있는 사진이다. 나는 아홉 살이었고 비비는 네 살이었다. 나는 비키니 수영복을 입었고 비비는 그냥 반바지만 입고 있다. 둘 다 밀짚모자를 쓰고 있다. 우리는 파도가 일으키는 거품에 현혹되어 있다. 줄리아는 사진을 집어 들고 잘 보기 위해 불빛에 비추어 본다. 그녀는 미소 짓는다. 그래도 경계를 늦추지 않고 있음을 느낄 수 있다. 나 같은 여자가 도대체 무얼 하러 여기에 왔단 말인가? 어쩌면 모자를 쓰고 있던 그녀의 손자가 조심하라고, 절대 서명 같은 건 하지 말라고 당부했는지도 모른다. 그녀는 아무 말 없이 서류를 잘 정리하여 내게 돌려준다. 나는 무엇을 바랐던가? 그녀가 기억하기를, 그녀가 내 이름을 불러주기를, 나를 꼭 안아주기를? 하지만 내가 갈 시간이 되자, 줄리아는 방으로 들어가 사진첩 하나를 가져와서는 가족사진을 보여준다. 사진 중 하나에는 그녀가 서른 살 정도

일 때의 모습이 있다. 초록색이었을, 그러나 사진 속에서 지금은 회색으로 변한 블라우스를 입고 있다. 머리에는 가장자리에 장식이 달린 헝겊 모자를 쓰고 하얀 운동화를 신고 있다. 그녀는 웃고 있다. 그녀 뒤로 모기장이 쳐진 요람들이 줄지어 있다. 그 사진은 왜 그다지도 내 마음을 뒤흔들었을까? 나는 그 이유를 안다. 일생 처음으로 나의 출생 가까이에 있는 것이다. 이제는 더 이상 아무것도 알려고 하지 않을 것이다. 줄리아는 내 마음의 동요를 이해했다. 미소 짓고 있는 그녀의 얼굴에 어두운 그림자가 스친다. 옛날을 기억하는 것인지도 모른다. 물론 말도 안 되는 이야기이다. 너무도 오래전 일이다. 내 이름이나 서류들은 그녀에게 아무 의미도 없었다. 하지만 내가 몸을 숙이고 그 사진을 뚫어지게 보고 있자, 그녀는 앨범에서 그 사진을 떼어서 내게 준다. 내게 줄 것, 나와 함께 나눌 수 있는 것은 그것밖에 없는 것이다. 그러나 나는 그것을 받을 수 없다. 나를 배웅하기 위해 문을 지날 때, 거리의 소음과 조명 속에서 그녀는 팔을 벌렸고 나는 그녀의 가슴에 안긴다. 그녀는 너무도 작고 가볍다. 하지만 산파인 만큼 팔의 힘은 세다. 나는 *마-크로우*

라고 말한다. 내가 아는 유일한 트위[35] 말인 *마-크로-우 아운티*[36]라고. 그러자 그녀는 내 머리 위에 손을 얹고 기를 불어 넣어준다. 부드럽고 미지근한 그녀의 기운이 내 몸을 따라 내려오고 나는 그 기운을 받으면서 부르르 떤다. 그녀는 집으로 들어가 문을 닫는다. 나는 다시 거리로 걸어 나와 택시 정류장으로 간다. 현기증이 난다. 너무 더워서, 아니면 사람들이 너무 많아서일 것이다. 게다가 새로운 이야기를 시작한다는 것은 언제나 조금은 고통스럽지 아니한가.

---

35 가나의 아칸족와 아샨티족의 언어.
36 '안녕'이라는 인사말.

옮긴이의 말

『폭풍우』—제주의 해녀들에게 바치는 오마주

2014년 르 클레지오는 해녀들에게 바치는 소설 『폭풍우』를 발표한다. 르 클레지오에게 제주의 해녀는 각별한 존재이다. 그가 해녀라는 존재를 처음 알게 된 것은 여덟 살 때였다. 그는 아버지가 구독하던 『내셔널 지오그래픽』에서 본 해녀들의 모습에 매혹되었노라 말한다. 특별한 장치도 없이 숨을 참으면서 바다에 들어가 조개며 문어며 전복 등을 따는 젊은 여인들의 모습은 여덟 살 소년에게 환상 그 자체였다. 수십 년이 지난 후 제주에 간 그는 실제 해녀들을 만나게 되었고, 해녀라는 존재는 그에게 더 이상 상상이 아닌 현실이 된다. 어린 시절 보았던 젊은 해녀들은 이제 할머니가 되었지만, 그들과 이야기를 나누면서 그는 사진으로 보았던 여인들을 떠올린다. 그리고 그들의 용기와 삶의 의지, 특히 그들이 일제에 저항했던 역사에 큰 감동을 받는다. 그러니까 제주의 해녀들에게 바치는 그의 소설은 결코 갑작스럽지도 우연적이지도 않다. 그 출발점은 1948년으로 거슬러 올라가는 것이다.

『폭풍우』의 중심에는 제주의 바다와 바람과 파도, 그리고 해녀들이 있다. 바다에서 불어오는 폭풍우는 모든 것을 삼켜버리고 모든 것을 휩쓸어간다. 그러나 그것은 모든 것을 정화시키기도 한다. 죽음마저도. 폭풍우 안에서는 죽음과 삶이 격렬하게 만난다.

소설 『폭풍우』는 베트남전쟁 당시 종군기자로 활동했던 필립 키요—그는 앙드레 말로의 『인간조건』에 등장하는 인물 이름을 사용했다고 한다.—라는 작가가 제주의 작은 섬 우도에 도착하는 것으로 시작된다. 삼십 년 전, 그는 사랑하는 여인 메리 송과 함께 그 섬에 왔다. 성폭행 장면을 목격한 죄로 6년을 복역하고 나온 그에게 메리의 존재는 새로운 삶에 대한 희망이었다. 그러나 그녀는 아무 말도 없이 바다로 떠나버렸다. 30년이 지난 후 그는 왜 다시 그 섬을 찾았을까? 기억을 지우기 위해? 아니, 그보다는 과거의 흔적을 찾고, 그녀를 따라 바다에서 생을 마감하기 위해서였으리라. 그러나 열세 살짜리 소녀 준과의 기적 같은 만남은 모든 것을 변화시킨다. 준은 아버지를 모르는 혼혈 소녀이다.

그 섬 출신도 아니다. 아주 어릴 적, 그녀의 엄마는 어린 준을 데리고 이 섬에 왔고 해녀가 되었다. 아버지가 없는 준은 필립 키요에게서 아버지의 사랑을 찾고, 절망적인 삶에 지친 키요는 준에게서 생명의 에너지를 느낀다. 베트남전쟁 당시 군인들의 집단적인 성폭행 장면을 그저 바라보기만 했던 것에 대한 죄의식과 후회의 감정에 사로잡혀 삶의 의미를 잃었던 키요, 메리와의 사랑으로 새로운 삶의 희망을 찾고자 했으나 그녀의 죽음으로 또다시 절망에 빠졌던 키요. 그러나 이제는 모든 것이 끝났다고 생각한 순간, 폭풍우 몰아치는 작은 섬에서 만난 열세 살짜리 엉뚱하고도 순수한 소녀와의 만남을 통해 그는 다시 삶에 대한 의지를 되찾고 희망과 용기를 얻게 될 것이다. 한편 외국인 중년 남자에게서 아버지를 찾았던 준은 그와의 이별을 통해 유년기를 끝내고 새로운 삶을 찾아 섬을 떠난다. 메리처럼 바다에서 사라지고자 바닷속 깊이 들어갔던 준, 그러나 그러한 죽음의 의식을 치른 후 그녀는 새로운 생명을 얻고 길을 떠나는 것이다.

소설집 『폭풍우』에 담긴 또 하나의 소설 「신원 불명의 여인」은 독자들을 아프리카 가나의 타코라디로 이끈다. 라셀은 아빠와 엄마, 그리고 동생 아비가일과 함께 산다. 그러나 여덟 살이 되었을 때, 라셸은 자신이 엄마라고 부르던 여인이 엄마가 아님을, 자신은 성폭행의 결과 태어난 아이임을 알게 된다. 그 순간 그녀의 유년기는 끝나고 그녀는 갑자기 어른이 되어 버린다. 엄마라고 생각했던 여인, 바두 부인은 자신을 증오하고, 아버지는 모른 척한다. 어느 날 바두 가족의 파산과 더불어 그들은 아프리카를 떠나 파리 외곽 도시에 살게 된다. 하지만 곧이어 라셸은 가족들로부터 버림받는다. 그녀에게는 신분증조차 없다. 혼자가 된 라셸은 분노와 공허감만 가슴에 담고 환영처럼 도시를 배회하면서 정처 없는 방랑의 삶을 영위한다. 그러나 자신의 뿌리를 찾고자 친모를 만난 후, 라셸은 아프리카로 돌아가 새로운 삶을 설계한다.

　언뜻 보아 두 소설은 서로 연관성이 없어 보인다. 그러나 두 소설에는 바다, 바람, 파도가 있다. 그리고 두 소녀의 삶이 있다. 온전하지 않은 가족의 아이들인 그들은 삶의 근원과 자신의 정체성을 추구한 후 새로운 삶을 찾아 멀리 떠난다.
　폭력, 그중에서도 성폭력은 두 소설을 관통하는 주제이다. 키요는 전쟁 당시 미군들의 집단 성폭행 장면을 목격한 바 있고, 메리와 라셸은 성폭력의 결과 태어난 아이들이다. 태국에서 군 복무를 하던 젊은 시절, 어린 여성에 대한 매춘 행위를 고발하는 글을 써서 태국 정부로부터 추방당하기도 했던 르 클레지오는 남성이 가하는 성적 폭력에 대해 남다른 관심을 가진 작가이다. 『폭풍우』에 담긴 두 소설에서 작가는 성폭력의 결과로 태어난 아이들의 지난한 삶을 그려 보임으로써, 성폭행은 그 행위 자체로 끝나는 것이 아님을, 그 범죄 행위로 인해 탄생한 생명은 그 행위자의 업을 고스란히 떠안고 살게 됨을 말하고자 하는 것처럼 보인다.

그러나 그 폭력은 단지 전쟁터에만 존재하지 않는다. 문명의 도시 파리, 그곳에도 폭력의 위험이 도사리고 있다. 작가는 말한다.

> 그것은 전쟁이었다. 비비와 나는 전쟁이 났던 나라에 있었다. 우리는 사람들이 끔찍한 이야기들을 해서 그곳을 떠났다. 그런데, 바로 이곳, 문명화된 도시, 멋진 건물들과 깨끗한 공원이 있고 지하철이 있는 이곳, 경찰이 모든 것을 감시하는 이곳, 바로 이곳에서 비비에게 그런 일이 발생했다. 바로 이곳에서 비비는 구타당하고 성폭행당했다.
>
> (「신원 불명의 여인」, 219쪽)

이처럼 르 클레지오는 외관상 자유와 안전이 보장되는 현대의 문명화된 도시에도 전쟁터와 같은 폭력이 존재함을 고발하고 있다.

'살아 있는 신화'라 불리는 르 클레지오는 세계인들에게 가장 많은 사랑을 받고 있는 작가 중 하나이다. 르 클레지오는 1940년 4월 13일 프랑스 니스에서 태어났다. 그는 18세기에 브르타뉴에서 모리셔스 섬으로 이민 간 조상의 후예로, 프랑스와 모리셔스 이중국적을 가지고 있다. 그러나 그는 자신의 정체성을 프랑스보다는 모리셔스 섬에서 찾는다. 어린 시절부터 모리셔스 전통을 따랐던 부모의 영향일 것이다. 그는 런던 브리스톨 대학과 니스 대학에서 수학했고, 1964년 앙리 미쇼 연구로 엑상프로방스 대학에서 석사학위를 취득했다. 1963년 스물셋의 나이에 첫 소설 『조서』로 프랑스 르노도상을 받음으로써 큰 반향을 일으켰지만, 대중에 모습을 드러내기를 꺼려 베일에 싸인 작가라는 평을 듣기도 했다. 1980년, 소설 『사막』으로 프랑스 아카데미 프랑세즈가 수여하는 폴-모랑상을 받았으며, 1994년 프랑스 문예지 『리르』가 독자들을 대상으로 실시한 조사에서는 "생존

하는 프랑스어 작가 중 가장 위대한 작가"로 선정되었다. 그는 일반 독자들뿐 아니라 비평가들에게도 현존하는 최고의 작가로 손꼽힌다.

르 클레지오가 처음으로 한국을 방문한 것은 2001년 대산문화재단과 프랑스대사관이 주최한 한불작가 교류 행사에 참석하기 위해서였다. 동북아시아 국가 중에서 그가 처음 찾은 나라는 한국이었다. 한 번도 주변국을 침략한 적이 없는 평화를 사랑하는 민족이라는 점에 이끌렸다고 했다. 작가 자신이 전쟁을 겪은 경험이 있기 때문인지 몰라도 그에게 전쟁의 기억은 특별한 의미를 가진다. 소설집 『폭풍우』에서도 작가는 전쟁, 폭력, 인종차별 등에 대해 끊임없이 문제를 제기한다.

르 클레지오의 작품세계를 한마디로 정의하는 것을 불가능하다. 그럼에도 초기 작품부터의 궤적을 따라가 보면 크게 몇 가지로 분류될 수 있다. 우선, 『조서』, 『홍수』 등의 초기 작품에서는 현대의 물질문명의 폭력성으로 인해 정신마저 황폐해진 도시에서 느끼는 공포를 섬뜩하리만치 치밀한 언어로 표현하고 있다. 이후 그는 파나마와 과테말라의 인디언들과 함께 생활하면서 기계문명의 어두움에서 벗어나 인간의 근원적인 감성과 자연의 매혹이 담긴 원시문명을 시적이고 서정적인 언어에 담는다. 『사막』과 『황금물고기』 등의 소설에서는 서구의 제국주의 침략과 그 폭력성을 고발하기도 한다. 그런가 하면, 40대 중반에 들어서면서부터 『금을 찾는 사람』, 『오니샤』, 『아프리카인』, 『검역』, 『혁명』, 『허기의 간주곡』 등의 작품과 더불어 가족 이야기, 조상 이야기, 그리고 자신의 이야기를 펼쳐 보인다.

이렇듯 르 클레지오의 문학세계는 변모를 거듭하고 있음에도, 그의 작품들을 읽다 보면 전체를 관통하는 일관된 주제의 흐름을 느낄 수 있다. 그것은 세속적 가치에 대한 무관심, 제도에 대한 거부, 자연에 대한 예찬, 하찮은 동물이나 사물에 대한 애정 어린 시선, 폭력과 전쟁에 대한 고발, 매 순간의 삶에 담긴 아름다움에 대한 경탄 등이다. 죽음과 삶의 만남 역시 그에게는 중요한 화두이다.

2008년, 스웨덴의 한림원은 그에게 노벨문학상을 수여했다. 한림원은 "새로운 출발, 시적 모험, 관능적 환희, 군림하는 문명의 저변을 받치고 또 그것을 넘어서는 인간성 탐험의 작가"라고 선정 이유를 밝힌 바 있다. 그러나 정작 그에게 노벨상의 의미에 대해 물으면, 노벨상 수상 이후 그에게 달라진 것은 아무것도 없으며, 그저 글쓰기를 계속할 뿐이라고 말한다. 그에게 노벨상 수상은 우연일 뿐 현실이 아니다. 현실은 그저 책상과 하얀 백지이다. 어디를 가도 그는 글쓰기를 멈추지 않는다. 그는 말한다. 아직도 쓸 것이 너무 많다고.

르 클레지오는 일상의 삶을 그 누구보다도 아름답고 시적인 언어로 표현하는 작가이다. 그리고『폭풍우』는 그런 그의 문체가 빛나는 작품이다. 맑고 투명할 뿐 아니라 간결하면서도 시적인 그의 문체를 음미하는 것은 독자로서 큰 즐거움이다. 역자의 미흡함으로 한국의 독자들이 그 기쁨을 온전히 느끼지 못할까 봐 두려운 마음이 앞선다.

송기정

장-마리 귀스타브 르 클레지오 연보

1940. 프랑스 니스에서 출생.
프랑스와 모리셔스, 이중국적을 지님.
18세기에 프랑스 브르타뉴 지방에서 모리셔스 섬으로 이주한 가족의 후손으로서, 아버지 라울 르 클레지오와 어머니 시몬 르 클레지오는 서로 사촌 남매지간임.

1948. 가족과 함께 아버지가 군의관으로 근무하는 아프리카 나이지리아로 이주.

1950. 프랑스 니스로 돌아옴.

1959. 영국 브리스톨 대학 유학.

1960. 영국 옥스퍼드 대학에서 수학.

1961. 프랑스 니스 대학에서 수학.

1963. 첫 소설 『조서』로 프랑스 르노도상을 받음으로써 화려하게 문단에 데뷔.

1964. 앙리 미쇼 연구로 엑상프로방스 대학에서 석사학위 취득.

1965. 소설집 『열병』 출간

1966. 소설 『홍수』 출간. 태국에서 군 복무.

1967. 태국에서 군 복무 중 관광객을 상대로 한 매춘을 고발하는 글을 발표하여 태국 정부로부터 추방됨.

1967. 멕시코에서 군 복무 마침. 도서관에 근무. 멕시코 대학에서 마야와 나와틀 문명 연구.
소설 『사랑의 대지』, 에세이집 『물질적 법열』 출간.

1969. 소설 『도피의 서』 출간.

1970-1974. 파나마에서 원주민들과 생활.

1970. 소설 『전쟁』 출간.

1971. 에세이집 『아이』 출간.

1972. 라르보상 수상.

1973. 소설 『거인들』 출간.

1975. 소설 『저편으로의 여행』 출간.

1978. 소설집 『몽도와 그 밖의 이야기들』 출간.
에세이집 『지상의 미지인』 출간.

1980. 소설 『사막』 출간, 아카데미 프랑세즈가 수여하는 폴 모랑 문학 대상 수상.
에세이집 『성스러운 세 도시』 출간.

1981. 에세이집 『아메리칸 인디언의 문화』 출간.

1982. 소설집 『배회, 그리고 또 다른 사건들』 출간.

1983. 펠피냥 대학에서 멕시코 문명사로 박사학위 취득.

1985. 소설 『금을 찾는 사람들』 출간.

1986. 소설 『로드리게스 여행』 출간.

1988. 에세이집 『멕시코의 꿈과 중단된 사유』 출간.

1989. 소설집 『봄, 그리고 매혹의 계절들』 출간.

1991. 소설 『오니샤』 출간.

1992. 소설 『떠도는 별』 출간. 『고래』 출간.

1993. 에세이집 『디에고와 프리다』 출간.

1994. 『리르』지에서 살아 있는 가장 위대한 프랑스어권 작가로 선정됨.

1995. 소설 『검역』 출간.

1996. 소설 『황금 물고기』 출간.

1997. 에세이집 『노래가 넘치는 축제』 출간.
아내 제미아와 함께 한 여행기 『하늘빛 사람들』 출간.
장 지오노상 수상.

1998. 모나코 왕자상 수상.

1999. 소설집 『우연』 출간.

2000. 소설집 『타오르는 마음』 출간.

2001. 대산문화재단과 주한 프랑스대사관이 주최한 한불작가교류 행사로 한국 방문.

2003. 자전적 소설 『혁명』 출간.

2004. 자전적 소설 『아프리카인』 출간.

2005. 대산문화재단과 한국문화예술위원회 주최 제2회 서울국제문학포럼 참석.

2006. 소설 『우라니아』 출간.
에세이집 『라가, 보이지 않는 대륙으로의 접근』 출간.

2007. 에세이집 『발라시네』 출간.

2007-2008. 이화여대 불문과와 통역대학원에서 석좌교수로 강의.

2008. 소설 『허기의 간주곡』 출간.
스티크 다게르만상 수상.
노벨문학상 수상.

2009. GEO 창간 30주년 기념 특별호에 제주 기행문 기고.

2011. 대산문화재단과 한국문화예술위원회 주최 제3회 서울국제문학포럼 참석.
제주 명예도민으로 위촉됨.
소설집 『발 이야기 그리고 또다른 상상』 출간.

2014. 소설집 『폭풍우』 출간.

2017. 대산문화재단과 한국문화예술위원회 주최 제4회 서울국제문학포럼 참석.
소설 『알마』 출간.

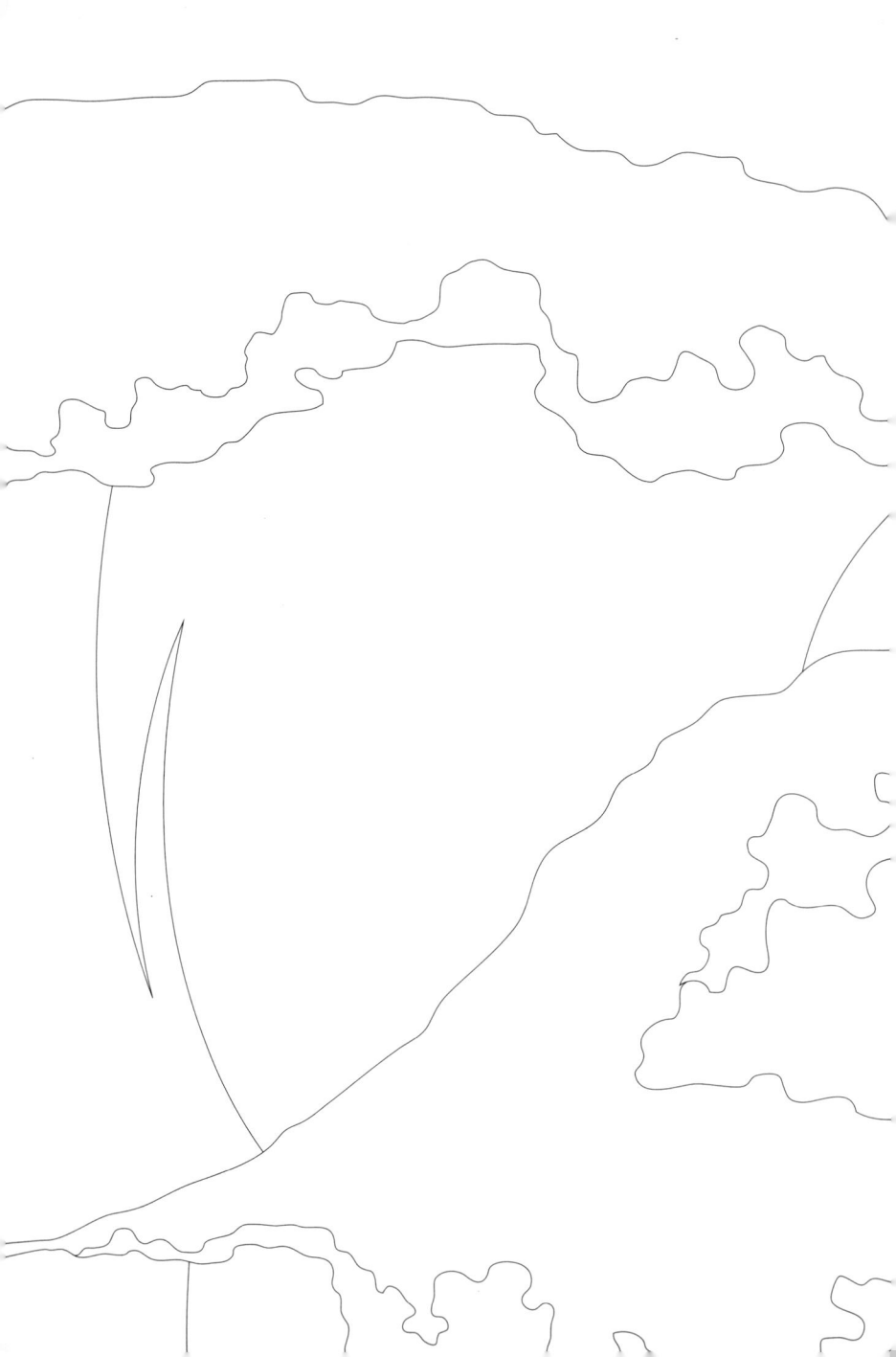

폭풍우

1판1쇄 발행 2017년 10월 16일
1판3쇄 발행 2020년 5월 30일

지은이	J. M. G. 르 클레지오
옮긴이	송기정
펴낸이	김형근
펴낸곳	서울셀렉션㈜
편 집	진선희, 김유진
디자인	정현영
등 록	2003년 1월 28일(제1-3169호)
주 소	서울시 종로구 삼청로 6 출판문화회관 지하 1층 (우110-190)
편집부	전화 02-734-9567 팩스 02-734-9562
영업부	전화 02-734-9565 팩스 02-734-9563
홈페이지	www.seoulselection.com

ISBN   978-89-97639-75-5   03860

책 값은 뒷표지에 있습니다.
잘못된 책은 구입하신 서점에서 바꾸어 드립니다.